ullstein

Das Buch

Sandra ist zufrieden mit ihrem Job als Polizistin, aber privat ist sie unterfordert, denn niemand scheint es mit ihrer selbstbewussten Art aufnehmen zu können. Als sie mit ihren Kollegen zu einem Einsatz in eine Kirchenruine gerufen wird, entdecken die Polizisten allerdings keine randalierenden Jugendlichen, sondern platzen in den Dreh eines erotischen Films. Sandra ist nicht nur vom Hauptdarsteller sofort angetan, sie erkennt in ihm auch ihren ehemaligen Klassenkameraden Tobias. Er ist Teil und Kopf der »Sieben Sünden«, einer Gruppe, die gemeinsam ihre erotischen Phantasien auslebt. Sandra und Tobias kommen sich schnell näher, und so gelangt die junge Polizistin in den sündigen Freundeskreis, dessen wilde Rollenspiele in ihr ungeahnte Gelüste wecken. Aber das heiße Spiel mit Tobias schürt auch Misstrauen und Eifersucht. Und nicht alle »Sünder« sind ihr wohlgesinnt …

Die Autorin

Diana Schwartz, bekennende Anfang-Vierzigerin, hat ihr Herz vor langer Zeit an die Hansestadt Hamburg verloren, was sie jedoch nicht davon abhält, mit ihrer Familie in der Provinz zu leben. Unter Arbeiten versteht sie, ihre erotischen Phantasien zu unterhaltsamen Geschichten zu verschmelzen. Dabei hilft ihr der Ausblick auf eine Linde, unter deren Blätterdach es nicht nur im Frühjahr höchst munter zugeht.

Diana Schwartz

Die Sieben Sünden

Erotischer Roman

Ullstein

Besuchen Sie uns im Internet:
www.ullstein-taschenbuch.de

FSC
www.fsc.org
MIX
Papier aus verantwortungsvollen Quellen
FSC® C014496

Originalausgabe im Ullstein Taschenbuch
1. Auflage November 2014

Umschlaggestaltung: ZERO Werbeagentur, München
Titelabbildung: © GettyImages/ Claudia Dewald
Satz: LVD GmbH, Berlin
Gesetzt aus der Berkeley Old Style
Papier: Pamo Super von Arctic Paper Mochenwangen GmbH
Druck und Bindearbeiten: GGP Media GmbH, Pößneck
Printed in Germany
ISBN 978-3-548-28666-2

1. Kapitel

»Die Kirche mal wieder. Wir sollen irgendwelche Jugendlichen vom Gelände der alten Klosterschule vertreiben. Da macht man seinen Job doch richtig gerne. Also los.« Ralf seufzte laut, drückte das Gaspedal durch, und der Streifenwagen schoss die stille Landstraße entlang.

»Zum dritten Mal in diesem Monat«, stimmte Sandra freudlos zu. »Der Besitzer könnte auch einfach mal einen vernünftigen Stacheldrahtzaun ziehen.«

»Ja, oder die ganze Ruine abreißen.«

»Was auch immer. Nur nicht ständig die Polizei rufen.«

»Wir verstehen uns, Frau Kollegin.« Ralf grinste sie an. »Das macht es doch gleich erträglicher.«

Als sie ankamen, war bereits ein weiterer Streifenwagen vor Ort.

Sandra und Ralf stiegen aus und gingen auf die beiden Kollegen zu.

»Boris sieht so braun gebrannt und erholt aus. War der in Urlaub?«, fragte Sandra leise.

Ralf nickte. »Ja, er hat eine neue Freundin. Sehr blond und sehr sportlich, passt gut zu ihm. Wusstest du das nicht?«

Sie brummte verneinend. Seit Boris ihr unmissverständlich klargemacht hatte, dass sie nicht sein Typ war, sah sie keinen Grund mehr, sich für sein Privatleben zu interessieren.

»Und? Wisst ihr schon was? Wie viele, wie alt?«, erkundigte sich Ralf.

Boris zuckte nur mit den Schultern und lächelte Sandra freundlich an. Sie ignorierte ihn.

Hagen schob sich ein Pfefferminzbonbon in den Mund und rückte sich die Mütze auf den kurzen schwarzen Locken zurecht, obwohl sie perfekt saß. »Keine Ahnung«, erwiderte er. »Sie sind nicht sehr laut, scheinen aber ein paar Lampen für stimmungsvolle Beleuchtung mitgebracht zu haben. Guckt mal, das muss taghell da drinnen sein.«

Sandra blickte zu den hohen vernagelten Fenstern der Klosterruine. Tatsächlich, am Kirchenschiff drang kräftiger Lichtschein zwischen den Ritzen hervor.

»Ist doch prima, Hagen, dann kannst du deine Sonnenbrille aufsetzen, und du siehst noch cooler aus«, stichelte sie mit einem Blick über die Schulter.

»Selbst mit Sonnenbrille komme ich wohl kaum gegen meine Lieblingskollegin an. Die Uniform steht dir heute wieder ausgezeichnet.« Hagen grinste anzüglich, und Sandra lachte leise.

Unwillkürlich ließ sie den Blick über die Runde schweifen. Sie könnte das Kompliment an jeden ihrer Kollegen uneingeschränkt weitergeben, auch an Ralf, der beinahe doppelt so alt war wie die anderen drei.

Ralf nickte Sandra zu. »Wir können ja schon mal in die alte Sakristei gehen und dort den Spaß ein bisschen beobachten. Ihr kommt dann durch den Seiteneingang und das Haupttor.«

»Geht nur. Wir kommen von der Seite. Das Hauptportal ist verschlossen, hab ich schon geprüft. Aber ich hab's nicht eilig.«

Hagen winkte ab, beugte sich in den Streifenwagen und begann, zwischen den Sitzen zu kramen.

Sandra lief zu dem kleinen Seitengebäude, während Ralf ihr etwas langsamer folgte. Keiner von ihnen hatte großartig Bock auf diese Einsätze. Normalerweise waren da ein paar Minderjährige, die ein bisschen soffen, kifften und ansonsten friedlich Party machten. Das störte niemanden, bis auf den Besitzer des Anwesens, den es dagegen nicht kümmerte, dass hier alles zerfiel. Aber wenn er anrief und Hausfriedensbruch anzeigte, mussten sie dem natürlich nachgehen.

Sie öffnete die Tür und schlüpfte in den dunklen Raum dahinter. Durch die Ritzen der nächsten Tür drang helles Licht aus dem Kirchenraum. Dann hielt sie inne und wartete, bis ihr Kollege aufschloss. Der blieb sofort stehen und lauschte. »Oha!«

Sandra neigte den Kopf und versuchte, die Geräusche einzuordnen. »Was geht denn hier ab?«, fragte sie leise.

Hohe, spitze Schreie einer Frau drangen zu ihnen in den Raum. Ralf und Sandra tauschten einen kurzen Blick. Das klang gar nicht gut.

Ganz leise trat Sandra an die Tür und drückte sie auf. Ralf folgte dicht hinter ihr.

Sie standen im Dunkeln schräg hinter der Altarempore und konnten unbemerkt fast das gesamte Innere mit dem steinernen Altar und den kaputten Resten der hölzernen Kirchenbänke überblicken.

»Was zum Henker!« Sandra sah, wie die Hand ihres Kollegen unwillkürlich an das Holster seiner Dienstwaffe griff. Sie zog ebenfalls die Pistole.

Das Funkgerät knackte. »Bewegt euch sofort hierher!«, zischte Ralf hinein. »Hier wird eine Frau bedroht!«

»Was soll das sein?«, fragte Sandra entsetzt und blinzelte ungläubig. »Eine Schwarze Messe?«

Der gesamte Raum war mit Dutzenden von schwarzen Kerzen vollgestellt, der Bauschutt überall mit weißen und vor allem roten Tüchern abgedeckt. Dazwischen waren Schalen mit Rosenblättern und Wasser verteilt, die wie Opferschalen wirkten. Die ursprüngliche Bestimmung des Kirchenraumes war immer noch deutlich zu erkennen, nicht zuletzt durch das neue mannsgroße Holzkreuz, das jemand mitten in den Altarraum gestellt hatte. Von der Querlatte baumelten ein paar Stricke.

Am meisten schockierte Sandra jedoch der Anblick der nackten Frau. Sie lag rücklings mit angewinkelten Beinen auf dem steinernen Altar, über den man ein weißes Tuch mit roten Flecken ausgebreitet hatte. Ihre Handgelenke waren mit Stricken an eine eiserne Querstange hinter dem Altar gefesselt. Um das schmerzverzerrte Gesicht lagen ihre feuerroten Haare wie ein Strahlenkranz ausgebreitet, und dicke Blutstropfen waren über ihrem Busen verteilt. Auf den zweiten Blick erkannte Sandra auch um ihre Knöcheln Fesseln, in denen sie sich schreiend in dem vergeblichen Versuch wand, sich zu befreien.

Zwischen ihren Beinen stand ein … Mönch, vermutlich. Eine Gestalt mit breiten Schultern in einer braunen Kutte, die sich wie in Trance vor- und zurückwiegte. Das Gesicht wurde von einer großen Kapuze umrahmt und war nicht zu erkennen, doch das Gewand war vorn offen, und was es entblößte, war ganz offensichtlich eine glatte Männerbrust. Kräftige Muskeln spannten sich bei jeder Bewegung rhythmisch unter der Haut. Auf der linken Seite war ein kleiner Drache tätowiert, der den Kopf aggressiv in den Nacken geworfen hatte und sich mit gespreizten Klauen auf die linke Brustwarze stürzte. Einzelne Schweißperlen schimmerten im strahlend hellen Licht.

In diesem Moment beugte der Mann sich über die sich windende Frau und griff ihr zwischen die Beine. Gleichzeitig erschien ein Messer aus dem weiten Ärmel des Gewandes. Der Mann setzte die Spitze oberhalb des Bauchnabels auf und …

»Aufhören, Polizei! Lassen Sie sofort das Messer fallen!«, schrie Ralf. Nur weil Sandra ihn gut kannte, hörte sie die Nervosität in seiner Stimme. Sie konnte es verdammt gut nachvollziehen. Das war kein normaler Einsatz.

Sie musste ihre Aufmerksamkeit für einen Augenblick auf den Boden richten, weil sie sonst über einen umgefallenen Kerzenleuchter gestolpert wäre. Sie sprang zwei Schritte zur Seite und stand nun dem Kuttenmann frontal gegenüber, nur noch zwei, drei Meter Bauschutt mit Tüchern bedeckt sowie den Altar zwischen sich. Wortlos hob sie die Pistole und fixierte seine Brust. Aus den Augenwinkeln sah sie Ralf, der sich dem Altar von der Seite näherte. Die Frau verstummte und versuchte, den Kopf zu drehen. Der Mann hatte sich zu seiner vollen Größe aufgerichtet und die Hände bis zur Brust erhoben, das Messer noch immer in der Hand.

Sandra stockte der Atem. Sein Gesicht blieb im Schatten der Kapuze, so dass sie nicht einschätzen konnte, ob sie seine Geste als verteidigend oder bedrohlich werten sollte. Das konnte jetzt echt gefährlich werden. Messer konnten mehr Schaden anrichten, als die meisten Menschen vermuteten. Am besten, man hatte so wenig wie möglich mit ihnen zu tun.

Von vorn wirkte der Typ noch viel breiter, Schweiß glänzte auf seiner Haut. Seine Brust hob und senkte sich bei jedem

Atemzug, und der Drache über der Brustwarze schlug dazu lasziv mit den Flügeln. Natürlich nur eine optische Täuschung.

Nervös leckte sich Sandra über die trockenen Lippen. Zum ersten Mal in ihrer noch jungen Laufbahn als Polizistin war ihr mulmig zumute.

Nein, mehr noch: Ihr ging der Arsch auf Grundeis.

Dabei hatte sie sich geschworen, niemals vor einem Kerl Angst zu haben. Sie trug hier die Uniform und hielt die Pistole mit der Mündung auf ihren Gegner. Sie war die Stärkere.

Plötzlich flammten noch mehr Scheinwerfer auf, so dass nicht mehr nur der Altar ausgeleuchtet war, sondern die ganze Kirche. Hagen und Boris erschienen mit gezückten Waffen am Seiteneingang und versuchten zu erfassen, was vor sich ging. Das Messer fiel aus der erhobenen Hand des Mönches klirrend auf den Steinboden.

Irgendwo fing jemand fürchterlich an zu lachen.

Der Mönch trat einen Schritt zurück und zog hastig sein Gewand vorn zu. Nicht schnell genug für Sandra. Sie hatte sehr deutlich sein steil aufgerichtetes Glied sehen können, glänzend nass im Scheinwerferlicht. Die rote Spitze streifte den Innenschenkel der Frau auf dem Altar und verschwand im nächsten Moment in den Falten der braunen Kutte.

Sandra versuchte, sich nichts anmerken zu lassen. Gleichzeitig begriff sie, was hier vor sich ging. Das Blut auf dem Busen der Frau entpuppte sich beim zweiten Hinsehen als rotes Wachs.

Das hier war keine Schwarze Messe, kein Opferritual. Oder wenn doch, dann war es Eros, dem sie gehuldigt hatten.

Der Mann schlug mit einer lässigen Handbewegung die Kapuze zurück. Kurze dunkle Haare, ein finster versteinerter Blick aus stahlblauen Augen und ein unrasiertes markantes Kinn kamen zum Vorschein.

Sandra senkte die Waffe und starrte ihn an. »Tobias? Bist du das?«

Das konnte doch alles nicht wahr sein!

2. Kapitel

Die drehten hier einen Porno.

Die drehten hier einen Porno!

Sandra konnte es immer noch nicht glauben, während sie die Waffe wegsteckte und mit scheinbar selbstsicherer Miene auf den Altar zuging. Die ganze Szene wirkte völlig surreal.

Neben den beiden Darstellern waren noch zwei Kameramänner anwesend. Der eine hatte sofort gecheckt, was passiert war. Er war es auch, der so gelacht hatte. Er reckte theatralisch die Hände in die Luft, als wollte er sich ergeben, dabei prustete er immer wieder los. Der andere setzte vorsichtig die Kamera ab, die er auf den Schultern balanciert hatte, und richtete sich unsicher auf.

Sandras Kollegen hatten ebenfalls verstanden, dass es gar keine echte Bedrohung gab, und ihre Waffen gesenkt.

Hagen grinste, als er sich breitbeinig mitten im Raum aufstellte, so dass alle ihn sehen konnten. »Meine Dame, meine Herren, ich unterbreche Sie nur ungern, aber Sie befinden sich auf Privatgelände. Ich bitte Sie, unverzüglich Ihre Sachen einzupacken und diesen Ort zu räumen. Meine Kollegen werden Ihre Personalien aufnehmen. Sollten Sie hier fremdes Eigentum beschädigt oder entwendet haben, werden Sie die Konsequenzen dafür tragen müssen.«

Sandra beobachtete das Liebespaar. Der Mann war an die

Frau herangetreten und hatte ihr im Handumdrehen die Fesseln gelöst. Sie wickelte das Tuch, auf dem sie gelegen hatte, um sich, um ihre Blöße zu bedecken.

Und es war tatsächlich Tobias. Tobias Resner, Eins-Komma-Irgendwas-Abi, Sport-Ass und damals in der Schule Schwarm aller Mädchen, war also unter die Pornodarsteller gegangen. Unglaublich!

Ralf trat zu ihr. »Kennst du den Kerl?«

»Du bist doch Sandra Wacker. Wir sind zusammen zur Schule gegangen«, antwortete Tobias an ihrer Stelle.

Er nahm eins der Seile, mit der kurz zuvor noch die Frau an den Altar gefesselt gewesen war, und schlang es sich wie einen Gürtel um die Taille. Mit den nackten Füßen sah er jetzt wirklich aus wie ein richtiger Mönch. Wenn das Gewand nicht so einen unanständig weiten Ausschnitt gehabt hätte! Sandra konnte immer noch die Schwanzspitze des Drachen-Tattoos sehen, die sich wie ein kleiner Pfeil mit breiter Spitze obszön nach oben reckte. Ziemlich provokant. Ob das Absicht war?

Verstohlen schielte sie auf das Gewand, das sich um seine Beine bauschte, und je nachdem, wie Tobias sich bewegte, konnte sie deutlich ausmachen, dass er immer noch eine Erektion hatte. Wieder blitzte das Bild vor ihrem inneren Auge auf, wie er sich zwischen den Beinen seiner Gespielin zurückgezogen hatte. Nass, hart und erregt. Rasiert.

Sie war froh, dass er ihr nicht die Hand geben wollte. Schließlich hatte sie gesehen, wo er diese Hand kurz zuvor gehabt hatte. Und wer wusste schon, wo noch …

Was spielte das für eine Rolle? Sie sollte besser ihren Job machen! »Wer hat denn hier eigentlich das Sagen?«, rief Sandra in den Raum. Ihre Stimme hallte einen Tick schriller als sonst. Hoffentlich schoben die Kollegen das nur auf den Schock, den das Missverständnis ausgelöst hatte.

»Ich.« Tobias verschränkte die Arme vor der Brust, und damit verschwand der Drache endlich aus Sandras Blickfeld. Gleichzeitig deutete er mit dem Kinn auf die Frau, die inzwischen von dem Altar heruntergestiegen war, und gab ihr zu verstehen, sich zum Seitenausgang zu begeben. Vermutlich hatten sie dort ihre Klamotten irgendwo abgelegt.

»Was willst du wissen?«

Du? Noch einmal? Zu einer Polizistin? Gut, sie waren zusammen zur Schule gegangen, aber das war fast sieben Jahre her! Allein für diesen gönnerhaften Ton hätte Sandra ihm am liebsten Handschellen angelegt. Die Art, wie der Kerl sich vor ihr aufbaute, machte es nicht besser. Er legte es darauf an, sie herauszufordern.

»Wer ist auf die Idee für diese Location gekommen? Das ist Privatgelände.«

Tobias zuckte gleichmütig mit den Schultern. »Mein Cousin hängt hier manchmal mit Kumpels ab. Uns war schon klar, dass das Risiko besteht, erwischt zu werden.«

Und es war dir scheißegal, ergänzte Sandra in Gedanken. Wie sie solche arroganten Typen hasste! Und kindisch war es auch. Für einen Teenager, der seine Grenzen austesten wollte, hatte sie noch Verständnis. Aber dieser Kerl war fünf- oder sechsundzwanzig und damit erwachsen.

Eindeutig erwachsen. Als er sich umdrehte, zeichnete sich wieder für einen kurzen Moment unter der Kutte sein steifer Schwanz ab. Das Gewand konnte nicht verhüllen, was sie wusste. Sandra schluckte und erschauderte. Dann stand Tobias wieder hochaufgerichtet vor ihr. Er war gut einen halben Kopf größer als sie und rückte viel zu nah an sie heran. Ihr war es völlig klar, dass er das mit Absicht tat, um bedrohlicher zu wirken. Er spielte ein Machtspiel.

Wenn das so war, würde er das Spiel verlieren.

Äußerlich unberührt deutete Sandra auf das immer noch hell erleuchtete Ambiente. »Ihr dreht hier Pornos. Hab ich das richtig verstanden?«

»Schlaues Mädchen.« Bevor Sandra ihre Empörung überwunden hatte und reagieren konnte, legte Ralf Tobias eine Hand auf die Schulter. »Auch wenn ihr euch kennt, würde ich dir raten, meiner Kollegin ein wenig mehr Respekt entgegenzubringen. Sie stellt dir Fragen, du beantwortest sie. Wir können das auch morgen auf dem Revier fortführen.«

»Schon gut!« Tobias hob beschwichtigend die Hand und lächelte. Ralf wandte sich besänftigt ab und stieg über den Bauschutt, um zu seinen Kollegen zu gelangen, die gerade die Personalien der Frau aufnahmen. Sie hatte sich bereits angezogen. Die beiden Kameramänner sammelten Tücher und Wasserschalen zusammen.

Sandra hatte sehr wohl gesehen, dass Tobias' Lächeln seine Augen nicht erreicht hatte. Jetzt griff er auch noch ungeniert unter die Kutte, als müsse er sein Gemächt gerade rücken. »Sorry«, sagte er dazu. Das Zucken um seinen Mundwinkel zeigte sehr deutlich, dass es ihm überhaupt nicht leidtat. Er schien eher stolz zu sein. »Ich hab noch ziemlich Druck auf der Leitung.«

»Das scheint dir auch die Blutzufuhr im Gehirn abzuklemmen! Dein Druck interessiert mich überhaupt nicht. Sieh zu, dass du dein Zeug aufsammelst und von hier wegkommst!«

»Hey, ich wollte nur meinen Job machen, bis ihr reingeplatzt seid. Ich bin gespannt auf den Film. Vielleicht könnten wir die

Szene drin lassen? Natürlich mit eurem Einverständnis.« Tobias grinste unverschämt.

Ruhig Blut … Sie kannte so etwas doch, nichts Besonderes. Der Typ wollte sie provozieren, weil er mit der Frau in Uniform nicht klarkam. Versuchte, ihr zu verklickern, dass er, weil er der Kerl war, die dickeren Eier hatte. Junge, vergiss es!

»Scheint mir, dass wir uns erst ausführlicher unterhalten sollten, wenn du wieder zurechnungsfähig bist«, erklärte sie kalt. »Wir sehen uns morgen um vierzehn Uhr. Polizeirevier in der Pappelallee, Zimmer dreiundzwanzig.«

Tobias schien zu einem Salut ansetzen zu wollen, beherrschte sich jedoch im letzten Augenblick. »Jawohl, Frau Wachtmeisterin!«

»Kommissarin!«, zischte Sandra. Das lief hier gerade völlig aus dem Ruder.

Sandra hatte eine schlechte Nacht hinter sich, und zum ersten Mal war es ihr schwergefallen, mittags wieder zum Dienst zu gehen. Auch wenn sie es ungern zugab, war ihr die Aussicht auf das Gespräch mit Tobias unangenehm.

Sie war vermutlich damals das einzige Mädchen gewesen, das nicht in ihn verknallt gewesen war. Weil er schon damals den Ruf gehabt hatte, sich durch die halbe Schule geschlafen zu haben. Angeblich hatte er in einem Zeltlager sogar mit zweien gleichzeitig rumgemacht. Mit siebzehn!

Sah ganz so aus, dass er nach der Schule so weitergemacht hatte. War das jetzt sein … Beruf, Pornodarsteller? Das fiel Sandra trotz allem schwer zu glauben.

Ganz ungewollt hatte sie sich nach dem Einsatz, als sie im Streifenwagen mit Ralf wieder über die nächtlichen Landstraßen fuhr, gefragt, wie er seinen Druck wohl losgeworden war.

Hatten er und die Frau zu Ende gebracht, wobei sie die Polizei unterbrochen hatte? Hatte er sie mit nach Hause genommen, oder hatten sie es gleich im Auto getrieben? Oder war das zwischen den beiden wirklich nur eine reine »Geschäftsbeziehung«? War Tobias am Ende zu einer Frau oder Freundin nach Hause zurückgekehrt? Diese Vorstellung wollte am wenigsten zu dem Bild passen, das Sandra sich bisher gemacht hatte.

Sie war sich nur in einem sicher: dass Tobias sich noch Erleichterung verschafft hatte. Komischerweise beschäftigte sie am meisten der Gedanke, dass er allein leben könnte und selbst Hand an sich legte. Die Vorstellung, wie er die schlanken Fingern um seinen harten Schaft legte und sie dann vor- und zurückbewegte …

Warum interessierte sie das? Über so etwas hatte sie bisher noch nie groß nachgedacht. Und es verwirrte sie.

Gleichzeitig hatte sie von gesichtslosen Mönchen geträumt. Dann war sie es, die nackt und gefesselt auf einem Altar lag. Immer und immer wieder sah sie den Mann in der Kutte vor sich, die nackte Brust, die schweißglänzende Haut und dann sein erigiertes Glied, das gerade zwischen den Schamlippen der Frau hervorglitt. Zwischen ihren Schamlippen.

Sie musste sich unbedingt auf das Gespräch konzentrieren, das ihr bevorstand.

Heute hatte Tobias weder etwas Bedrohliches an sich, noch war seine Gestik in irgendeiner Weise herausfordernd. Er stand frisch rasiert in engen Jeans und einem schwarzgestreiften Hemd vor ihr und wirkte fast wie ein kleiner Junge, der reumütig seine letzten Streiche zugab.

Beim Hereinkommen hatte er Sandra offen angelächelt, und dieses Mal erreichte es auch seine Augen. Kleine Fältchen umrahmten das stählerne Blau und ließen es weicher erscheinen.

»Einen wunderschönen Tag, Frau Kommissarin«, sagte er und gab ihr die Hand. Sandra suchte vergebens nach einem Hauch von Spott im Unterton. Sie lächelte dennoch nur höflich und wies ihm den Stuhl vor ihrem Schreibtisch zu.

Kaum dass er saß, hob Tobias mit einer breiten entschuldigenden Geste die Hände. »Darf ich Sandra sagen? Bitte, ich kann mich nicht auf ein Sie einlassen, nachdem wir uns so lange kennen. Und ich wollte direkt sagen, dass es mir leidtut. Wirklich, echt leid. Ich habe mich ein bisschen danebenbenommen.«

Verlegen lachte er und legte die Hand in den Nacken, wobei sich sein trainierter Bizeps unter dem Hemd wölbte. Er schüttelte den Kopf, als könnte er selbst nicht glauben, was er am vergangenen Abend getan und gesagt hatte. »Ich möchte mich nicht rechtfertigen. Ich bin es gewöhnt, dass die Leute mir zusehen. Sollen sie auch. Das ist mir nicht peinlich. Deshalb drehe ich ja Filme. Aber Live-Zuschauer sind doch noch mal eine ganz andere Hausnummer. Ich habe wohl ein bisschen neben mir gestanden.«

Sandra war schon einigermaßen besänftigt. Das war eher der charmante Typ, den sie in Erinnerung hatte. Doch allzu leicht wollte sie es ihm nicht machen.

»Wir können gern beim Du bleiben. Aber am besten erzählst du mir jetzt mal der Reihe nach, wer diese Truppe da gestern war und was du genau machst.«

Mit einem Nicken lehnte Tobias sich zurück und schlug die Beine übereinander. »Da gibt es nicht viel zu erzählen. Ich habe Fotografie und Design studiert. Das war schon immer mein Traum. Vielleicht hast du das damals mitbekommen. An der Hochschule habe ich Eric kennengelernt. Er war gestern einer der Kameramänner.«

»Der die ganze Zeit so gelacht hat?«

»Nein, der andere mit den langen Haaren. Jedenfalls haben wir beide wiederum irgendwann Heike getroffen. Sie ist auch eine aus unserer Truppe. Die hat mich auf die Idee gebracht, mich auf Erotik-Art zu spezialisieren. Und da ich ohnehin keine Lust hatte, irgendwelche Hochzeiten oder Taufen zu fotografieren, habe ich das ausprobiert.« Er grinste, wie es Sandra erschien, sogar ein kleines bisschen verlegen.

Sie nickte und überlegte sich, ob sie sich eine Blöße geben würde, wenn sie nachhakte, was genau sie unter Erotik-Art verstehen sollte, da fuhr Tobias auch schon fort. »Ich fasse den Begriff ein bisschen weiter als üblich, wobei die Grenzen ohnehin fließend sind. Ich fotografiere Einzelpersonen und insbesondere Paare während des Aktes. Alles kann, nichts muss. Ich richte mich da ausschließlich nach den Wünschen meiner Kunden.«

»Du machst also Pornobilder auf Bestellung.« Sandra grinste belustigt, während sie Tobias ein Glas Wasser über den Schreibtisch schob. Erstaunt bemerkte sie seinen empörten Gesichtsausdruck.

»Was soll das?«, entfuhr es ihm prompt. »Hast du nicht zugehört? Ich bin Profi. Nur weil es mit Sex zu tun hat, ist es nicht gleich Porno. Mir geht es um Ästhetik.« Er reckte die Hand in die Höhe und sah Sandra herausfordernd an, als bezweifle er, dass sie mit so einem Begriff etwas anfangen könnte. Unwillkürlich fiel ihr Blick auf den billigen Wandkalender, den sie im Januar in einem Drogeriemarkt gekauft hatte. Wenn es stimmte, was er sagte, mussten die Abbildungen darauf eine Kränkung für sein geschultes Auge sein.

»Schon gut«, murmelte sie entschuldigend. »Ich wollte dich nicht beleidigen.«

Doch Tobias schien noch immer nicht besänftigt. Er beugte sich vor und sah sie eindringlich an. »Du kannst mir nicht erzählen, dass du den Unterschied nicht kennst. Eine Schwarzweißaufnahme mit dunklem Hintergrund. Vielleicht ein bisschen Rauch, der von einer schmalen Kerzenflamme durch die Luft kräuselt. Nur wenige helle Laken. Ein Paar, nackt, ganz auf das Wesentliche reduziert und aufeinander konzentriert. Das Licht ist ein wenig körnig, die Haut wie feiner Samt.« Mit der flachen Hand machte er eine Wellenbewegung, als streichele er gerade sanft über einen Frauenkörper. »Du siehst, wie die beiden in diesem Moment verharren. Du siehst ihre Ruhe und zugleich ihre Anspannung, ahnst eine langsame Bewegung, und du weißt ganz genau, was passiert, wenn du dich abwendest.« Ernst hielt er inne. Stille breitete sich aus.

Sandra räusperte sich und versuchte, das Bild aus ihrem Kopf zu vertreiben. Der stechende Blick der blauen Augen nahm sie gefangen, während sie den wohligen Schauder zu ignorieren versuchte, der ihr über den Rücken rieselte.

Energisch riss sie sich los und konzentrierte sich auf den kargen Büroraum mit den steril weißen Wänden und den grauen Möbeln. »Ich habe verstanden, was du meinst«, stieß sie hastig hervor, und Tobias lehnte sich zufrieden wieder zurück und legte die Arme auf die Lehnen seines Stuhls.

Sandra fiel auf, wie eng geschnitten sein Hemd war. Unwillkürlich fiel ihr Blick auf die Stelle, wo der kleine Drache unter dem Stoff schlummerte. »Und die Nummer gestern Abend«, hörte sie sich fragen. »Da warst du nicht hinter, sondern vor der Kamera, richtig? Mit dieser Heike?«

Amüsiert grinste Tobias, was Sandra endlich half, ihre Aufmerksamkeit wieder auf das Gespräch zu richten. Sie hatte fast vergessen, wie arrogant er sein konnte.

»Das war nicht diese Heike, sondern diese Conny. Eine von uns ›Sieben Sünden‹.«

»Wie bitte?«

»Nicht, dass du wieder auf falsche Gedanken kommst. Es ist ein Liebhaberprojekt. Im wahrsten Sinne des Wortes.« Sein Grinsen wurde anzüglich.

Sandra starrte ihn weiterhin verständnislos an.

»Wir betreiben eine Webseite«, fuhr er ernster fort. »Wir sind zu siebt, deshalb ›Sieben Sünden‹. Zweimal im Monat drehen wir einen Film und stellen ihn zum Download ein. Dazu gibt es ein Dating-Forum. Eine geschlossene Community, von *dieser Heike* streng kontrolliert. Wer nicht spurt, fliegt raus. Alles ganz legal.« Er sah Sandra eindringlich an. »Wie gesagt: ein reines Hobby-Projekt. Ja, wir verdienen damit Geld. Doch es hat nichts, aber auch gar nichts mit dem zu tun, was sonst im Internet abgeht. Klar?«

»Klar.« Sandra nickte. Ihm schien es wichtig zu sein, sich abzugrenzen. Selbst wenn sie sich unter dem Angebot der ›Sieben Sünden‹ nicht so recht etwas vorstellen konnte, kannte sie schließlich das Repertoire, das das Netz zu bieten hatte. Du meine Güte, sie glaubte nicht, dass es Menschen gab, die nicht wenigstens schon einmal aus Neugier über die entsprechenden Seiten gesurft waren.

»Heike ist ziemlich erfahren«, drang Tobias' Stimme wieder in Sandras Gedanken, wobei sie sich die Nachfrage verkniff, welche Art von Erfahrung er nun meinte. »Es war hauptsächlich ihre Idee, und es hat sich in den letzten drei Jahren beständig entwickelt.«

»Und auch bei diesen Filmen kommt es dir auf die Ästhetik an, ja?«, unterbrach Sandra ihn. Sie fragte sich langsam, wann ihr dieses Gespräch entglitten war und wo es eigentlich hinführen sollte.

Dieses Mal lächelte Tobias eher nachsichtig. »Sagt dir das Pussy-Power-Manifest etwas? Oder der Begriff HeartCore?«

»Sollte es?«

»Ich will dich nicht mit Definitionen langweilen. Aber vielleicht interessiert es dich, dass durchaus auch die ein oder andere Frau sich gerne einen gutgemachten Pornofilm anschaut. Wir arbeiten nach dem Manifest, das dafür steht, dass unsere Filme besonders Frauen ansprechen und auf ihre Bedürfnisse eingehen.« Sein Lächeln wurde breiter. »Die Idee kommt ursprünglich aus Dänemark. Die Hälfte aller Mitglieder unserer Community sind Frauen. Daher gehen wir davon aus, dass unser Konzept ankommt.«

Sandra schüttelte sprachlos den Kopf. Gab es das wirklich, oder versuchte Tobias gerade, ihr einen Bären aufzubinden, weil er keine bessere Idee hatte, wie er sich dafür rechtfertigen konnte, dass er Pornos drehte?

Diese Fotografien waren eine Sache. Die konnte sie ihm so abnehmen. Aber die Filme?

Wobei, wenn sie ehrlich war und sich die Szene in der Kirche noch einmal vor Augen führte, konnte sie schwer leugnen, dass die Laken, die Wasserschalen mit den Rosenblättern und die vielen Kerzen ein ansprechendes Ambiente erzeugt hatten. Es musste ziemlich viel Aufwand gewesen sein, den Raum herzurichten, und es hatte zumindest sehr durchdacht und professionell gewirkt.

Tobias holte eine Visitenkarte aus der Brusttasche seines Hemdes und reichte sie Sandra. »Hier steht die Webadresse drauf. Wenn du möchtest, richte ich dir einen Account ein, und du kannst dir selbst ein Bild machen.«

»Ich kann es mir ganz gut vorstellen, danke.« Sandra nahm die Karte und legte sie betont gleichgültig auf ihren Protokollbogen, auf dem sie bisher nur Tobias' Namen und das Datum eingetragen hatte. Sie konnte sich zudem verdammt gut vorstellen, wie viel Spaß Tobias an dieser ganzen Sache hatte. Er hatte schon immer einen Drang danach gehabt, sich darzustellen und bewundern zu lassen. Sicherlich betreute er seine weiblichen Fans auch ganz intensiv. Sandra versuchte vergeblich zu erkunden, warum ihr dieser Gedanke missfiel. Hatte er denn nun eine Freundin? Lebte er in einer festen Beziehung? Und wie erging es dieser Frau damit, dass zig Leute ihrem Mann dabei zuschauten, wie er mit anderen Frauen rummachte? Sie konnte schlecht danach fragen, denn es ging sie kaum etwas an.

Sie entschloss sich, das Thema abzuschließen, stellte ein paar Fragen zum Dreh in der Kirche und ließ es dabei bewenden. Tobias hatte ihre Fragen alle offen und ohne zu zögern beantwortet. Das Bußgeld würden die ›Sieben Sünden‹ vermutlich aus der Portokasse zahlen. Da konnte Tobias tausendmal betonen, dass sie das alles aus Spaß machten – es musste auch einträglich sein. Das Designerlogo auf dem Hemd war kaum zu übersehen, und seine Lederschuhe waren rahmengenäht und sahen definitiv neu und teuer aus.

Sie ließ ihn den Protokollbogen unterschreiben und nickte dann. »Das war's. Du kannst davon ausgehen, dass dem nichts mehr nachfolgt. Es sei denn, wir erwischen euch noch mal auf dem Gelände.«

»Werde ich dann verhaftet?«, fragte Tobias mit gespieltem Ernst.

Sandra beugte sich vor. »Natürlich. Und ins Zuchthaus eingesperrt, bei Wasser und Brot.«

»Solange du meine Zuchtmeisterin bist …« Ein herausforderndes Lächeln umspielte seine Lippen. »Ich habe übrigens auch eine Gefängniszelle in meinem Haus. Nur, falls du mal Lust auf einen Rollentausch hast.«

»Was wird das, Tobias? Sobald der offizielle Teil vorüber ist, bist du schon wieder ganz der Alte, der versucht, mich dumm anzumachen?«

»Du verstehst aber auch gar keinen Spaß, oder?« Tobias lachte und schüttelte den Kopf. »Tut mir leid. Sind nur Sprüche. Ich meine, die Gefängniszelle gibt's schon. Wir haben den größten Teil des Hauses in Kulissen umgebaut. Aber weißt du was? Ich möchte dir ein Angebot machen: Ich mache ein paar Fotos von dir. Sozusagen als Wiedergutmachung.«

Sandra schaute ihn fragend an, während sie sich erhob und hinter dem Schreibtisch hervorkam.

Tobias sprang auf, griff noch einmal in die Hemdtasche und holte eine zweite Visitenkarte hervor. »Hier ist die Adresse. Wie wär's, wenn du morgen Mittag vorbeikommst?«

»Und mich vor dir ausziehe? No way!«

Gleichmütig zuckte Tobias mit den Schultern. »Musst du nicht. Ich richte mich ganz nach den Wünschen meiner Kunden. Ich möchte dir einfach das Haus zeigen und ein paar schöne Fotos von dir machen.« Er lächelte. »Wird mir nicht schwerfallen.«

Sandra stutzte. War das gerade ein Kompliment gewesen? »Hm. Ich weiß nicht.«

»Du kommst vorbei und überlegst dir dann, in welchem Setting und was für Bilder du machen möchtest. Was hält dich ab?« Tobias schien die Frage ernst zu meinen.

Und mal ehrlich, er hat recht, du dumme Gans, schalt sich Sandra insgeheim. Er war Fotograf, und er hatte ihr angeboten, Fotos zu machen. Punkt, aus und Ende. Selbst wenn sie es sich überlegte und ein wenig Haut zeigte, was war schon dabei? Er sah so etwas doch täglich. Es war sein Job. Und wenn er nur halb so gut knipste, wie er von sich überzeugt war, würden es gute Fotos werden.

Auch seine wenigen Worte über das Haus hatten sie neugierig gemacht. Was sprach eigentlich dagegen, sich das Ganze einmal anzusehen? »Gar nichts. Gar nichts hält mich ab. Du hast mich neugierig gemacht. Ich komme.« Und dann würde sie entscheiden, wie weit sie gehen würde. Sie lächelte. Das aufgeregte Kribbeln ignorierte sie beharrlich.

3. Kapitel

Das Domizil der ›Sieben Sünden‹ lag in einer der ruhigen alten Alleestraßen am Stadtrand. Falls Tobias mit seinen Fähigkeiten vor und hinter der Kamera hochstapelte, so war die Bezeichnung »Haus« eine gnadenlose Untertreibung. Sandra konnte den Blick kaum von dem Anblick der großzügigen Gründerzeitvilla losreißen, die sie ein Stückchen von der Straße zurückgelegen hinter einem gusseisernen Zaun erwartete. Ein freistehendes Gebäude, gesäumt von uralten hohen Linden, die zusammen mit einer hohen Hecke den Garten des Hauses vom Grundstück des Nachbargebäudes abtrennten. Auf der anderen Seite lag eine Weide mit ein paar Pferden hinter einem flachen Hügel.

Ein Kiesweg führte Sandra zwischen gepflegten Rabatten und von Buchsbaum eingefassten Beeten ein paar Stufen zu einer doppelflügeligen verschnörkelten Holztür hinauf. Zuerst überlegte sie, ob sie den Türklopfer, einen protzigen Löwenkopf, benutzen sollte, als sie eine Klingel unter einem dezenten Messingschild entdeckte. *Tobias Resner Diplom-Fotograf – Termine nach Vereinbarung* stand dort, und darunter noch einmal in kleinerer Schrift: *Resner & Paulitz Filmproduktion.*

Sandra ließ ihren Blick über den Vorgarten schweifen und fragte sich, ob Tobias einen Gärtner beschäftigte. Rechts von ihr war ein Anbau aus Natursteinen, vor dem ein schwarzes

Porsche-Carrera-Cabrio parkte, daneben der Transporter des Schreinermeisters Dominik Felsensteiner, wie die Aufschrift verriet. Hinter diesem Vorgarten hätte sie eher einen Rechtsanwalt oder Steuerberater erwartet, auf keinen Fall einen Erotik-Fotografen. Es wirkte schon beinahe spießig.

Sandra grinste, als sie den Klingelknopf drückte. Spießig oder nicht, ihr war klar, warum sie das sehen sollte. Tobias war ein Selbstdarsteller und ein Angeber. Ihm war es wichtig, dass die Leute sahen, was er hatte und was er konnte. Schließlich hätte er den Porsche ja auch in der Garage parken können, nicht davor. In dem Anbau bekäme man mindestens zwei Autos unter.

Umso verwunderter registrierte sie die schlichte Kleidung, die er trug, als er ihr mit einem strahlenden Lächeln öffnete. Schwarze Chucks, schwarze Jeans und ein schwarzes Polo-Shirt, das seine muskulösen Oberarme gut zur Geltung brachte. Sandra fiel sofort das zweite Tattoo auf: Den linken Arm zierte ebenfalls ein Drache, dessen langer Schwanz sich den Ellbogen hinab einmal komplett um den Arm ringelte. Er hatte seinen angriffslustig geöffneten Rachen in Richtung Körper ausgestreckt. Wenn man von seinem Gegenstück auf der Brust wusste, würde das Bild vermutlich zwei fliegende Drachen in einem Kampf ergeben.

»Hey, Sandra, da bist du ja. Komm rein.«

»Gern.« Sandra deutete mit dem Finger auf seinen Arm. »Schickes Tattoo.«

Tobias lachte und zwinkerte ihr zu, während er mit den Fingern beiläufig über den Drachen strich.

Sandra biss sich auf die Lippe und folgte ihm. Natürlich wusste er, dass sie nun beide Drachen kannte. Daran hatte sie überhaupt nicht gedacht. Aber, na und? Ihr musste das kaum peinlich sein, und ihm war bekanntermaßen wenig peinlich.

Sie standen in einer quadratischen hohen Eingangshalle, von der vier Türen abgingen. Gegenüber dem Eingang, über dem eine großzügige Fensterfront für Licht sorgte, führte eine geschwungene Treppe in die erste Etage. Die Eingangshalle war von drei Seiten mit einer Brüstung umgeben, hinter deren Geländer Sandra weitere Türen erkennen konnte.

Die Einrichtung war modern und dennoch auf die zeitliche Epoche des Hauses ausgerichtet. Zarte Beigetöne an den Wänden korrespondierten perfekt mit dem schwarzweißen Fliesenmuster. Eine Standuhr, ein Dielenschrank und eine Anrichte im altenglischen Stil – vermutlich Nussbaumholz – waren die einzigen Möbel, dazwischen sorgten große Topfpflanzen für Farbtupfer in verschiedenen Grünschattierungen. Wieder begleitete Sandra ein Gefühl von Verwunderung, gemischt mit vager Enttäuschung und zugleich Erleichterung. Was hatte sie erwartet? Roten Samt und Plüsch wie in einem Nachtclub? Sie hätte es nicht sagen können, aber auf keinen Fall solch eine schlichte Eleganz.

»Das ist also mein Reich«, erklärte Tobias mit unverhohlenem Stolz. »Hast du Lust auf einen Rundgang?«

»Natürlich. Dafür bin ich ja da«, antwortete Sandra und vernahm mit Erleichterung, wie normal ihre Stimme klang. Vielleicht konnte sie sich danach einen besseren Eindruck von Tobias machen. Irgendwie konnte sie ihn und sein Verhalten nur schwer einordnen. Sie war davon überzeugt, dass er immer noch der großspurige Idiot wie in der Oberstufe war, mit seiner freundlichen Zurückhaltung konnte sie wenig anfangen.

Tobias durchquerte die Halle und schubste die Tür geradeaus auf. Sandra trat zwei Schritte heran, und ihr blieb die Luft weg. Sie betrat den Raum, indem sie sozusagen durch ein Bücherregal hindurchging, das die Wand mit der Tür und die linke Seite vollständig einnahm, und stand in einem altenglischen Salon mit einer hohen Stuckdecke. Die Mittagssonne fiel schräg durch einen gegenüberliegenden breiten Erker mit zwei Fenstern und einer Glastür, hinter der sich ein großzügiger Wintergarten befand.

Jetzt also doch: endlich Rot, dachte Sandra und unterdrückte ein Grinsen. Die scharlachroten Tapeten mit Paisleymuster gaben dem Raum ein nostalgisches Ambiente und waren farblich auf das Sofa und die beiden verschnörkelten Sessel abgestimmt. Auf dem niedrigen Couchtisch lag ein aufgeschlagenes Buch mit einer Brille darauf, ganz so, als sei der Landlord gerade erst aufgestanden, um eine Pause zu machen. Daneben stand ein Tablett mit einer Karaffe und mehreren Gläsern. Die alten ledergebundenen Bücher in den Wänden verströmten einen Geruch von Nostalgie. Der Raum war beinahe zu perfekt, um wahr zu sein.

Seltsam war dagegen der Anblick des Mannes, der mit dem halben Oberkörper in dem Kamin an der rechten Wand steckte und dort herumhantierte. Er trug eine beigefarben-schwarze Arbeitshose und ein dunkelgrünes T-Shirt, an dem Sägespäne hingen.

»Dommi, was machst du da?«, fragte Tobias lachend. »Ist der Weihnachtsmann steckengeblieben?«

»Ich *bin* der Weihnachtsmann, du Hornochse. Zwing mich nicht, meine Rute auszupacken«, kam es knurrend aus dem Kamin. Dann bückte sich der Mann und kroch unter dem Abzug hervor. Als er Sandra erblickte, grinste er entschuldigend. »Ich wusste nicht, dass du Kundschaft hast.« Er schob sich eine widerspenstige blonde Haarsträhne hinter das Ohr und schaute Sandra an, als überlegte er, woher er sie kennen müsste.

Tobias deutete auf Sandra. »Das ist Sandra, die Lady, die gestern Abend dabei war, das hast du ganz richtig erkannt. Ich habe ihr als Gegenleistung für mein schlechtes Benehmen ein Shooting angeboten. Das ist Dominik, oder Dommi, ein lieber Freund und Kollege.«

Sandra lächelte ihn an und ließ sich das Wort »Kollege« auf der Zunge zergehen. Dommi war im gleichen Alter wie Tobias, etwas größer und kräftiger gebaut, aber genauso durchtrainiert. Seine grünblauen Augen schienen ständig in Bewegung, als hätten sie Sorge, etwas zu verpassen. Dabei lag ein angedeutetes Lächeln um seine Mundwinkel, als wäre das Leben ein beständiges fröhliches Spiel. Auch kein Typ, den eine Frau von der Bettkante schubsen würde. Schon gar nicht, wenn er, wie gerade jetzt, eine Augenbraue hob und sie eindringlich musterte. »Ein Foto-Shooting, meinst du wohl.«

»Ganz sicher!«, warf Sandra hastig ein, bevor Tobias etwas sagen konnte.

Dommi reckte den Daumen in die Höhe, nickte freundlich und verzog sich wieder in den Kamin. »Er zieht nicht richtig. Muss mal ordentlich durchgeblasen werden. Tobias, hast du Lust?«, tönte es hinter dem Marmorsims aus der Wand. Sandra verdrehte die Augen, wobei sie sich nicht *ganz* sicher war, ob diese zweideutige Formulierung Absicht gewesen war.

»Keine Zeit, bedaure«, antwortete Tobias trocken, tätschelte ganz beiläufig Dommis Hintern und zwinkerte Sandra dabei kurz zu. Sie war sprachlos, tat aber so, als bemerkte sie sein Getue nicht. Es ärgerte sie, dass sie sich natürlich sofort fragte, ob die beiden sich auch schon mal eine Frau teilten, womöglich sogar vor der Kamera?

Und wenn schon. Sollten sie doch. Es interessierte sie nicht!

Im Kamin rumpelte es, dann war wieder die tiefe Stimme des Mannes zu hören. »Ich muss die Abzugsklappen hier neu justieren, vorher aber noch ein paar Ersatzteile besorgen. Mit einem lauschigen Kaminfeuer kann ich heute leider nicht dienen.«

»Schon gut. Hatten wir bei diesen Außentemperaturen auch eher nicht geplant. Danke dir.« Tobias wandte sich an Sandra, als ob nichts gewesen wäre, und umschloss mit einer ausladenden Geste den gesamten Raum. »Das ist also unser Salon. Dahinter ein Wintergarten mit einer gemütlichen Sitzecke, und hier kannst du aus dem Fenster einen Blick in den Garten werfen. Er ist nach dem Vorbild altenglischer Gärten angelegt.«

»Schick!«, musste Sandra zugeben, als sie seiner Anweisung gefolgt und einen Blick aus dem Fenster geworfen hatte. Kieswege führten unter Rosenspalieren und zwischen Statuen und Beeten mit blühenden Büschen hindurch und verloren sich unter den Obst- und Laubbäumen. Dazwischen teilten niedrige Hecken verschiedene Sitzgruppen ab.

Dann schaute sie genauer hin, und ihr blieb der Mund offen stehen. Erst auf den zweiten Blick erkannte sie, dass es sich bei den lebensgroßen weißen Statuen nicht um die üblichen Nachahmungen antiker Motive handelte – oder falls doch, dann der ausdrücklich expliziten. Dort lag ein Mann mit wallenden Locken auf einem Felsblock ausgestreckt, und eine Frau, die zwischen seinen Beinen kniete, führte gerade seinen steil aufgerichteten Phallus zum Mund. Eine zweite Frau stand breitbeinig über seinem Gesicht. Sie beugte sich nach vorn, streichelte dem Liegenden mit langen Fingern die Brust und reckte gleichzeitig einem zweiten Mann den Hintern entgegen. Dieser Mann hielt mit dem linken Arm ihren Oberkörper umschlungen und rieb eine Brustwarze zwischen Daumen und Zeigefinger. Mit der anderen Hand hielt er sein riesiges steifes Gemächt, bereit, es der Frau zwischen die Beine zu stoßen.

Zwei Frauen bildeten ein zweites Figurenpaar, das etwas weiter entfernt vom Haus immer noch gut zu erkennen war. Eine hatte das Bein um den Rücken ihrer hockenden Partnerin gelegt, die den Kopf im Schoß der ersten versenkt hatte. Im Gegensatz zu der ersten Figurengruppe wirkte diese Darstellung beinahe schamhaft.

Sandra schluckte und riss sich endlich los, wobei sie einen Blick zu Tobias vermied. Seine belustigte Miene war ihr dabei nicht entgangen. *Cool, Herr Resner, wirklich cool.* Was wollte er eigentlich damit beweisen? Wie hinterwäldlerisch sie im Gegensatz zu ihm war?

Wie auch immer die Antwort auf diese Frage lauten mochte, Sandra musste zugeben, dass das Haus und Tobias sie nicht kaltließen.

Und als hätte er ihre Gedanken erraten, setzte er mit dem nächsten Zimmer, das er ihr präsentierte, noch einen drauf. Es war ein Schlafzimmer, aber kaum eins, das zum Schlafen benutzt wurde. Der Raum war abgedunkelt, ganz in Rot und Schwarz gehalten und wurde von einem gusseisernen Himmelbett dominiert.

»Das ist natürlich das Zimmer, in dem die meisten Shootings stattfinden«, erklärte Tobias mit leiser, aber so ernster Stimme, als ginge es um eine Einkaufsliste. »Je nach Beleuchtung kann ich hier ganz unterschiedliche Stimmungen erzeugen, von romantisch bis verrucht.«

Sandra nickte abwesend. Es war ein schöner Raum, aber definitiv der, in dem *ihre* Fotos *nicht* entstehen würden. Er war zu ... eindeutig. Sie hatte die halbe Nacht darüber nachgedacht und sich dann entschieden, dass sie sich ausziehen wollte. Aber sie wollte es nicht übertreiben.

Sie kehrten in die Eingangshalle zurück, und Tobias ging auf die Treppe zu. »Dort geht es zum Keller, wo wir zurzeit das Innere eines alten Schiffes nachbauen. Außerdem sind da unten meine Gefängniszelle und der Weinkeller. Willst du sie sehen?«

»Kein Bedarf. Ehrlich«, antwortete Sandra eilig. Sie hatte befürchtet, dass er das vorschlug. Aber diese Sache mit der Gefängniszelle war ihr zu nah an der Realität, selbst wenn es sich, wie sie nun vermutete, um eine genauso gut gemachte Kulisse handelte wie bei dem Salon oder dem Schlafzimmer.

»Dann gehen wir nach oben«, meinte Tobias. Er wandte sich der Treppe zu und wies im Vorbeigehen auf die beiden verbliebenen Türen in der Eingangshalle. »Dort ist nichts Interessantes. Ein ganz normaler Atelierraum mit ein paar Leinwänden, mein Büro und meine Dunkelkammer.«

»Entwickelst du etwa noch selbst?«, wunderte Sandra sich. Die Vorstellung, wie Tobias in schwachem Licht vor Schalen mit Entwicklern und zwischen halbentwickelten Fotos herumhantierte, mutete seltsam altmodisch an.

»Ja«, war die unerwartet knappe Antwort.

Sie wartete, doch eine weitere Erklärung blieb aus. Verwirrt folgte Sandra ihrem Gastgeber in den ersten Stock. Und ohne dass sie hätte sagen können, warum, hatte sie zum ersten Mal, seit sie sich begegnet waren, das Gefühl, sie hätte Tobias' Intimsphäre verletzt. Wie seltsam.

Sie ließ sich von ihm durch den ersten Stock führen, doch die Eindrücke rauschten an ihr vorbei, weil sie diesen Gedanken nicht loswerden konnte. Sie hätte nicht einmal genauer sagen können, was Tobias ihr zeigte, lediglich die Themenwelten blieben ihr im Gedächtnis. Ein modernes Anwaltsbüro, ein Secondhandladen aus den Fünfzigern, ein Badezimmer im Jugendstil – es waren allesamt Kulissen, doch wie im Erdgeschoss mit überbordender Genauigkeit und Perfektion umgesetzt. Sandra hatte keinen Zweifel daran, dass man sich hier ohne Schwierigkeiten verlieren konnte.

Allein ein Raum blieb ihr im Gedächtnis: Er war ganz in warmen Erdtönen gehalten, lediglich die Decke war in einem kräftigen Blau gestrichen. Hunderte kleiner LED-Lämpchen funkelten wie Sterne auf dem künstlichen Firmament. Statt Möbeln gab es ein paar flache Hocker und Tische, ansonsten nur Berge von Kissen und ein paar luftige Vorhänge, die die Fenster schmückten und eine Empore in einer Ecke des Raumes abtrennten.

Sandra fragte sich, ob sie den Raum so genau betrachtet hatte, weil Tobias ihr gesagt hatte, dass es sein derzeitiges Lieblings-Setting wäre. Sie begann, über ihn nachzudenken, fragte sich, warum sie ihn so schwer einschätzen konnte.

Schließlich standen sie wieder in der Galerie. Sandra entdeckte eine kleinere Treppe, die in ein weiteres Stockwerk führte.

»Geht's da noch weiter?«, fragte sie. Das Haus gefiel ihr, in allen seinen Spielarten. Sie wollte mehr davon sehen und wurde enttäuscht.

»Nein. Da geht's zu meiner Wohnung.« Sah es nur so aus, oder war Tobias ihrem Blick ausgewichen? Hatte er etwas zu verbergen? Sandra beherrschte sich, obwohl sie neugierig wurde. Das ging sie wirklich nichts an.

Sie wurden von einem Rufen aus der Eingangshalle unterbrochen. »Ich bin weg für heute«, schallte Dommis Stimme zu ihnen herauf.

Tobias lehnte sich über die Brüstung und winkte hinunter. »Alles klar, Partner. Wir sehen uns übermorgen?«

»Korrekt. Bis dann! Viel Spaß euch beiden.« Sandra sah Dommi kurz zurückwinken. Kurz darauf hörte sie die Haustür ins Schloss fallen. Für einen Moment wurde Sandra flau im Magen. Sie war mit Tobias allein. Jetzt wurde es ernst.

4. Kapitel

»So, und? Hast du dich entschieden, welches Ambiente es sein soll?«, fragte Tobias, der natürlich von ihren nervösen Gedanken nichts ahnen konnte.

Sandra folgte ihm die Treppe hinunter zurück in den Flur. Sie war von den Eindrücken ziemlich überfordert. Die Truppe hatte wirklich einiges auf die Beine gestellt, und es waren nicht einfach Kulissen – es steckte Herzblut darin. Der Spaß an der Freude und die Liebe zum Detail sprachen ebenso aus der Anordnung der Bücher im Salon wie aus den farblich perfekt abgestimmten Kissen im »Schlafzimmer«. Jeder einzelne Raum ließ seinem Besucher förmlich keine andere Wahl, als in seine Welt einzutauchen und sich wohl zu fühlen.

Sandra konnte sich wirklich vorstellen, wie Tobias abends in einem der Ohrensessel saß und ein Buch las. Oder sich mit der Rothaarigen im Himmelbett zwischen den roten und schwarzen Kissen wälzte …

Sofort schob sie den Gedanken beiseite. »Ich finde das orientalische Setting toll, oder den Salon. Aber ich habe doch wohl kaum die passenden Klamotten an.« Sie wies auf ihr blaues T-Shirt und die Jeans.

Tobias lächelte, und es wirkte ein wenig herausfordernd. Oder bildete sie sich das nur ein? »Wir könnten im Fundus nachsehen, unser ›Secondhandladen‹ ist gleichzeitig unser

Klamottenlager. Du hast ungefähr Vickys Figur. Aber in der Regel ist Kleidung kein Problem.« Er hob vielsagend die Augenbrauen.

»Ich denke, ich kann das selbst entscheiden?«, entgegnete sie kühl.

Insgeheim hätte sie sich ohrfeigen können. Das kam jetzt rüber wie ein Mauerblümchen, dabei hatte sie ja bereits geplant, sich erotisch ablichten zu lassen. Wenn sie schon mal hier war, warum nicht? Sie hatte nur eher gedacht, sie startete angezogen und würde sich nach und nach ausziehen.

Aber klar, was für ein Quatsch! Sie würde ja keinen Striptease für Tobias hinlegen, sondern Fotos für sich machen.

»Klar«, stimmte er zu. »Dann habe ich das missverstanden. Ich dachte eben – na ja, ist auch egal. Also, wohin?«

»Der Garten«, antwortete sie hastig. »Die kleine Ecke mit der Linde und der steinernen Parkbank.« Das war möglichst weit weg von diesen Marmorstatuen. Die wollte sie auf keinen Fall mit auf den Fotos haben.

»Dann habe ich noch eine bessere Idee. Ich hole dir eine Picknickdecke, und du kannst dich unter den Kirschbaum setzen. Sandra, guck nicht so. Du entscheidest ganz allein, was für Fotos du machen willst. Aber dort ist das Licht um diese Tageszeit besonders schön.

»Einverstanden. Ich … ich wollte mich schon ausziehen.« Sie grinste etwas verlegen.

»Also doch.« Zu ihrer Verwunderung sah Tobias sie ganz ernst und aufrichtig an. »Ich sagte doch, deine Entscheidung. Du brauchst dich vor mir nicht zu schämen. Ehrlich gesagt bezweifle ich sogar, dass du mir etwas bieten könntest, was ich noch nicht gesehen habe.«

Vermutlich sollten diese Worte sie wirklich nur beruhigen. Doch innerlich fühlte Sandra sich sowohl beleidigt als auch herausgefordert. Egal! Sie würde machen, was sie wollte und womit sie sich wohl fühlte.

Sie ging in den Garten und schaute sich um, bis Tobias mit seiner Kamera, einer blaue Decke und einem Picknickkorb aus geflochtener Weide zu ihr kam.

»Und hier kann mich wirklich niemand sehen?«

»Ich.« Jetzt konnte Tobias sich ein Grinsen trotzdem nicht verkneifen.

»Blödmann.«

»Schau dich um. Links und hinten stehen keine Häuser, und rechts ist eine vier Meter hohe immergrüne Hecke. Dahinter erkennt man nur Dach, oder? Wenn meine Nachbarn sich dort oben hinsetzen, könnten sie etwas sehen. Aber da sie nicht wissen, was hier manchmal abgeht, haben sie es bisher nicht versucht.«

»Und was geht hier manchmal ab?«

»Tja.« Tobias grinste noch breiter. »Du kannst den Account immer noch in Anspruch nehmen. Du wirst in den Videos so einiges wiedererkennen. Übrigens für manche Kunden ein prima Verkaufsargument: sich in den Kulissen ausprobieren, in denen wir gedreht haben. So ergibt eins das andere.«

»Was nimmst du eigentlich für so ein Shooting?«

»Dreihundert Euro von Einzelpersonen, fünfhundert von Pärchen.«

Ups! »Eine Menge Kohle, dafür, dass du deinen Spaß hast.«

Tobias' Miene verschloss sich unversehens. »Ich glaube, du hast das immer noch nicht kapiert. Ich bin Profi, sowohl vor als auch hinter der Kamera. Wenn ich fotografiere, bin ich Fotograf. Ja, das macht mir Spaß, aber nicht so, wie du das jetzt gerade gemeint hast. Punkt!« Er wandte sich ohne ein weiteres Wort ab und begann, am Objektiv herumzudrehen.

Sandra setzte sich auf die Decke und war wütend auf sich. Welches Recht hatte sie, an ihm herumzukritisieren? Er machte nichts Illegales und hatte keinen Beruf, sondern eine Berufung. Na und? Es schien wirklich eine Menge Leute zu geben, die so viel Geld für solche Fotos ausgaben. Noch mal na und! Was ging sie das an?

Aber dann sollte sie das Angebot auch nutzen. Schließlich hatte sie bereits gründlich darüber nachgedacht und wusste, was sie wollte: Bilder von sich in der hübschen schwarzen Spitzenunterwäsche. Es schien Ewigkeiten her zu sein, dass sie dieses sündhaft teure Set gekauft hatte, um ihren damaligen Freund zu überraschen. Sie hatte es noch nie getragen, da sie sich kurz danach getrennt hatten. Jetzt ergab sich doch endlich mal eine Gelegenheit.

Tobias war irgendwie aus ihrem Sichtfeld verschwunden. Ob er überhaupt noch da war? Vermutlich schon. Er würde sie kaum einfach hier sitzen lassen. Am besten, sie machte es sich ganz einfach gemütlich. Sie zog das T-Shirt über den Kopf. Darunter kam der BH zum Vorschein, ein Hauch von nichts. Jetzt erst merkte Sandra, wie warm es war. Die Sonne kitzelte angenehm auf der Haut. Und der Platz war wirklich schön: Die Krone des Kirschbaums war nicht sehr dicht belaubt, so dass die Sonnenstrahlen ein hübsches Muster mit den Schatten malten. Sandra legte sich zurück, streckte die Beine aus und schloss die Augen. Aber sofort riss sie sie wieder auf und beugte sich vor. »Tobias?«

Er trat hinter einem riesigen Hortensienbusch hervor. »Ich bin hier.«

Mit drei, vier Schritten war er bei ihr und ging vor ihr in die Hocke. Eine vorwitzige Haarsträhne war ihm über die Stirn ins Auge gefallen, und er schob sie unbewusst zurück. »Sandra, hör mir zu. Bitte. Lass mich jetzt einfach machen. Denk an was Schönes. Denk nicht an mich. Ich bin nicht da. Und wenn du mit dem Ergebnis nicht einverstanden bist: ein Knopfdruck, und alles wird gelöscht, als hätte es die Fotos nie gegeben. Darauf hast du mein Wort. Und mir ist mein guter Ruf verdammt wichtig. Von dem lebe ich. Wenn dir das nicht reicht, kannst du auch gehen. Wir vergessen das Ganze. Du hattest mit deinen Kollegen einen Einsatz, über den ihr hoffentlich irgendwann herzlich lachen werdet, und gut. Deine Entscheidung.« Er erhob sich und machte eine unbestimmte Geste. »Ich verschwinde. Wenn du bleibst, werde ich Fotos machen. Ansonsten sagst du, dass du gehen willst, und du gehst.«

Sandra wusste nicht recht, was sie wollte. Einerseits wäre sie am liebsten aufgesprungen und abgehauen. Sie konnte sich einfach nicht so entspannen, um sich vor der Kamera ohne Scheu zu geben. Aber meine Güte, sie war doch weiß Gott nicht prüde! Hielt mit den Kollegen mit, wenn es zotig wurde. Und Tobias hatte das sicherlich schon Dutzende Male gemacht. Kein Grund also, nervös zu werden.

Beinahe trotzig zog sie Schuhe und Jeans aus und legte ein passendes schwarzes Spitzenhöschen frei. Sie löste das Haarband aus dem Pferdeschwanz, und die braunen Haare fielen ihr locker über die Schultern. Dann legte sie sich wieder nach hinten und schloss die Augen.

Sofort sah sie die Männerbrust mit dem Tattoo vor sich. Der sanft wiegende Rhythmus der Muskeln unter der Haut. Die Drachenklaue, die sich nach der Brustwarze streckte, die klein und hart und rot hervorstach. Der gleißende Schweißfilm und die hellen Reflexionen im Scheinwerferlicht. Darüber ein dunkles bedrohliches Nichts.

Und dann sein dicker Schaft, nass glänzend, voll aufgerichtet.

Nur ein Augenblick, doch einer, der sich für immer eingebrannt hatte … Sandra verschluckte ein erschrecktes Keuchen. Ihre Hand war ganz von selbst den Bauch hinabgewandert und spielte mit dem Saum ihres Höschens.

Tobias schaute nicht nur zu, er würde auch jedes Detail im Bild festhalten.

Sie sah ihn genau vor sich. Seine glatte Brust, seinen durchtrainierten Bauch. Wie mochte sich das anfühlen, die Hand auf die harten Muskeln zu legen, sie zu streicheln, ihre Konturen nachzuspüren?

Sie sollte nicht an ihn denken, hatte er gesagt, und sich ein paar schöne Gedanken machen. Aber das schloss sich gerade völlig aus. Sie konnte nicht *nicht* an ihn denken …

Sie streckte sich, lag eine Weile einfach nur da und genoss die Sonne auf der Haut. Die Wärme ließ sie ein wenig schläfrig werden. Sie umspielte mit der Hand ihren Bauchnabel.

Warum gab sie nicht einfach zu, dass Tobias eine gute Figur machte? Sie wusste, was er zu bieten hatte. Mit der Meinung stand sie kaum allein da. Sie musste es ihm schließlich nicht ins Gesicht sagen. Er wusste es ohnehin. Die lässigen Bewegungen, mit denen er ihr Büro betreten hatte. Die fordernden Blicke, die er in die Runde warf. Als wäre er ständig auf der Suche nach der nächsten Frau. Was erlaubte sich dieser Kerl nur?

Ob es ihn anmachte, wenn die Kamera lief, während er …? Wenn er sich klarmachte, dass den Film bald Hunderte und Tausende Leute ansahen?

Sandra überlief eine Gänsehaut, als sie sich vorstellte, wie Tobias jetzt gerade irgendwo hinter seiner Kamera hockte und ihr zusah. Sie durfte einfach keine Rücksicht mehr darauf nehmen, dass er irgendwo in der Nähe war. Gleichzeitig fühlte sie einen sehr starken Drang, ihn zu provozieren. So wie er sie mit den Schilderungen provoziert hatte, als er ihr die Villa gezeigt hatte.

Was er konnte, konnte sie auch. Sie wollte doch mal sehen, ob es ihn wirklich kaltließ, wenn sie sich ein bisschen streichelte. Mehr nicht.

Ihre Hand glitt unter den Saum ihres Höschens. Warme Feuchtigkeit empfing ihre Fingerkuppe. Sie konnte sich wohl kaum vormachen, dass der Rundgang im Haus sie kaltgelassen hatte.

Sie stellte sich vor, wie Tobias hier auf dieser Decke saß, vielleicht mit der Rothaarigen. Sie tranken Champagner und aßen Sandwiches. Die Frau trug ein weites Kleid und kaum etwas darunter, als sie auffordernd die Beine spreizte, den Kopf in den Nacken legte und lachte.

Ohne dass Sandra es wollte, konzentrierte sie sich auf Tobias' Gesicht. Wie er das Glas hob und mit einem charmanten Lächeln seiner Gespielin zuprostete. Wie er die Lider senkte, die Zungenspitze an die Oberlippe legte und sich zu der Frau herabbeugte, um sie zwischen die Schenkel zu küssen. Sein Gesicht verschwand, und nur seine Berührung blieb …

Sandras Finger wanderten tiefer, versenkte sich in ihr, dann ein zweiter. Glitten wieder heraus und fanden ihren Lustpunkt. Der Spitzenstoff spannte sich und kratzte angenehm über ihre Schamlippen.

Sie rieb über die kleine Perle und sah auf einmal wieder den gesichtslosen Mönch vor sich. Wie er sich über sie beugte, während sie von den Fesseln niedergedrückt wurde. Dabei seinen steifen Schwanz massierte. Wie er ihr die Knie auseinanderzwang, seinen Schaft zwischen ihre Schamlippen drückte, hineinglitt. Immer wieder zustieß, langsam erst, dann schneller, tiefer, fordernder.

Ihre Finger folgten dem Bild und tauchten in die feuchte Mitte. Sie presste den Handballen auf ihren Kitzler. Der Stoff über ihrer Hand spannte sich weiter, schabte zwischen ihren Pobacken.

Fast konnte sie fühlen, wie das Gewand des Mönches ihre nackte Haut berührte. Die Wärme seines Körpers, sein unterdrücktes Stöhnen.

Ihr Atem ging schneller. Sie spürte das Sonnenlicht durch ihre geschlossenen Augen, doch noch intensiver durchströmte ihre eigene Hitze ihre Adern. Sie hob beide Hände, schob den BH nach unten und legte ihre Brüste frei, deren Brustwarzen sich längst steil und verlangend aufgerichtet hatten. Sie unterdrückte ein Stöhnen, als sie die weiche Haut knetete, bis sie das Prickeln zwischen ihren Beinen nicht mehr aushielt. Mit einer Hand riss sie den Spitzenstoff zur Seite, um mit der anderen ungehindert vorzudringen. Während ihre Finger immer wieder hineinglitten, rieb ein Daumen über die Klitoris und trieb sie schließlich mit wenigen Berührungen dem Höhepunkt entgegen.

Leise stöhnte Sandra, kniff die Augen zusammen und spürte die ekstatischen Wellen, die ihren Körper durchfluteten. Dann ebbte das Gefühl ab, sie öffnete die Augen und starrte in die Baumkrone. Ein kleiner Vogel hüpfte die Äste hinauf und verschwand hinter dem Baumstamm.

Was hatte sie da gerade getan? Und Tobias hatte alles gesehen.

Erschöpft hob sie den Kopf und unterdrückte einen Aufschrei. Die Panik kroch ihr wie ein kleines Tier in den Nacken, als sie hastig die Hände zurückzog und ihren Slip zurechtrückte. Tobias hockte höchstens zwei Meter entfernt direkt vor ihr, ein Knie in den Boden gestemmt, um das Gleichgewicht zu halten. Sie konnte nur die Umrisse seiner breiten Schultern ausmachen. Und sie war sicher, dass er sich jeden Moment auf sie stürzen würde.

Sandra rutschte hastig zurück, zog die Beine an den Körper und richtete sich auf. Jetzt konnte sie Tobias' Gesicht hinter dem Objektiv erkennen. Keine Gefahr, nur neutrale Konzentration. Er senkte die Kamera und schaute Sandra fragend an. Da kniete sie, immer noch mit entblößter Brust, und fühlte sich ertappt und erniedrigt.

Wie hatte sie sich nur darauf einlassen können? Was war in sie gefahren?

»Ich … glaube, wir … sind fertig«, stammelte sie, während ihre Finger schon nach ihrem T-Shirt angelten und es hastig überstreiften. Jeans und Schuhe folgten. Tobias hatte sich aufgerichtet und stand ein wenig verloren im Gras, beobachtete sie schweigend. Ihm war keine Regung anzusehen, weder im Gesicht noch auf andere Weise, soweit Sandra das beurteilen konnte. Sie spürte einen kleinen Stich. Hatte ihn das jetzt wirklich kaltgelassen? Eigentlich war es ihr ja völlig egal, aber irgendwie war das auch falsch. Unangemessen.

»Ich gehe jetzt. Du kannst dich ja melden.« Sie sagte das nur aus Höflichkeit. Weil man das so sagte. Falls er es tat, würde sie ihn bitten, »den Knopf« zu drücken und die Fotos zu löschen. Lieber wäre es ihr, sie würde nie wieder etwas von ihm hören.

Er verunsicherte sie zu sehr. Und Unsicherheit war keine

Eigenschaft, die sie schätzte. Eine, die in ihrem Charakter und ihrem Selbstbild nichts zu suchen hatte.

Sie eilte zur Tür, und er verabschiedete sie mit verlegen gemurmelten Floskeln. Dann stand sie auf der Straße und ging zu ihrem Auto. Bei jedem Schritt spürte sie seinen Blick im Nacken, und sie würde eine Menge dafür geben zu erfahren, was er wohl gerade dachte.

5. Kapitel

Tobias fühlte sich wie vor den Kopf geschlagen. Er hatte doch nichts gemacht? Warum war Sandra wie von Furien gehetzt abgehauen?

Nachdenklich ging er in sein Büro und schloss die Kamera an den Computer an, um die Bilder herunterzuladen. Natürlich hatte er schon so eine Ahnung. Ihm stand ihr verzücktes Gesicht noch deutlich vor dem geistigen Auge.

Er ließ sich auf den Drehstuhl fallen und wippte hin und her. Auf dem riesigen Monitor vor sich würde er gleich Sandras Fotos sehen, um sie zu sortieren und zu bearbeiten. Er war ein bisschen wütend auf sie, weil sie ihm nicht glaubte. Kein Wort von dem, was er gesagt hatte, war gelogen. Er vergriff sich nicht an Kundinnen. Niemals, never, no way. Es war sogar so, dass die eine oder andere durchaus versuchte, ihn anzubaggern. Die meisten wussten schließlich, was er zu bieten hatte, und vermutlich machte sie der Gedanke heiß, eine Nummer mit dem Typen aus den Videos zu schieben. Aber das ließ ihn erst recht kalt.

Und sobald er die Kamera in den Händen hielt, war er wirklich, was er vor Sandra behauptet hatte: nur noch Fotograf. Na klar, er sah natürlich gerne hin. Er liebte Frauen, und jede hatte ihm etwas zu bieten. Aber es war sein Gefühl, das die Kamera lenkte, nicht sein Schwanz. Als würde das

Gerät verhindern, dass er überhaupt eine Erektion bekommen könnte.

Die ersten Bilder von Sandra erschienen auf dem Monitor. Tobias fiel sofort auf, dass sie sich nie bewusst in Szene gesetzt hatte. Sie hatte sich ganz auf sich und ihren Körper konzentriert. Als wäre es ihr wirklich nie um die Fotos gegangen, sondern darum, sich zu beweisen, dass sie den Mut hatte, sich vor seinen Augen zu befriedigen.

Umso mehr war er von ihrem plötzlichen Abgang enttäuscht gewesen. Sie war unglaublich mutig gewesen. Wie um seine Aussage zu widerlegen, dass er alles kannte, was Frauen ihm zu bieten hatten.

Klar hatte auch die eine oder andere ihren Orgasmus gehabt, das gehörte dazu. Aber das waren eben meistens die, die ihn mehr oder weniger offen anschmachteten. Sandra dagegen war ihm gegenüber kalt wie eine Hundeschnauze. Das war schon damals in der Schule so gewesen. Sie hatte ihn und seine Eskapaden verachtet. Sie war die Einzige, die er hatte haben wollen und die er nicht herumgekriegt hatte.

Nichts hatte sich seitdem geändert.

Das wurde ihm bewusst, als er ihre Fotos sah. Erst Aufnahmen von ihrem Gesicht, als sie sich noch überlegte, was und wie viel sie bereit war zu zeigen. Dann ihre Hand, die über den Bauch zwischen ihre Beine wanderte. Als sie ihre Nippel geknetet hatte, hatte er die Position gewechselt. Sie hatte nichts bemerkt.

Tobias spürte seine Hose enger werden, als er die nächsten Fotos sah. So nah zoomte er normalerweise gar nicht heran. Doch das nasse Dunkel zwischen den weit gespreizten Schamlippen war zu verführerisch gewesen. Kurz bevor sich ihre Finger in ihre feuchte Mitte versenkten.

Seine Hand schob sich unter den Hosenbund und griff nach seinem erigierten Schwanz, der bereits erwartungsvoll pochte. Die Nähte der Jeans schnitten ihm unangenehm in die Eier.

Tobias starrte auf das Bild und holte Luft. Nein, so ging das nicht. Er würde jetzt nicht Sandras Bilder als Vorlage nutzen.

Stöhnend zog er die Hand zurück und griff nach seinem Handy. »Heike? Wo bist du gerade? Hast du Bock vorbeizukommen?« Er musste ihr nichts erklären.

»Klar. Gib mir eine halbe Stunde.«

Tobias stellte den Monitor aus, während die Bilder weiter auf den Computer geladen wurden. Er wollte sich ablenken, die Zeit nutzen. Doch vor allem musste er aus der Hose raus.

Zwei oder drei Stufen der breiten Treppe auf einmal nehmend, lief er in seine Wohnung und betrat das Ankleidezimmer. Er riss die Chucks von den Füßen, ohne sie aufzubinden, und öffnete Gürtel und Knöpfe seiner Hose. Als die Hose langsam nach unten rutschte, stöhnte er vor Erleichterung und lehnte sich an die Wand. Seine Pants folgten, und er war endlich frei. Mit beiden Händen fuhr er sich über die Innenschenkel, griff sich an den Sack und knetete ihn kurz, bevor er die Finger über seinen Schaft gleiten ließ. Fast brutal schob er die Haut nach vorn, bis es unangenehm wurde, dann löste er die Spannung, indem er die Hand zurückzog. Wiederum so weit, bis sich die Haut schmerzhaft dehnte. Das machte er drei-, viermal, bis er glaubte, sich so weit unter Kontrolle zu haben, dass er nicht bei einer falschen Bewegung sofort kam.

Er schleuderte die Hose von sich, zog sich das Polo-Shirt über den Kopf und wählte eine weite rote Haremshose mit Gummizug. Darüber kam eine offene schwarze Weste. Einen dazu passenden Rock mit Schleier besorgte er aus dem Fundus und legte ihn im Flur vor dem orientalischen Raum bereit.

Heike würde selbst entscheiden, wie viel sie davon anzog, bevor sie sich zu ihm gesellte.

In der Teeküche holte er Oliven sowie eine Flasche Sekt aus dem Kühlschrank und zwei Gläser aus dem Schrank. Anschließend klappte er eine fast unsichtbare Holztür auf, hinter der die Technik im gesamten Haus gesteuert wurde. Er wählte sanfte Klänge aus Tausendundeiner Nacht als Hintergrundmusik und stellte die Lautsprecher ein. Mit elektrisch gesteuerten Jalousien dunkelte er den Raum vor der Nachmittagssonne ab, so dass eine diffuse Beleuchtung vorherrschte.

Als er zufrieden war, ging er mit der geöffneten Sektflasche in den orientalischen Raum, goss die Gläser voll und stellte sie neben die Oliven auf einem goldenen Tablett ab, auf dem bereits eine Schale Erdnüsse stand. Er schaute sich um. Es war schon fast perfekt. Nur noch die Kerzen und kleinen Fackeln auf den schwarzstählernen Haltern anzünden, deren goldener Schein sodann von den roten und sandgelben Wänden zurückgeworfen wurde. Ein kleiner Zimmerspringbrunnen plätscherte bereits munter vor sich hin. Tobias legte einige der bunten, mit Goldrand bestickten Kissen auf einen Haufen, legte sich hinein und blickte zur blaubemalten Decke, auf der die winzigen Leuchten wie kleine goldene Sterne blinkten.

Er liebte solche Vorbereitungen fast so sehr wie den Sex, der bald folgen würde. Sie brachten ihn in eine erwartungsvolle, angespannte Stimmung, nahmen die Erregung vorweg und steigerten seine Vorfreude. Dieses Mal hatten sie ihn ein wenig abgekühlt. Und er hatte vielleicht sogar fünf Sekunden nicht an Sandra gedacht. Heike würde ihm die Gedanken an die falsche Frau für ein paar Minuten austreiben.

Er schloss die Augen und wartete, während seine Finger mit einer goldenen Troddel spielten. Er wagte nicht, Hand an sich zu legen. Wenn er gleich zu schnell kam, würde Heike sauer werden. Sie erwartete Standvermögen.

Endlich hörte er ihren Schlüssel in der Haustür. Die sanft klingende Melodie würde sie zu ihm führen. Es folgten das Geklapper ihrer Schuhe und dumpfe Geräusche, als sie die Handtasche oder Ähnliches auf dem Boden ablegte. Tobias' Hand glitt unter den Saum seiner Hose, und seine Finger umspielten seine Eichel. Der Perlenvorhang an der Zimmertür klackerte, als die kleinen Perlen aneinanderschlugen. Dem Geräusch folgte das leise Klingen von Schellen.

Träge öffnete er ein Auge und lächelte. Heike trug ihre schwarze Mähne offen und ein goldenes Medaillon um den Hals, das zwischen ihren Brüsten fast verschwand. Sie hatte das Tuch so um ihren Busen geknotet, dass gerade noch die Höfe ihrer Nippel zu sehen waren. Der weite Rock bauschte sich um ihre Beine, und an den Fesseln trug sie mehrere Reifen mit den kleinen Schellen. Sie kniete sich mit einem Sektglas und zwei Oliven vor ihm hin.

»Du befiehlst, mein Sultan?«

Statt einer Antwort tunkte er zwei Finger in das Glas und benetzte ihr Dekolleté. Er bedeutete ihr, sich vorzubeugen, und leckte ihr die herbsüße Feuchtigkeit von der Haut. Heike seufzte zufrieden und liebkoste mit einer Hand seine festen Muskeln unter der Weste. Sie steckte eine der Oliven zwischen ihre Lippen und hob den Mund. Tobias ließ von ihr ab und nahm ihr Gesicht in beide Hände. Mit den Zähnen angelte er nach der Frucht, zerkaute sie und genoss den bitteren Geschmack. Seine Zunge tastete vor und eroberte ihren Mund, den sie ihm gierig darbot. In sanften Kreisen wanderten seine Hände nach unten, streiften das Tuch von der Brust und liebkosten die weiche Haut. Er rieb ihre Brustwarzen zwischen

Daumen und Zeigefinger, knetete sie hart und drückte immer fester zu, bis sie aufstöhnte. Er wusste, dass sie das mochte, und es erregte ihn. Seine Erektion erblühte wieder in der weiten Hose.

Er griff nach dem Tuch, das nun um ihren wohlgeformten Bauch hing, und wollte sie damit an sich ziehen. Heike zierte sich ein wenig, lächelte ihm neckisch zu und stemmte die Hände gegen seine Brust. Er ließ sie gewähren und löste seinen Griff um das Tuch, so dass sie rückwärts in die Kissen sank.

Sie spreizte die Beine, und langsam, aufreizend langsam schob sie den Rock nach oben, bis ihr Allerheiligstes sichtbar wurde. Tobias stöhnte und leckte sich mit der Zungenspitze über die Lippen. Er wollte sich auf sie stürzen, doch sie hob die Hand und schob die zweite Olive zwischen ihre Schamlippen, bis nur noch ein kleiner grüner Kopf zu sehen war. Sie lehnte sich mit geschlossenen Augen zurück und stützte sich mit einer Hand ab, während die andere mit dem Medaillon zwischen ihren Brüsten spielte. Sein goldener Schein brach sich verheißungsvoll im Licht der Kerzen.

Ein provozierend wissendes Lächeln umspielte ihre vollen Lippen.

Er knurrte wie ein ungehaltenes Tier und versenkte ungestüm seinen Kopf zwischen ihren Schenkeln. So etwas konnte ihn rasend machen, und sie wusste das. Er presste den Mund verlangend gegen ihre Schamlippen, und seine Zunge schmeckte ihre weibliche Feuchte. Als er zubiss, vermischte sich der salzig-bittere Geschmack der Olive mit ihren scharfen Säften. Er schluckte. Gierig schlang er die Hände um ihre Schenkel und zog sie näher an sich.

Heike begann, sich gegen die Umklammerung zu wehren.

Doch jetzt hatte sie verloren. Er würde entscheiden, wie das Spiel weiterging. Ihre Beine fest im Griff, tauchte er tiefer in ihre Weiblichkeit ein, ließ seine Zunge über ihren Kitzler flattern und versenkte sie tief in der nassen Spalte, ihren weiblichen Duft genießend.

Heike stöhnte bereits. Sie bog ihm ihr Becken entgegen, während sie gleichzeitig mit den Händen in seinen Schopf griff und versuchte, seinen Kopf an den kurzen Haaren zurückzuziehen.

»Hör auf«, brummte er, nicht willig, ihre Beine loszulassen.

Sie keuchte flehentlich und riss weiter an seinen Haaren.

Tobias packte fester zu, presste seine Lippen gegen den weichen Hügel ihrer Weiblichkeit.

»Ich sagte: Hör auf!« Dann biss er ihr in die Klitoris. Nicht zu fest, aber hart genug, um seinen Worten Nachdruck zu verleihen. Sie keuchte empört und zog ihre Hände weg.

Er richtete sich auf, warf ihr einen finsteren Blick zu und riss sie mit dem Tuch um ihre Mitte an sich, bis sie vor ihm kniete. Sie schlug devot die Augen nieder, und er vergrub seine Nase für einen Augenblick in ihren schwarzen Haaren, deren Locken ihn an der Brust kitzelten.

Sein Schwanz pochte schmerzhaft, die Spitze drängte gegen den Stoff der Hose.

Tobias stand auf, ohne die Haare seiner Gespielin loszulassen, und suchte mit seinen Füßen Halt zwischen den Kissen. Dann riss er den Gummizug der Hose nach unten.

»Blas mir einen!« Er drückte ihre Wange gegen seine Schenkel. Ihre Zunge wanderte zaghaft an seinem steil aufgerichteten Schaft entlang, dann schüttelte sie den Kopf.

Er packte ihre Haare fester und ergriff seinen Schwanz. Mit dem Daumen massierte er die rote Eichel, an der sich ein kleiner Lusttropfen gebildet hatte. Und er drückte sie hart gegen ihre fest aufeinandergepressten Lippen.

Heike kniff die Augen zusammen und wollte die Hände heben, ließ sie aber wieder sinken. Tobias zwang seinen Daumen zwischen ihr zartes Fleisch und rammte ihn in ihren Mund. Heike gluckste überrascht und presste die Lippen gegen seine Härte. Jetzt hob sie die Hände und umschloss seinen nackten Hintern in einer festen Umarmung. Er zog sich zurück und stieß dann erneut zu. Seine Muskeln dehnten sich unter ihren Handflächen, spannten sich für den nächsten Stoß in ihren lüsternen Mund. Ihre Zunge tanzte auf der empfindlichen Spitze, umkreiste sie und trieb Tobias mit ihren hektischen kleinen Berührungen in den Wahnsinn. Er legte den Kopf in den Nacken und schrie. Heike massierte mit sanften Kniffen seine Pobacken. Er spürte die Hitze ihrer Hände auf seiner Haut, den Schweiß in seiner Falte.

Es ging zu schnell, es ging alles viel zu schnell.

Tobias riss Heikes Kopf zurück, umschlang ihren Oberkörper mit einem Arm und drehte sie mühelos herum. Er hielt sie an dem Tuch fest, während die andere Hand ihren Rock hob und ihren Unterkörper entblößte. Sie ahnte bereits, was er vorhatte, und streckte ihm ihren Hintern entgegen. Er musste nur noch ihre Beine mit dem Fuß ein wenig auseinanderschieben, bevor er sich in sie versenken könnte. Ihre Weiblichkeit pulsierte rosarot glänzend vor ihm. Heikes Hand erschien zwischen ihren Schenkeln, begann herausfordernd zu reiben, zog die samtweichen Schamlippen einladend auseinander.

Nun gab es kein Halten mehr. Tobias beugte sich vor und trieb die gesamte Härte seiner Männlichkeit wie einen Pfahl in sie hinein. Mühelos füllte er sie bis zum Anschlag aus, zog sich ein wenig zurück und stieß wieder zu. Heike stöhnte bereits nach dem dritten oder vierten seiner fordernden Stöße, ihre Finger zuckten über ihren nassen Hügel, und ihre Rosette pulsierte. Tobias stieß in sie, beugte sich über sie und krallte sich in ihre schaukelnden Brüste. Er schrie noch einmal leise auf, als er spürte, wie er sich in die Frau unter ihm ergoss, bevor sie unter seinem Gewicht zusammenbrach und er auf sie sank. Mehrere erschöpfte Atemzüge blieben sie so liegen, bevor Tobias sich erhob und dabei aus ihr herausglitt. Er reichte Heike eine Hand, zog sie herum und neben sich in die Kissen. Sie hob ihm ihr schweißglänzendes Gesicht entgegen und grinste unverschämt. »Wer ist sie?«

»Was? Wer?« Tobias spürte einen angenehm kühlenden Luftzug auf seiner schweißnassen Haut. Das ungerührte Plätschern des Zimmerspringbrunnens mischte sich mit der leisen Hintergrundmusik und holte ihn in die Realität zurück. Er hatte keine Ahnung, was Heike meinte.

Sie legte mit einem spöttischen Grinsen den Finger auf das Drachen-Tattoo über seinem Herzen, ließ ihn über die Haut wandern und kniff ihm in die Brustwarze.

»Du bist verliebt. Wer ist sie?«

6. Kapitel

Tobias angelte nach seiner Hose und zog sie hoch. »Keine Ahnung, wovon du da redest«, murmelte er ausweichend.

Heike lachte leise, warf sich das Tuch über die nackten Schultern und folgte ihm aus dem Raum. Im Flur nahm sie Kleidung und Handtasche auf und zeigte wortlos auf die Tür zum Bad. Tobias schüttelte den Kopf, bevor er die Treppe in seine Wohnung hochging und dort wieder seine Kleidung wechselte. Dann lief er zurück ins Büro und schaltete den Kaffeeautomaten ein, um sich und Heike »den Espresso danach«, wie sie es nannte, zu machen.

»Hey, Tobias. Hab ich doch richtig gehört, dass du da bist.«

Tobias wandte den Kopf nicht zur Tür, sondern stellte zwei Tassen auf die Untertassen und legte Löffel dazu. »Hi, Jelena.«

Hinter ihm raschelte es, als würde ein Stapel Papier abgelegt, dann hörte er Jelenas Bleistiftabsätze zu sich herüberstöckeln. Er verkrampfte unwillkürlich und konzentrierte sich ganz darauf, die beiden Tassen mit heißem Wasser zu füllen, um sie anzuwärmen.

Jelenas Hand streifte wie zufällig seinen Hintern und legte sich um seine Hüfte. »Und, Chef?« Sie reckte sich zu seinem Ohr. Ihr warmer Atem traf auf seine Haut, und er erschauerte. »Was gibt's für mich heute zu tun?«

»Nichts. Lass das.« Unwillig schob Tobias ihre Hand von seiner Hüfte, wohl wissend, dass sie das nur noch mehr anspornen würde. Und als hätte sie seine Gedanken gelesen, wanderten ihre Fingerspitzen seinen Hosenbund entlang und kitzelten über die Haut. Tobias spürte, wie ihm das Blut bereits wieder in die Lenden schoss. Es war ja nicht so, dass Jelena ihn kaltließ. Ein blondes Gift mit drallen Brüsten und breiten einladenden Hüften.

Ich sollte gar nicht erst auf diese Weise an sie denken, schalt er sich. Er packte ihr Handgelenk und riss sie von seinem Hosenbund los.

»Welchen Teil von ›Lass das‹ hast du nicht verstanden?«, knurrte er unwirsch. Er schüttete das Wasser aus der ersten Tasse, stellte sie unter den Automaten und drückte den Knopf.

Er hätte es besser wissen müssen.

Jelena stellte sich hinter ihn, rieb ihre Brüste an seiner Schulter, während sie ihm gleichzeitig mit einer blitzschnellen Bewegung in den Schritt griff. »Sei nicht so grausam. Ich fühle doch, dass du es auch willst.«

Der Kaffeeautomat zischte, und der Duft des heißen kleinen Kaffees breitete sich im Büro aus. Tobias biss sich auf die Unterlippe und bereitete die zweite Tasse Espresso zu, während er versuchte, die Schwellung in seiner Hose zu ignorieren. Jelena hatte recht und auch wieder nicht. Natürlich hätte er nichts gegen eine schnelle Nummer mit ihr, gerne, jederzeit und nicht nur vor einer laufenden Kamera. Wenn da nicht das Problem wäre, dass sie mehr verlangen würde. Mehr als Sex.

Sie hatten etwas mehr als zwei Monate eine Beziehung gehabt, die diesen Namen schon nach wenigen Tagen kaum verdient hatte. Warum konnte sie es nicht darauf beruhen lassen und einsehen, dass sie vielleicht als Paar vor der Kamera harmonierten, der Rest dagegen nur im Krampf und Kampf enden würde?

Er ignorierte ihre streichelnde Hand, so gut es ging, und drehte sich um, um ihr ins Gesicht zu sehen. Jelena lächelte zu ihm auf und schlug kokett die Augen nieder, während ihre Hand nun über seinen Hintern wanderte. Entschlossen schob Tobias sie ein Stückchen von sich. Und sofort zog Jelena einen gekonnten Schmollmund.

»Es reicht, Jelena, es reicht wirklich. Spar dir deine Kräfte für den Dreh übermorgen, dann kannst du dich austoben.«

»Mit Dommi. Ich will aber lieber mit dir …«

»Nun lass ihn, Jelena. Du überanstrengst ihn noch«, unterbrach sie Heikes Stimme aus Richtung Bürotür. Sie lehnte im Türrahmen und entwirrte mit den Fingern ihre noch feuchten Haare. Ihr Lächeln war scheinbar freundlich, doch die Botschaft an Jelena stand ihr deutlich ins Gesicht geschrieben: *Lass ihn in Ruhe!*

Jelena verschränkte die Arme und schob damit scheinbar zufällig ihren Busen ein wenig weiter nach oben. Verärgert wippte sie mit einem Bein und starrte die beiden anderen abwechselnd an.

Tobias löffelte Zucker in beide Tassen und brachte Heike eine davon. Er musterte Jelena schweigend, ahnte er doch, was nun kam. Sie enttäuschte ihn nicht und stieß einen Finger anklagend in Heikes Richtung. »Aber mit ihr treibst du es auch, wenn keine Kamera läuft, richtig? Wo ist der Unterschied?«

»Der Unterschied bin ich, und das weißt du genau!« Heike leckte sich genießerisch die Crema von den Lippen und stellte die Tasse ab. Dann ging sie mit leicht schwingenden Hüften, als wäre sie auf einem Catwalk, auf Jelena zu und stellte sich vor sie. Sie waren beide gleich groß, und genau wie Jelena es zuvor bei Tobias machen wollte, rieb nun Heike ihren Schoß an dem der blonden Frau. Dann beugte sie sich über Jelenas großzügigen Ausschnitt und ließ ihre Zungenspitze über die Haut gleiten.

Tobias bekam weiche Knie und lehnte sich unauffällig gegen einen Aktenschrank und hoffte, dass Jelena nicht genau jetzt hinsah, als er sich in den Schritt griff und alles gerade rückte. Doch die war auf Heike konzentriert, und er konnte es ihr nicht verübeln.

»Ich will genauso wenig was von Tobias, wie ich was von dir will, Jelena«, gurrte Heike leise. »Ich will nur deinen wunderschönen Körper, ich will deinen Schoß lecken, und ich will, dass du mich zu einem Orgasmus treibst, der mich um den Verstand bringt.«

»Lass das!«, raunzte Jelena und schob die andere Frau weg. Dann schien ihr bewusst zu werden, dass sie dieselben Worte benutzte, die eben noch Tobias zu ihr gesagt hatte, und lächelte ihn verlegen an.

Der hatte sich inzwischen wieder einigermaßen im Griff und schlug einen versöhnlichen Ton an. »Ich könnte euch filmen, dann machen wir ein kleines Add-On für die Seite. Oder es bleibt für eure Privatsammlung.«

Im gleichen Moment erkannte er, dass das ein Fehler gewesen war. Jelena wandte sich wütend ab und nahm ihre Handtasche. »Ich verzichte. Dir, Heike fehlt etwas ganz Wesentliches: ein Schwanz. Und du, Tobias, bist *hinter* der Kamera kein Mann. Ein Fick mit einem Roboter wäre gefühlvoller!«

Sie rauschte aus dem Raum, und Tobias hörte ihre Absätze in der Eingangshalle über die Fliesen knallen, dass es wie kurze Pistolenschüsse widerhallte. Dann fiel die Haustür krachend ins Schloss.

Er grinste Heike hilflos an. »Genau, wenn ich hinter der Kamera bin, kann Jelena sich noch so viel Mühe geben, es wirkt nicht. Deshalb habe ich es doch angeboten.«

Heikes Miene blieb ernst. »Es ist völlig okay, wenn du sie zurückweist. Jede und jeder von uns kann frei entscheiden, was er mit wem, wann und wo macht. Oder eben nicht macht. Aber du solltest sie nicht allzu sehr verärgern. Streit wäre nicht gut für die Gruppe.«

Statt einer Antwort wandte Tobias sich zum Kaffeeautomaten, nahm seinen Espresso und ließ sich damit auf seinen Drehstuhl fallen.

»Was spricht denn dagegen, wenn du mit Jelena ab und zu eine zusätzliche Nummer schiebst? Du bist doch sonst kein Kostverächter«, hörte er Heikes beharrliche Stimme.

Tobias trank den Espresso, stellte die leere Tasse ab und rollte den Stuhl vor den Schreibtisch mit dem Monitor. Der Bildschirmschoner ließ kleine Pixel von oben nach unten über den schwarzen Bildschirm rieseln.

»Bekomme ich jetzt auch keine Antwort mehr, Mister Superman?«, zischte Heike etwas ungehaltener.

»Schon gut«, erwiderte Tobias, ohne sich umzudrehen. »Ich mag Jelena. Ich mag sie wirklich. Aber ich will nicht, dass sie sich Hoffnungen auf mehr macht. Und das tut sie, sobald ich sie näher als unbedingt nötig an mich heranlasse, und das meine ich sowohl wörtlich, körperlich als auch im übertragenen Wortsinn. Völlig egal, um welches Thema es geht: Sie redet mir ständig nach dem Mund, weil sie glaubt, dass mir das gefällt. Ich kann mit ihr kaum einmal über die Arbeit sprechen, ohne dass sie mich antatscht. Natürlich ganz zufällig.«

Er wandte sich Heike zu und malte bei den letzten Worten mit den Fingern Anführungszeichen in die Luft, und sie nickte sofort zur Bestätigung. Tobias verzog bedauernd den Mund. »Sie ist toll, aber sie ist keine Frau für mich.«

Er drehte sich wieder zum Schreibtisch und überlegte, welche Fotos er zuletzt aufgerufen hatte. Er wurde ungeduldig, doch er zwang sich zu warten, bis Heike ging. Sonst würde sie Fragen stellen. Das wäre eigentlich nicht schlimm, denn mit ihr hatte er bisher immer über alles reden können. Doch es fühlte sich anders an, wenn er an Sandra dachte. Das war seine Privatsache. Er ignorierte das warme Kribbeln im Magen, als er an sie dachte. Dieses Kribbeln, das sich so ganz anders anfühlte als bei jeder anderen und das ihm schlagartig bewusstmachte, dass es auch das gewesen sein musste, was immer schon gefehlt hatte, wenn er an Jelena dachte.

Er zuckte erschreckt zusammen, als Heike ihm eine Hand auf die Schulter legte. »Wie ist denn die Frau für dich?«

Nachdrücklich schüttelte Tobias den Kopf und schwieg.

Heike lachte leise und fuhr ihm mit zwei Fingern unter den Haaransatz, was ihn sofort wieder erschaudern ließ.

»Eine solche Frau hat sicherlich einiges mit dir gemeinsam«, gab er grinsend zu, ohne sie anzusehen. Er legte die Arme auf die Lehnen des Stuhls. »Sie wäre so klug und gut aussehend, so selbstbewusst und ein genau so toller Kumpel wie du, eine Vertraute.« Er grinste breiter. »Aber sie wäre nur halb so alt wie du. Du könntest meine Mutter sein.«

An ihrem Lachen hörte er, dass seine Worte den gewünschten Effekt erzielt hatten. »Ich könnte deine Mutter sein, deine Schwester, deine Freundin, was immer du willst.« Blitzschnell ergriff sie seine Hände, riss sie nach hinten und presste die Handgelenke aufeinander.

Mit so etwas hatte Tobias überhaupt nicht gerechnet. Er schrie überrascht auf. »Hey, was wird das?« Er drehte sich um, so weit er konnte, als er spürte, wie sich ein dünnes Plastikband um seine Handgelenke legte.

Ein ratschendes Geräusch folgte. Heike lächelte ihn gespielt boshaft an und neigte den Kopf. »Du hast mich gerade beleidigt, oder? Man weist eine Dame nicht auf ihr reifes Alter hin.«

Gequält lachte er auf und versuchte, seine Hände zu befreien. Es ratschte noch einmal, und dann folgte ein stechender Schmerz, als das Plastikband ihm in die Handgelenke schnitt. Verständnislos sah er zu Heike auf.

Sie lächelte immer noch, fasste den Drehstuhl an beiden Armlehnen und drehte ihn zu sich herum. »Das ist Kabelbinder. Etwas anderes habe ich hier gerade nicht zur Hand. Das Seidentuch habe ich oben gelassen, tut mir leid für dich.« Sie stellte sich breitbeinig über ihn, während Tobias versuchte, seine Arme etwas weiter zu strecken, damit ihm das Plastik nicht so sehr in die Haut schnitt. Innerlich schwankte er.

Er kannte Heike seit langem, und er ahnte, was kommen würde. Er wusste auch, dass er die Situation mit einem Wort, mit einem Satz beenden könnte, doch er war sich nicht sicher, ob er das wollte. *Einerseits* wollte er arbeiten, Sandras Fotos betrachten, sich überlegen, wie er sich ihr nähern könnte, ohne die nächste brüske Abfuhr zu kassieren.

Heike stützte sich auf die Armlehnen und beugte sich zu ihm herunter. Ein Wassertropfen löste sich von einer Haarsträhne und hinterließ einen nassen Fleck auf Tobias' schwarzem T-Shirt. »Du hast bei deiner Aufzählung meiner Eigenschaften eine vergessen, Tobias Resner. Ich bin neugierig. Fürchterlich neugierig. Geradezu krankhaft.« Sie lächelte, wie eine Katze ihre Beute anlächeln würde. Tobias hielt ihrem Blick trotzig stand. Genau das war das Problem. Er hätte überhaupt nichts gegen das *andererseits*, das ihn noch ein paar schmerzhaft süße Minuten von der Arbeit abhalten würde. Doch Heike war eine Meisterin ihres Fachs, und er fürchtete, dass sie ihn auf diese Weise tatsächlich dazu bringen könnte, ihr von Sandra zu erzählen.

»Ich muss arbeiten«, sagte er halbherzig.

Heike legte beide Daumen auf seine Knie und fuhr mit leichtem Druck die Innennaht seiner Jeans entlang die Oberschenkel hinauf.

»Hast du nicht eben zu Jelena gesagt, ich sollte mich nicht überanstrengen?«, murmelte er heiser, als ihre Daumen seinen Schritt erreichten und seine Eier massierten. *Das ist sinnlos, sag ihr einfach, dass du nicht willst, und lass es gut sein. Bei Jelena hast du auch kein Problem damit!* Die Daumen wanderten über seine Erektion, über die sich der Stoff bereits wieder gespannt hatte, seit Heike ihm die Hände zusammengebunden hatte.

Heikes Mund näherte sich seinem Gesicht. Tobias starrte sie an, während er die kreisenden Bewegungen in seinem Schritt zu ignorieren suchte. Wenn er jetzt nichts sagte, würde es zu spät sein.

»Heike …« Als er den Mund öffnete, streckte sie sich und biss ihm sanft in die Unterlippe. Feuchte Haarsträhnen strichen über seine Wangen. Er konnte den Früchteduft ihres Shampoos riechen. Tobias stöhnte, weil sie gleichzeitig den Druck ihres Daumens verstärkt hatte. Ein Finger fand eine Lücke zwischen den Knöpfen seiner Jeans und schlüpfte hinein. Jetzt verwehrte nur noch der dünne Stoff seiner Pants die Berührung seiner Haut.

Heike entließ seine Lippen. »Du hast es nicht anders gewollt«, raunte sie ihm zu. Ihre Finger waren an seinem Hosenbund angelangt.

Doch, er wollte es anders, nämlich gar nicht.

Der erste Knopf seiner Jeans sprang auf.

Sag ihr, sie soll aufhören!

Finger drängten sich in den Hosenbund. Tobias sackte auf dem Stuhl etwas nach vorn. Während er wie hypnotisiert auf die Finger starrte, die unendlich langsam die restlichen Knöpfe öffneten, versuchte er, sich zu erinnern, was er sagen wollte. Eine schläfrige Atmosphäre erfüllte das Büro, und nur das gleichmäßige leise Surren des Computers störte die Ruhe. In dem kleinen Raum war es verflixt heiß geworden. Jemand sollte die Rollos vor das Fenster ziehen, damit die Nachmittagssonne nicht so hereinknallte.

»Heb deinen Arsch, damit ich dir die Hose runterziehen kann!«, befahl plötzlich Heike in die Stille hinein. Sie schabte mit den Fingernägeln herausfordernd über den Jeansstoff.

Tobias schloss die Augen. »Du kannst mich mal.«

»Gute Idee.« Mit einem Ruck schob sie sein T-Shirt nach oben und entblößte seine Brust. Er spürte einen kühlen Luftzug auf der Haut und wartete angespannt darauf, was sie vorhatte, doch nichts weiter geschah. Als er nach einer kurzen Weile die Augen öffnete, war Heike verschwunden.

Er lauschte. Zwischen dem Surren erklang ein Rumpeln oder Poltern, doch er konnte nicht erkennen, wo Heike war oder was sie machte. Seine Oberarme begannen, sich zu verkrampfen. Nervös leckte er sich über die Lippen und schaute an sich hinab auf den Hosenbund, der unangenehm drückte, während er vergeblich an seiner Fessel ruckelte.

Wo blieb Heike? Sie wollte ihn hier doch jetzt nicht ewig so sitzen lassen? Gerade, als er sich fragte, ob sie darauf wartete, dass er nach ihr rief, kam sie zurück. Sie hielt ihre Hände hinter dem Rücken. »Ich habe mir ein bisschen Spielzeug besorgt.«

Tobias schüttelte ungläubig den Kopf und presste die Lippen aufeinander, als sie ihm eine schwarze Binde über die Augen legte und so fest verknotete, dass er Sterne flimmern sah. Einen Moment überlegte er, ob er ihr nicht doch Einhalt gebieten sollte. Er wusste, was er von ihr erwarten musste, was sie mit ihm und Eric schon alles angestellt hatte, wie nah Schmerz und Lust bei ihren Praktiken beieinanderlagen. Und er wusste, dass sie kaum Ruhe geben würde, bis sie ihr Ziel erreicht hätte und er ihr gestehen würde, was sie hören wollte.

Der letzte Gedanke machte ihm Angst, vor allem, da Heike gerade wieder ihre warmen Fingerspitzen einsetzte und über seine Eichel flattern ließ, unschuldig und zart. Unwillkürlich bog er ihr das Becken entgegen, und im nächsten Moment waren ihre Hände unter ihm und rissen Jeans und Pants über seinen Hintern. Eine Naht knackte, und der Stoff schnitt Tobias schmerzhaft in die Haut. Er stöhnte leise.

»Schon besser.« Heike kicherte zufrieden. Sie ließ die Hose los, und Tobias hörte, wie sie hinter ihn trat. Sie beugte sich über ihn und steckte ihm zwei Finger in den Mund. Feuchte Haarsträhnen kitzelten ihn im Gesicht. Die andere Hand wanderte über seine Brust, kniff ihm hart in die Brustwarze und rieb über seine angespannten Bauchmuskeln. Dann griff sie nach seinem Schwanz, befreite ihn rüde aus der Hose, die ihm jetzt den Hodensack nach oben drückte.

Tobias wollte etwas sagen, wollte protestieren, doch Heikes Hand legte sich unter sein Kinn, die beiden Finger glitten in seinen Mund, umspielten seine Zunge und hinderten ihn daran zu sprechen.

Ohne die Finger wegzunehmen, ging Heike um den Stuhl herum und stellte sich wieder über ihn. Ihre Innenschenkel hielten seine Beine eng umklammert. Wieder spürte er ihren Griff an seiner weichen Haut. Heike wusste exakt, wie sie den Druck dosieren musste, sie knetete immer so, dass es beinahe schmerzhaft und unangenehm wurde.

Tobias warf den Kopf in den Nacken und stöhnte lauter.

Heike nahm endlich ihre Finger aus seinem Mund. »Wolltest du etwas sagen?«, gurrte sie scheinheilig. Ihre nassen Finger benetzten seine Vorhaut und legten sich mit dem Daumen wie ein Ring darum. Unerträglich langsam bewegten sie sich vor und zurück.

»Nimm mir die Binde ab, ich will dich sehen«, forderte er.

»O nein, mein Lieber. Ich will, dass du *sie* siehst. Stell sie dir vor. Und ich will ihren Namen hören.« Sie nahm seine Eier in eine Hand und zupfte daran.

Tobias rutschte noch ein wenig weiter nach vorn, um dem Druck zu entgehen. Heike zog stärker, und er wand sich. Jeden Moment rechnete er mit dem Schmerz. Er hatte sich entschieden, das Spiel genau dann zu beenden. Er wollte heute weder leiden, noch wollte er etwas preisgeben.

Es schien, dass Heike ihn durchschaute. Statt eines stärker werdenden Zupfens spürte Tobias plötzlich, wie sich weiches Plastik über seine Haut legte und zuzog. Ein zweiter Ring legte sich noch enger um seinen Schaft und seine Eier. Rasend schnell staute sich das Blut, pulsierte bis in die empfindliche Spitze. Und zarter als der Flügelschlag eines Schmetterlings wanderten feuchte Fingerkuppen über die hitzige Haut, brachten ihn mit jeder Berührung mehr in Wallung.

»Hast du sie schon einmal gekostet?« Ein Finger legte sich auf seinen Mund, benetzte ihn mit einem heißen Tropfen.

Mit der Zungenspitze schmeckte Tobias Heikes Nektar, den sie auf seinen Lippen verrieb, während die andere Hand den gleichmäßigen, nervenzerreißend langsamen Rhythmus wie zuvor aufnahm. Der Druck nahm zu und wurde unerträglich.

Das war schlimmer als der Schmerz, den er erwartet hatte. Sein Atem beschleunigte sich.

»Nein«, keuchte er, ohne dass er selbst wusste, ob es eine Antwort auf die Frage war oder eine Reaktion auf Heikes wundervolle Folter. »Nein!«

Heikes Atem strich ihm übers Ohr, ihre Zunge leckte über seine Ohrmuschel, während ihre Hand seinen wild klopfenden Schwanz liebkoste. »Wie heißt sie? Wer ist sie? Sag es mir, und ich erlöse dich.«

Tobias schüttelte den Kopf, unfähig, ein Wort herauszubringen, selbst wenn er gewollt hätte. Er stemmte die Füße gegen den Boden, drängte seine Körpermitte gegen die Hand, die sich sofort zurückzog und ihre pralle Trophäe zurückließ. Heikes Innenschenkel pressten seine Beine enger zusammen und gaben dem Drehstuhl einen Schubs.

Tobias rollte nach hinten und stieß heftig gegen die Schreibtischkante. Der Aufprall durchfuhr ihn wie ein elektrischer Schlag. Irgendein Gegenstand fiel klappernd zu Boden.

»Aha.« Heike lachte siegessicher auf, und im nächsten Augenblick spürte Tobias ihren entschiedenen Griff, und er kam. Er biss sich auf die Unterlippe, unfähig, sein langes erleichtertes Stöhnen zu unterdrücken. Einige kurze, fast schon lieblose Bewegungen später ergoss sich sein warmer Samen über seinen Bauch. Verblüfft hörte er das Klappern einer Schere, mit der seine Handfessel zerschnitten wurde.

»Was ist denn nun los?«, fragte er und zog sich die Binde

von den Augen, gerade als Heike mit einem triumphierenden Lächeln die beiden Ringe um seine Genitalien löste.

»Das ist jetzt nicht ganz so gelaufen, wie ich mir das vorgestellt habe, aber ich habe erreicht, was ich wissen wollte.« Dabei wanderte ihr Blick an Tobias vorbei zu seinem Schreibtisch. Er wandte sich um. Vermutlich hatte sich die Maus bewegt, als der Stuhl an die Schreibtischkante gestoßen war, und der Bildschirmschoner war ausgegangen. Sandras Profil war auf dem Monitor zu sehen. Ihr verträumter Blick mit dem kleinen Lächeln vor dem Kontrast zwischen dem dunklen Baumstamm und dem blauen Mittagshimmel.

Geschlagen senkte Tobias den Kopf und grinste hilflos. »Sie heißt Sandra. Dieses Mal machst du mir einen Kaffee?«

Heike nickte. »Sandy«, murmelte sie.

Tobias angelte sich ein Taschentuch vom Schreibtisch und zog sich wieder an. »Nur, wenn du es dir mit ihr verscherzen möchtest. Zumindest war das in der Schule so. Aber wenn sie auf diesen Namen nicht mehr allergisch reagiert, dann müsste sie sich schon sehr verändert haben.« Er stellte sich neben Heike und drückte ihr einen Kuss auf den Scheitel, damit sie wusste, dass er ihr nicht böse war. Eine Vertraute hatte er sie zuvor genannt. Sie würde es für sich behalten, bis … ja. Warum und bis wann?

»Ich war verliebt in sie.« Zum ersten Mal hatte er es laut ausgesprochen.

»Und du bist es noch. Oder wieder.«

»Ja. Jetzt, wo du es sagst.« Seine Worte verloren sich. Es hörte sich seltsam an, wie der Traum eines Jugendlichen, der sich in die Erwachsenenwelt hinübergerettet hatte. Aber es war die Wahrheit.

Heike reichte ihm den gesüßten Espresso, und Tobias

stürzte ihn wie Medizin hinunter, krampfhaft bemüht, ihrem forschenden Blick auszuweichen.

Gedankenverloren ließ sie eine Haarsträhne durch die Finger gleiten. »Der Rest ist jetzt nicht schwer zu erraten. Sie hat dich nicht rangelassen. Weil sie dich für einen Aufschneider und Wichtigtuer hält, der es nur auf eine schnelle Nummer abgesehen hat.«

»So ungefähr.«

»Und wie hast du sie wiedergetroffen?«

»Sie ist Polizeikommissarin.«

Heike lachte. »Also gestern Abend. Da stehst du ihr gegenüber und merkst, dass deine Gefühle noch genau so sind wie früher, und sie hat dich gerade in Action erlebt und alle ihre Vorurteile bestätigt bekommen.«

»So ungefähr.« Tobias hob den Kopf und sah Heike an, dass er nichts mehr erklären musste. Sie kannte ihn gut, vielleicht besser als jeder andere Mensch auf dieser Welt. Ihre Beziehung war sicherlich auch deshalb so herzlich und intensiv, weil sie genau wussten, was sie einander bedeuteten. Sie waren Freunde und Geliebte, aber sie liebten sich nicht. Nicht auf die Weise, wie Tobias eine Frau über das Körperliche hinaus lieben wollte.

Er hatte es ein einziges Mal, mit Jelena, versucht, und er war gescheitert. Vielleicht würde er mit Sandra auch scheitern, aber dann wusste er, dass er für diese Art von Liebe nicht geschaffen war. Diese Chance nicht ergreifen zu können war für ihn kaum zu ertragen.

»Aber sie war heute hier«, erklärte Heike endlich in resolutem Ton. »Wie hast du das denn geschafft?«

»Ich weiß es nicht. Sie war neugierig. Und dann … dann hat sie wohl – ihrer Meinung nach – über die Stränge geschlagen.

Keine Ahnung, warum. Danach ist sie sofort abgehauen. Ihre letzten Worte klangen, als ob sie mich niemals wiedersehen will.«

»Gesagt hat sie das aber nicht.«

»Nicht direkt.«

»Dann ist die Sache doch relativ klar. Sie scheint eine ganz Toughe zu sein. Fordere sie heraus. Gib ihr eine Möglichkeit, sich mit dir zu messen, der sie nicht widerstehen kann.«

7. Kapitel

Knapp eine Woche später hatte Sandra endlich ein paar Tage frei. Es war der Fluch der Sommerferien, dass die Beamten ohne Familie und schulpflichtige Kinder mehr ranmussten, und das hatte sie in den letzten Tagen zu spüren bekommen.

Mit einem erleichterten Seufzer schloss sie ihre kleine Wohnung auf und warf Uniformjacke und Mütze über einen Stuhl neben der Garderobe. Wenigstens hatte sie zurzeit keinen Einsatz am Flughafen. Den Anblick von fröhlichen Massen auf dem Weg in den Urlaub, während sie selbst mit einer tonnenschweren kugelsicheren Weste durch die Gebäude patrouillierte, hätte sie im Moment nur schwer ertragen, und er hätte ihre schlechte Laune noch weiter angeheizt. Sandra hatte ohnehin schon Mühe, sich nach außen hin zusammenzureißen und ihren Missmut nicht an den Kollegen auszulassen.

Sogar Ralf hatte angemerkt, dass sie erstaunlich übellaunig wäre, und dabei dauerte es gefühlte Ewigkeiten, bis ihr väterlicher Kollege so etwas sagte.

Warum war sie so mies drauf? Sie weigerte sich noch immer, sich das einzugestehen.

Sandra ließ Schlüssel und Portemonnaie auf die Anrichte neben der Haustür fallen und schielte auf den Anrufbeantworter. Keine Nachricht, genauso wenig wie auf dem Handy. Das war auch besser so. Und so sollte es auch bleiben!

Sie streifte die Schuhe von den Füßen und knöpfte sich das hellblaue Hemd auf dem Weg ins Schlafzimmer auf. Es war unerträglich heiß in der Wohnung, und dabei wohnte sie noch nicht einmal im Dachgeschoss. Tja, *Summer in the City*. Wie wohl die Temperaturen in einer von hohen Schatten spendenden Bäumen umgebenen Villa am Stadtrand waren?

Sie biss sich wütend auf die Lippe und verbot ihren Gedanken den nächsten Ausflug zum Domizil der ›Sieben Sünden‹.

Zuerst war sie erleichtert gewesen, als Tobias sich am nächsten Tag nicht gemeldet hatte. Auch am zweiten Tag hatte sie sich ganz der Routine im Job und den Blödeleien zwischen den Kollegen hingegeben. Die Geschichte vom Einsatz bei der angeblichen Schwarzen Messe hatte längst die Runde im Revier gemacht und lieferte selbstverständlich ausreichend Grundlage für endlose Witze und Anzüglichkeiten. Erstaunlicherweise schien außer Ralf niemand mitbekommen zu haben, dass Sandra und Tobias sich kannten. Das war nicht das schlechteste Ergebnis, doch im Grunde machte es keinen Unterschied.

Sandra machte das Gerede nichts aus, nur die Erinnerung an den Nachmittag in Tobias' Garten trieb ihr das Blut in die Wangen. Trotzdem hätte sie zu gern gewusst, was aus den Fotos geworden war. Als sich auch am dritten Tag nichts rührte, wurde sie ungeduldig. Schließlich musste er sich melden – mindestens, damit sie ihm mitteilen konnte, dass er die Bilder schleunigst vernichten sollte.

Nach zwei weiteren Tagen war sie beinahe so weit, bei Tobias anzurufen und nachzufragen. Allein die Tatsache, dass er überhaupt keinen Zeitpunkt angegeben hatte, bis zu dem er sich melden wollte, hielt sie davon ab. Doch sie nahm es ihm übel, dass er sie zappeln ließ. Nein, sie nahm es ihm nicht nur übel – sie kochte innerlich vor Wut, wenn sie darüber nachdachte.

In der letzten Nacht hatte sie wach gelegen und den Mönch mit dem tanzenden Drachen vor sich gesehen. Sie hatte es sich endlich eingestanden, wie sehr sie dieser Anblick nicht nur verstört, sondern auch erregt hatte, und sich selbst befriedigt – sozusagen noch einmal vor Tobias' Augen, auch wenn er dieses Mal nicht persönlich anwesend war. Mit dem Ergebnis, dass sie hinterher nur noch wütender war. Sie wollte nicht, dass er diese Macht über sie hatte! Und deshalb sollte er sich gottverdammt noch mal endlich melden, damit sie die Sache abschließen konnte.

Sie streifte gerade ihre Hose ab, als sie glaubte, ein leises Geräusch aus ihrer Uniformjacke zu hören. Hastig lief sie in den Flur. Das Handy vibrierte und klapperte dabei gegen irgendein Plastikteil in der Innentasche der Jacke.

Sandra holte das Gerät heraus. Eine unbekannte Festnetznummer. War er das endlich?

»Hey, Sandra?«

»Ja«, erwiderte sie knapp, ging zurück ins Schlafzimmer und setzte sich aufs Bett.

»Tut mir leid, dass ich mich jetzt erst melde«, hörte sie Tobias sofort erklären, noch bevor sie etwas sagen konnte, »aber ich hatte ein wenig Mühe, nach deinem überstürzten Abgang deine Nummer herauszufinden. Zum Glück haben deine Eltern ja noch ihren alten Anschluss, die haben mir deine Handynummer gegeben.«

Sandra seufzte nur leise. Was wurde das denn jetzt? Gut, das war nicht sehr schlau, Tobias keine Nummer zu geben, und nett auch, dass er nicht auf dem Revier angefragt hatte, aber –

na, jetzt auch egal. »Hör zu, Tobias, ich habe mir das überlegt und …«

»Ich weiß schon, was du sagen willst. Aber einige der Fotos sind toll geworden, und ich werde sie nicht vernichten, bevor du sie dir nicht wenigstens angesehen hast.«

»Warum nicht, so war es doch abgemacht!«, erwiderte Sandra erbost. Was rief er auch ausgerechnet jetzt an! Sie hatte eine harte Frühschicht hinter sich, wollte duschen, ein Glas Weißweinschorle trinken und dann auf dem Balkon die Füße hochlegen.

»Weil …« Tobias zögerte. »Weil sie einfach gut sind. Es wäre ein Sakrileg, wenn du nicht wenigstens zuvor einen Blick drauf geworfen hättest.«

Sandra schwieg und erwartete halb, dass er jetzt mit Argumenten aufwarten würde, die den künstlerischen Aspekt betonten. Nach dem Motto, dass er nicht seine Schöpfungen zerstören könne und so etwas. Oder wäre das selbst für einen Tobias Resner zu billig?

»Komm schon. Du bist doch bestimmt neugierig. Es bleibt deine Entscheidung, und ich stehe zu meinem Wort«, sagte Tobias ganz leise. Dann wurde es wieder still in der Leitung.

Sandra war verwirrt. Sie hatte selbstbewusste Angebereien erwartet, was er doch für tolle Fotos gemacht hätte, oder dreiste Schmeicheleien in der Art, dass Fotos mit ihr darauf überhaupt nicht schlecht ausfallen könnten. Aber nicht diese … freundliche Zurückhaltung.

»Ich weiß nicht …«, murmelte sie und hielt sich im letzten Moment zurück, noch einmal zu sagen, wie peinlich ihr das Ganze war. Tobias hatte oft genug betont, dass es ihr nicht peinlich sein musste, und wie ein Mauerblümchen sollte sie auch nicht rüberkommen.

»Hör mal ...« Es klang, als würde Tobias nachdenken.

Sandra schüttelte den Kopf, ging mit dem Telefon in der Hand in Richtung Bad. Das war doch alles nur eine große Show.

»Was!« Dementsprechend fiel ihre Antwort grantiger aus, als nötig.

»Jetzt sei nicht gleich so zickig. Ich wollte dir einen Vorschlag machen. Was hältst du von einer Wette? Ich fordere dich heraus. Gewinnst du, vernichte ich die Fotos, ohne dass du sie zu Gesicht bekommst. Gewinne ich, schaust du sie dir an, und dann vernichte ich sie.«

Sandra grinste. »Du willst mich herausfordern? Mit was denn?« Wo könnten die Chancen für sie beide einigermaßen gleich verteilt sein?

»Läufst du noch?«

»Laufen? Na ja, sicher, ich jogge regelmäßig. Aber keine Wettbewerbe oder so was.«

Nachdenklich betrat Sandra das Bad und betrachtete sich im Spiegel, fuhr mit der Hand über die festen Muskeln ihrer Oberschenkel.

Der Sportunterricht in der Schule war nach Geschlechtern getrennt gewesen. Was nicht ausschloss, dass man sich im Sommer auf dem Sportplatz das ein oder andere Mal begegnet war. Tobias hatte Sport sogar als Leistungskurs gewählt. Damals in Sandras Augen sein Weg, mit wenig Aufwand an seinen guten Abi-Schnitt zu kommen. Inzwischen war sie nicht mehr so sicher, denn er hatte es auch in anderen Fächern zu ähnlich guten Leistungen gebracht. Dumm war er jedenfalls nicht.

»Sandra? Bist du noch dran?«

»Klar, bin noch da.« Im Sprint hatte sie gegen die Jungs damals keine Chance gehabt, logisch. Aber auf den Mittel- und Langstrecken hatte sie die meisten stehen lassen. Mindestens einmal auch Tobias, sie erinnerte sich sehr genau an sein verdutztes Gesicht.

»Gib mir einen Moment. Ich überlege noch.« Was hatte er in den letzten Jahren sportlich getrieben? Also außerhalb irgendwelcher Laken? Sie hatte seine Beine nicht gesehen, doch es war kaum anzunehmen, dass er nur Oberkörper und Lenden in dieser ausgezeichneten Form hielt. Könnte sie noch mithalten?

»Was hast du zu verlieren? Das Schlimmste, was dir passieren kann, ist doch, dass du dir Fotos anschauen musst, auf denen du zu sehen bist. Wäre das wirklich so dramatisch?«

»Und ich müsste weitere Zeit mit dir verbringen«, stichelte Sandra und streckte sich im Spiegel die Zunge heraus, bevor sie sich abwandte, ihr Hemd abstreifte und in den Wäschekorb stopfte.

»Bin ich denn so unerträglich?«

Sandra stutzte. Klang sein Tonfall ernsthaft gekränkt?

»Nein, wirklich nicht«, beteuerte sie hastig. »Das habe ich nicht so gemeint, echt nicht.«

»Na gut.« Tobias klang noch nicht überzeugt.

Verdammt, weder auf dem Revier noch beim Shooting hatte er sich auch nur halb so großspurig benommen, wie sie es erwartet hatte. Die Sache mit der Rückmeldung ging – nun wenigstens zum Teil – auf ihre Rechnung. Es gab also keinen Grund, ihn jetzt zu beleidigen.

»Ich bin einverstanden«, erklärte sie daher, bevor sie es sich wieder anders überlegen könnte. »Was hältst du denn von heute Nachmittag im Stadtwald? Hinter dem Aussichtsturm gibt es eine knapp fünf Kilometer lange Runde. Wer die am schnellsten schafft, der gewinnt.«

»Ich bin um fünf dort.«

Tobias wartete bereits im Schatten hinter seinem Porsche, als Sandra kurz vor fünf Uhr auf den Parkplatz einbog. Sie schluckte nervös, als sie ihn sah, und fragte sich sofort, ob es eine gute Idee gewesen war, auf diesen Vorschlag einzugehen. Wenigstens konnte er nicht erkennen, dass sich ihre Augen hinter der Sonnenbrille kaum von seinem Anblick losreißen konnten.

Er war also am gesamten Körper rasiert. Gut, er war Sportler, insofern war das gar nicht mal so ungewöhnlich. Ein hautenges ärmelloses Trikot brachte das Tattoo auf seiner leicht gebräunten Haut umso deutlicher zur Geltung. Dazu eine ebenso enge schwarze Läuferhose, die keinen Zweifel an den Qualitäten seiner wohlproportionierten Oberschenkel ließ. Und an dem, was sich unter dem atmungsaktiven Funktionsstoff befand.

Seine Haare waren so verwuschelt, dass Sandra sich unwillkürlich fragte, aus welchem Bett er wohl gerade erst gestiegen war. Wie auch immer, dieser Eindruck täuschte kaum darüber hinweg, dass es schwer werden würde, ihn zu schlagen.

Sandra klemmte die Sonnenbrille hinter den Rückspiegel und stieg aus.

Tobias kam auf sie zu und streckte ihr die Hand entgegen. »Das bist du ja. Freut mich.«

»Du scheinst mich noch gut genug von früher zu kennen, dass du genau weißt, wie du mich an meiner Ehre packen kannst«, sagte Sandra lachend.

Tobias grinste. »Und ich fürchte, du wirst es mir nicht leichtmachen.«

Sie gestand ihm seine Musterung ihres athletischen Körpers zu. Bis auf die Tatsache, dass ihr Shirt Ärmel hatte, war sie schließlich ebenso spärlich bekleidet wie er. Er wollte seine Gegnerin abschätzen, und in seinem Blick lag unverhohlene Anerkennung. Doch da war noch etwas anderes … Unsicherheit? Begehren? Nein, beide Begriffe wollten nicht so recht passen. Sandra konnte es nicht einordnen. Merkwürdig auch, dass es ihr so vorkam, als sähe Tobias sie zum ersten Mal auf diese Weise an. War an seinem Gerede von dieser Trennung von »Beruflichem« und Privatem doch etwas dran?

»Nein, ich habe nicht vor, es dir leichtzumachen«, erwiderte Sandra und fand ihr selbstsicheres Grinsen wieder. »Aber du bist sicherlich eine Herausforderung. Wollen wir erst mal bis zum Spielplatz gemeinsam laufen, und dann geht's los?«

Tobias nickte zustimmend. In gemächlichem Tempo joggten sie nebeneinander los. Sandra fiel sofort auf, dass der Mann neben ihr es entweder verstand, sich ihrem Rhythmus anzupassen, oder perfekt mit ihr harmonierte. Das ließ sich ja schon mal ganz angenehm an. Nach etwa fünf Minuten erreichten sie die weitläufige Wiese mit dem Abenteuerspielplatz. Dahinter führte ein leicht ansteigender Joggingpfad in den Wald, über eine Kuppe und in einer weiten Kurve zurück zum Ausgangspunkt.

Wortlos nickten sie sich zu und liefen los.

Tobias übernahm sofort die Führung, und Sandras Herz begann, schneller zu schlagen – nicht nur wegen des höheren Tempos, das sie anschlagen musste, um ihm zu folgen. Sie sah vielmehr ihre Möglichkeiten auf einen Sieg schwinden, das war verdammt zu schnell! Und wenn er das die ganze Zeit durchhalten würde, hätte sie kaum eine Chance.

Entschlossen beschleunigte Sandra und schloss auf, denn sich jetzt schon abhängen zu lassen war definitiv keine Option. Zwischen den Bäumen wurde die Nachmittagshitze etwas erträglicher. Man konnte hier nur schwer überholen, ohne über sandigen Boden zu laufen, daher blieb Sandra hinter Tobias, Hauptsache, sie verlor den Anschluss nicht.

Nach einer Weile konnte sie sich auf die hohe Geschwindigkeit einstellen. Ihr Atem beruhigte sich etwas, als sie die Anhöhe erreichten und auf geradem Weg weiterliefen. Ein angenehm frischer Wind streifte zwischen den Bäumen hindurch und kühlte die schweißnasse Haut.

Tobias zog das Tempo nun noch etwas mehr an.

Dieses Mal ließ Sandra sich nicht abhängen, sondern blieb dicht hinter ihm und ließ sich von ihm mitziehen. Sie mochte das Gefühl, wenn sie ihren Körper fordern konnte, das Pulsieren des Blutes in den Schläfen, den Rausch der Anstrengung. Sie war noch lange nicht an ihrer Leistungsgrenze. Und wenn Tobias unbedingt wollte, sollte er den Hasen spielen. Er würde sie nicht so leicht abschütteln.

Sie heftete ihren Blick auf die geschmeidigen Bewegungen seiner Hüften. Sein Laufrhythmus war kraftvoll und flüssig. Eigentlich hatte sie auch nichts anderes erwartet.

Plötzlich drehte Tobias sich kurz um. Als er sah, dass sie ihm immer noch dichtauf folgte, grinste er und sprintete los.

Für einen Moment war Sandra zu überrascht, um reagieren zu können. Noch bevor ihr Verstand entschieden hatte, was zu tun war, übernahmen ihre Reflexe, und sie rannte los.

»Was wird das denn?«, rief sie wütend. Das war doch völlig unvernünftig! Tobias reagierte nicht und sauste zwischen den Bäumen hindurch. Seine Füße berührten kaum noch den Waldboden.

Sandra steigerte ihre Geschwindigkeit. »Räuber und Gendarm, hm? Kannst du haben, Mann!«, stieß sie zwischen zusammengepressten Lippen hervor. Vor ihren Augen tanzten schon Lichtreflexe, und sie keuchte. Doch sie lief und lief. Der Abstand verkleinerte sich stetig, und das trieb sie an.

Als der Weg eine kleine Kurve machte, sah Sandra ihre Chance. Sie kürzte durch ein paar Farnwedel ab, umsprang eine ausgetrocknete Pfütze und fand sich neben Tobias wieder.

Sie dachte nicht nach, handelte instinktiv. Mit der Schulter rempelte sie ihm in die Seite, brachte ihn aus dem Gleichgewicht und rammte seinen Körper gegen einen Baumstamm. Tobias keuchte auf. Noch im selben Augenblick packte sie seine Handgelenke und drückte sie gegen die knorrige Rinde. Erst als sie in seine entsetzt aufgerissenen Augen blickte, kam sie zu Bewusstsein. Hastig entließ sie ihn aus ihrem Griff, wandte sich ab und stützte sich mit den Händen schwer atmend auf den Knien ab. »Tut mit leid, das wollte ich nicht.«

Tobias trat einen Schritt vor, schnipste sich ein paar Stückchen Baumrinde und eine Ameise von den nackten Armen und lachte unsicher. »Was war das denn?«

Sandra richtete sich auf und rieb sich den Schweiß von den Augenbrauen. »Gute Frage.« *Da ist es wohl mit dir durchgegangen. Schon wieder!*, dröhnte eine höhnische Stimme in ihrem Kopf. Lag das an Tobias? Wurde das jetzt zum Programm?

Mit einer ausladenden Armbewegung ahmte Tobias eine höfische Verbeugung nach und sagte: »Auch wenn ich mir den Ausgang unseres Wettrennens etwas anders vorgestellt habe, erkenne ich deinen Sieg an. Du hast gewonnen.«

Sofort schüttelte Sandra den Kopf. »Kommt nicht in Frage. Wir haben ja noch nicht mal die Hälfte der Strecke hinter uns.« Sie musterte Tobias, als er abwehrend mit den Händen wedelte. Er straffte die Schultern, um den Anschein von Selbstsicherheit zu erwecken, doch seine blauen Augen flackerten immer noch unruhig. Sein Brustkorb hob und senkte sich mit jedem Atemzug.

Sandra trat näher an ihn heran und blickte ihn herausfordernd an. »So einen Sieg akzeptiere ich nicht. Wir laufen weiter.«

Sie spürte seinen heißen schnellen Atem an ihren Wangen. Scheinbar endlos zögerte er, betrachtete sie, ohne dass sie erkennen konnte, was in ihm vorging.

Sein Blick wurde schmal. »Nur wenn wir den Einsatz erhöhen.«

Sandra spürte ein aufgeregtes Flattern im Magen. Sie ahnte, was er als Nächstes sagen würde. Das hatte sie sich jetzt selbst zuzuschreiben. Oder war das alles ein abgekartetes Spiel? Aber ein Rückzieher kam auf keinen Fall in Frage.

»Und wie sähe der Einsatz aus?«, fragte sie misstrauisch.

Tobias zuckte betont gleichmütig mit den Schultern. »Ein Kuss.«

Sandra wartete, doch er sagte nichts weiter. Das war alles? Sie hatte entschieden mehr erwartet und nahm erstaunt ihre vage Enttäuschung wahr. Die Jagd hatte sie aufgeputscht, warum sollte sie sich das nicht eingestehen? Sie unterdrückte den Impuls, ihre Hand auszustrecken und das Tattoo zu berühren. So weit kam es noch, dass der erste Schritt von ihr ausging …

»Gut. Okay«, hörte sie sich selbst sagen und war erstaunt, wie ruhig ihre Stimme klang. Sie hatte ein Zittern erwartet, das diese nervöse Entschlossenheit ausdrückte, die sie innerlich verspürte. »Wenn du mich fängst, bekommst du einen Kuss.«

»Und du? Was verlangst du?« Tobias stemmte eine Hand in die Seite und fuhr sich mit der anderen durch die zerzausten Haare.

Sandra grinste. »Das überlege ich mir, wenn ich gewonnen habe.« Sie drehte sich um und rannte los. Hinter ihr fluchte Tobias, bevor sie bemerkte, wie er sich ebenfalls in Bewegung setzte.

Schon nach wenigen Metern wurde ihr klar, dass es ein dummes Spiel war. Sie war noch immer außer Atem und bekam von dem überstürzten Start Seitenstechen. Es war völlig illusorisch, Tobias zu entkommen. Sie warf einen schnellen Blick über die Schulter und lief vom Weg ab in den Wald. Noch war er einige Meter weit entfernt. Wenn sie überhaupt eine Chance hatte, ihn abzuschütteln, dann in unwegsamerem Gelände. Er war schneller als sie. Sie hatte ihn nur mit dem Überraschungsmoment überrumpeln können und weil sie abgekürzt hatte.

Zweige knackten unter den dumpfen Sprüngen hinter ihr. Sandra rannte, so schnell sie konnte, drückte sich von Baumstämmen ab und wechselte ständig die Richtung. Sie war von der Jägerin zur Gejagten geworden.

Keuchender Atem näherte sich.

Sie raste und stolperte weiter. Seine Hand streifte ihren Arm. Sie entwand sich dem Zugriff mit einer Drehung und lief weiter.

»Verdammte Scheiße!«, schallte es ihr nach. War das wirklich noch Tobias? Die Stimme klang dunkler, rauer. Hart und gemein.

Panik kam in ihr auf. Die schnellen Bewegungen und das Adrenalin, das ihr durch den Körper schoss, heizten sie an und unterdrückten die Gewissheit, dass dies alles nur ein Spiel war. Ein einziger Gedanke kam ihr in den Sinn, wurde größer und beherrschte ihren Verstand: *Entkommen …*

Sandra wagte keinen Blick mehr, hörte ihren Verfolger wieder näher kommen. Und dann erwischte eine Hand den Saum ihres Trikots, brachte sie zum Stolpern und fing sie mit einem Griff um die Taille auf, bevor sie fallen konnte. Sie schrie auf und presste die Augenlider zusammen. Schlagartig wurde ihr bewusst, wie einsam es hier oben auf der Kuppe im Stadtwald sein konnte.

8. Kapitel

Sandra wurde herumgewirbelt, vernahm ersticktes Keuchen und roch das nussig-salzige Aroma verschwitzter Haut. Die feste Umarmung löste sich.

»Ist alles in Ordnung?« Warmer hektischer Atem streifte bei diesen Worten ihr Ohr, und sie zwang sich, die Augen zu öffnen.

Tobias starrte sie an. Natürlich, wer auch sonst? Er wirkte besorgt. Oder war es nur die Erschöpfung, die ihm ins Gesicht geschrieben stand?

Zaghaft lächelte Sandra. »Ich würde sagen, wir sind quitt.« Obwohl die Panik verflogen war, blieb sie angespannt und nervös. Nur sehr langsam wurde ihr klar, dass es an dem Anblick lag, den der Mann vor ihr bot – der Jäger, erhitzt und atemlos. Ihr Körper hatte längst auf die urtümlichen Signale reagiert, die Tobias aussandte, vielleicht ohne es selbst bewusst zu wollen, und denen sich ihr Verstand so beharrlich verweigerte.

Sie wollte keinen Kuss.

Sie wollte, dass er sie nahm, hart und schnell, hier, jetzt und sofort.

Er sollte sich holen, was er sich erbeutet hatte.

Tobias neigte ein wenig den Kopf, zögerlich, als bezweifelte er, seinen Einsatz so selbstverständlich einfordern zu können.

Seine weichen Lippen berührten ihre. Und als seine Zungenspitze sich in ihren Mund schob, fasste Sandra in seinen Schritt.

Er keuchte überrascht und riss die Augen auf. Sein Körper reagierte sofort mit einer Erektion, die unter ihrer Hand anschwoll.

Sandra reckte sich dem Kuss entgegen. Seine Zunge umtanzte ihre Lippen, drängte sich in ihren Mund und nahm ihn in Besitz. Gleichzeitig packte Tobias sie an den Armen und dirigierte sie an einen Baumstamm. Harte Rinde bohrte sich durch das Trikot. Jetzt gab es kein Entkommen mehr. Der Gedanke erregte sie, und Hitze erfasste ihren ganzen Körper.

Sie wollte nicht, dass dieser Kuss endete. Ihr Atem, der sich noch gar nicht beruhigt hatte, ging schneller, als Tobias' heiße Hände sich unter das Trikot schoben, den BH nach oben streiften und sich zu ihren Brustwarzen vortasteten. Ein Knie drängte sich zwischen ihre Beine, spreizte sie und rieb über ihre Schamlippen.

Die ganze Zeit hielten seine stechenden blauen Augen ihren Blick gefangen, fixierten sie verlangend und gleichzeitig ungläubig, als könne er immer noch nicht begreifen, dass sie es ihm so leichtmachte.

Sandra grinste ihn herausfordernd an, fuhr mit beiden Händen über seine Hüften und zog ihn enger an sich. Sie spürte ihn hart an ihrem Becken, während er ihr Gesicht in seine Hände nahm, sie mit einem intensiveren, tieferen Kuss bedachte und dann die Zunge ihren Hals entlangwandern ließ. Sein unrasiertes Kinn schabte über ihre Haut. Sandras Antwort war ein entschlossener Ruck an seiner Hose, ihre Belohnung der Anblick seiner Bereitschaft, ihren Schoß mit seiner harten Männlichkeit zu erfüllen.

Tobias verstand und entließ sie gerade lange genug aus seiner Umklammerung, dass sie ihre Laufshorts ausziehen konnte. Dann zögerte er keinen Moment länger, packte ihre Oberschenkel, hob sie scheinbar mühelos an und presste sie gegen den Baumstamm.

Die Rinde scheuerte Sandra über den nackten Po, und sie keuchte auf. Sie umarmte ihn und spürte die Anspannung seiner Oberarme, seine schnellen Atemzüge, seine harten Brustmuskeln.

Mit einem einzigen Stoß glitt er in ihre feuchte Mitte. Sandra konnte nicht anders, stöhnte vor Wohlbehagen, als er seine Hände unter ihren Hintern schob, um sie besser halten zu können.

Sie sahen sich an. Sein Blick war weicher geworden, voll von unerfülltem Verlangen und mühsam beherrschter Lust. Sandra reckte sich, wollte, dass seine feuchten Lippen sich auf ihre senkten, während er sie mit langsamen Stößen nahm.

Das war millionenmal besser, als ihm dabei zuzusehen, wie er es anderen besorgte, oder sich einfach nur vorzustellen, wie er in sie eindrang. Sie schloss die Augen und krallte die Finger in seinen Rücken. Als Antwort zog er ihre Pobacken auseinander und rieb mit dem Daumen über die Rosette. Eine erste Lustwelle ließ Sandra erschaudern, und sie unterdrückte einen Schrei.

Tobias lachte leise und stieß tiefer in sie. Sein Rhythmus steigerte sich und verband sich mit seinem heißen Atem. Er tauchte einen Finger in ihre nasse Spalte und benetzte ihn mit ihren Säften. Der Finger wanderte zurück und umspielte ihr dunkles Loch.

Für einen Moment war Sandra empört, erschreckt über diesen Vorstoß, doch dann wogte mit jedem Pulsschlag und mit jedem seiner erfüllenden Stöße ihr Orgasmus heran, überrollte sie und entließ sie mit einem langen tiefen Stöhnen.

Einen winzigen Augenblick später entlud sich Tobias in einem letzten tiefen und harten Ruck. Sehr zu Sandras Bedauern zog er sich sofort zurück und setzte sie behutsam auf den Boden ab. Sie sah, dass seine Oberschenkel von der Anstrengung zitterten, als er sich neben sie an den Baum lehnte und mühsam nach Atem rang.

»Das war ein Kuss nach meinem Geschmack«, gab er zu und schaffte es, dabei sogar ein wenig reumütig dreinzublicken.

»Ja.« Sandra fehlten die Worte. Die Empfindung seiner feuchten Haut auf ihrer war noch nicht ganz verblasst, als sie sie auch schon vermisste. Sie wollte mehr, ihn am liebsten sofort wieder in sich spüren.

War sie verrückt geworden? Wieso sehnte sie sich ausgerechnet nach diesem arroganten Selbstdarsteller, für den sie vermutlich nur eine weitere Nummer auf der Liste seiner Eroberungen war?

Wortlos zog sie sich an und beobachtete ihn dabei, wie er es ihr nachtat. Anschließend standen sie einander gegenüber, als warteten sie beide darauf, dass der andere eine Entscheidung traf.

»Tja, also …« Sandras Kopf blieb leer. Sollte Tobias doch etwas sagen, für ihn war es ganz sicher nicht das erste Mal, dass er sich in solch einer Situation befand – im Gegensatz zu ihr.

»Ich hoffe, du nimmst mir das nicht übel«, meinte er plötzlich, halb fragend, halb bittend. In seinen Augen lag wieder dieser merkwürdige Ausdruck, der ihr auf dem Parkplatz schon aufgefallen war und den sie nicht deuten konnte.

Sandra schüttelte entschieden den Kopf, und plötzlich war der Bann der Unbeholfenheit gebrochen. »Das war meine Entscheidung. Alles in Ordnung. Lass uns zurücklaufen, ganz gemütlich und ohne Spielchen. Ich hatte für heute genug Training.«

Endlich grinste Tobias und nickte. Einträchtig nebeneinander joggten sie zurück zum Parkplatz, auf dem Sandra ihr Auto aufschloss und eine Wasserflasche hervorholte. Sie trank einen Schluck und spuckte sofort wieder aus. »Das kocht ja fast!«

Tobias, der gerade einsteigen wollte, wandte sich ihr lachend zu und lehnte sich gegen die Fahrertür seines Sportwagens. »Hast du nicht Lust, noch auf einen Sprung mit zu mir zu kommen?«

»Fotos ansehen?«, fragte Sandra lauernd, wollte sich auf das Autodach lehnen und stellte fest, dass das Blech zu heiß war. Mit leisem Neid schielte sie auf das Cabriodach, das Tobias vor seiner Fahrt aufmachen konnte.

Er kam zu ihr hinüber, zögerte einen Moment, als müsste er für die folgenden Worte erst Mut sammeln. »Ich kann ein entspannendes Bad im Whirlpool und eine kühlende Dusche anbieten. Wir könnten uns was zu essen bestellen und uns einen schönen Abend machen.« Er stockte, bevor er hastig hinzufügte: »Du allein entscheidest. Es ist nur eine Idee, ein Angebot.«

Sandra grinste breit. »Ein unmoralisches Angebot.«

»Nein, das muss nicht, wirklich nicht! Kein Whirlpool, nur duschen, getrennt. Und gemeinsames Essen.« Sofort hob er abwehrend die Hände, was Sandra dazu brachte, laut aufzulachen. Was war los mit dem Kerl? Sollte es schlicht und einfach gar nicht wahr sein, was sie alles über ihn und seine sexuellen

Abenteuer gehört und geglaubt hatte? Hatte sie sich in ihrer Meinung über ihn zu sehr von ihren Vorstellungen und Vorurteilen leiten lassen?

»Schade.« Bitte? Hatte sie das gerade selbst gesagt?

»Was? Was ist schade?«, fragte er sofort.

»Die Sache mit dem Whirlpool. Den würde ich gern ausprobieren.«

Tobias lachte erleichtert. »Worauf warten wir noch? Fährst du mir hinterher, oder willst du den Wagen hier stehen lassen?«

»Ich folge dir. Irgendwann möchte ich noch nach Hause.« Sie stieg ein, setzte die Sonnenbrille auf und wartete darauf, dass Tobias losfuhr, um ihm zu folgen.

In der Villa wurde Sandra von Tobias in das Jugendstilbadezimmer im ersten Stock geführt. Er riss die beiden zum Garten hinausgehenden Fenster auf und drehte zwei Wasserhähne auf, um den großen runden Whirlpool zu füllen. Dann bat er Sandra zu warten und verließ den Raum.

Auch wenn er ihr das Bad auf seiner ersten Führung gezeigt hatte, wurde sich Sandra erst jetzt der ganzen Details bewusst. Es war kein Badezimmer im eigentlichen Sinne, sondern, wie die meisten anderen Räume – und daher wenig überraschend –, ein Tempel der Sinne. Die Wände waren ungefähr hüfthoch mit blauen und türkisfarben gemusterten Kacheln gefliest, die von einem verspielten Relief aus Muscheln und allerlei Meeresgetier abgeschlossen wurden. Darüber waren die Wände in einem passenden Grünton gehalten. Der Whirlpool befand sich in einer Wölbung gegenüber den Fenstern. Drei Stufen mit einem verschnörkelten Geländer führten in das Becken.

Sandra wandte sich, mit den Fingerspitzen das Relief entlangfahrend, von der Tür aus nach rechts, wo neben den Fenstern eine Nische durch eine Mauer abgeteilt war, an der bodentiefe Spiegel hingen, die von einem weiteren Relief aus grünen und weißen Ranken eingerahmt waren. Sandra stellte sich vor den Spiegel und betrachtete flüchtig ihr Spiegelbild. Hinter ihr befand sich eine Sitzecke mit drei Korbstühlen sowie einem kleinen Tisch und an der Wand links der Fenster eine Anrichte mit einem Waschbecken. Neugierig ging Sandra zum Ende der Spiegelwand, spähte in den Durchgang und machte große Augen.

»Die Erfüllung meiner feuchten Träume«, kicherte sie leise. Von so einer Dusche hatte sie schon immer geträumt! Sie überlegte nicht länger, schlüpfte aus ihrer Sportkleidung und legte diese über den nächstgelegenen Korbstuhl. Nackt huschte sie um die Ecke und drückte erwartungsvoll auf einen der vielen Knöpfe. Dunkelgrünes Licht hüllte sie ein und wurde von einem nebeligen Sprühregen begleitet. Das Licht wechselte in einen warmen Orangeton, der von dicken warmen Wassertropfen begleitet wurde, die ihr auf den Kopf rieselten. Sie reckte entzückt das Gesicht, löste das Haarband und schüttelte ihr Haar aus. Ein tiefes Blau folgte, und mehrere kühlende Wasserfontänen strömten aus seitlichen Strahlern auf ihren erhitzten Körper ein. Einige Tropfen brachen sich im Licht und sandten winzige Regenbögen in alle Richtungen.

»Sandra?«

»Unter der Dusche!« Sie blinzelte durch die Rinnsale, die ihr so angenehm über das Gesicht liefen, und wartete darauf, dass Tobias in dem Durchgang erschien, doch zu ihrem Erstaunen ließ er sich nicht blicken. Das Wasserspiel endete, und die Dusche wurde in ein sanftes gelbes Licht getaucht.

Leise Klänge erfüllten den Raum. Dazu gesellte sich ein Klirren und wenig später ein Plätschern, und das Geräusch des laufenden Wassers erstarb. Jetzt erkannte Sandra die Musik, langsame Sommerrhythmen, wie man sie an einem lauen Abend am Strand in der Karibik erwarten würde.

Erwartungsvoll beugte sie sich aus der Duschnische und schaute in den Raum. Tobias lag bereits mit geschlossenen Augen im Whirlpool, in dem kleine Blasen aufstiegen. In dem gewölbten Dach der Nische über ihm erstrahlten kleine Lichter wie funkelnde Perlen – genau so, wie er es ihr an der Decke des orientalischen Zimmers gezeigt hatte. Mehrere weiße flauschige Badetücher lagen auf einem Korbstuhl.

Sandra verschränkte die Arme vor dem Busen und tapste zum Whirlpool.

Als würde Tobias ahnen, dass es ihr unangenehm wäre, wenn er sie nun so sehen könnte – obwohl das völlig albern war, kam Sandra nicht gegen dieses spontane Schamgefühl an –, hielt er die Augen geschlossen. Ein glückliches, fast entrücktes Lächeln umspielte seine Mundwinkel. Erst als Sandra neben ihm eintauchte, hießen seine blauen Augen sie mit einem freundlichen Blinzeln willkommen.

Die Wasser schlug größere Blasen und begann schließlich, fröhlich zu blubbern.

Tobias drückte seinen Oberkörper aus dem Wasser und holte eine Flasche aus einem bereitstehenden Sektkühler. »Champagner?«

Sandra glitt neben ihn auf die Sitzfläche, die sie unter der Wasseroberfläche ertastet hatte. »Später.« Beeindruckt sah sie sich das Sims an, das zwischen der Wand und dem Pool verlief. Frische Lilien waren in einer Vase arrangiert, und auf silbernen Leuchtern brannten mehrere Kerzen.

»Du hast an alles gedacht, was?«, sagte sie anerkennend. »Das Haus, die Räume, das ist alles so liebevoll gestaltet. Wer hat das entworfen?«

Tobias stellte die Flasche zurück und streckte die Arme auf dem Sims aus. »Ich. Wer sonst?«

»Du? Wirklich?«, rutschte es Sandra heraus, bevor sie erkannte, dass ihre ungläubigen Worte ziemlich verletzend ankommen könnten.

Tobias schien sich jedoch an ihre direkte Art zu gewöhnen und bedachte sie eher mit einem nachsichtigen Lächeln. »Ja doch.« Mit einer schnellen Bewegung umschlang er Sandras Taille und zog sie auf seinen Schoß. »Ich bin Perfektionist. Ich lege Wert auf Details. Was ist für dich daran so schwer zu akzeptieren?«

Sandra lachte und senkte schuldbewusst den Blick. »Ich wollte dich nicht kränken.«

»Hast du aber. Schon wieder.« Er hielt inne und grinste boshaft. »Ich sollte dich übers Knie legen.«

»Nicht, bitte«, wehrte Sandra hastig ab. »Nicht solche Sprüche, nicht mal aus Spaß.« Sie wich seinem fragenden Blick aus, wollte nichts erklären. Nicht jetzt, nicht heute. Stattdessen legte sie den Zeigefinger auf das Tattoo an seinem Arm.

Endlich … das hatte sie in Gedanken bereits so viele Male getan. Beide Drachen ragten halb aus dem Wasser, sahen aus, als würden sie schwimmen. Sie fuhr mit dem Zeigefinger dem dunklen Schwung der Flügel nach, ließ ihn zum Rachen wandern und wechselte zu seinem Gegner auf der Brust. »Sie sind wunderschön.«

Tobias erschauderte. Mit einem wohligen Seufzer lehnte er sich zurück und schloss die Augen.

Sandra bemerkte sanfte Bewegungen im Wasser unter sich.

Sie legte eine Hand über den Drachen und begann, Tobias' Brust in kleinen Kreisen zu massieren.

»Ich hätte niemals gedacht, dass du auf Lilien stehst«, murmelte sie mit einem verträumten Blick auf die Blumen.

»Moment! Ich lege Wert auf Details, und ich bezahle ein Heidengeld dafür, dass eine Floristin jede Woche einen Haufen Grünzeug im Haus verteilt. Das sind Blumen! Komm mir nicht mit ihren Vornamen!« Tobias kicherte, packte Sandra an der Hüfte und tauchte unter. Sie wurde höhergeschoben und saß, als er prustend wieder auftauchte, auf seinem Bauch.

Lachend umarmte sie ihn, damit die blubbernden Wirbel sie nicht von ihm und seinem göttlichen Körper wegtrieben. Vielleicht wurde sie nur eine Nummer auf einer Liste, die nächste Errungenschaft, aber das hieß nicht, dass sie nicht so viel wie möglich davon für sich selbst mitnehmen sollte.

»Du weißt überhaupt nichts über mich, oder?«, sagte er, als hätte er ihre Gedanken erraten. »Wofür hältst du mich eigentlich? Einen unerträglichen, großkotzigen Angeber? Einen Playboy oder so was in der Richtung?«

Seine Finger glitten unter Wasser über ihren Rücken. Es war eine eher freundschaftliche, fast scheue Berührung ohne die hitzige Erotik, mit der er ihr im Wald begegnet war.

Sandra schüttelte den Kopf, so dass sich ein paar Wassertropfen von ihren Haaren lösten und davonflogen. »Ich kenne nur die Gerüchte von früher. Dass du dich quer durch die halbe Oberstufe geschlafen hast, im Zeltlager mit zwei Mädchen zusammen warst. Und das, was ich vor ein paar Tagen selbst gesehen habe.«

Tobias lächelte. »Gib zu, es hat dir gefallen.«

»Ich war im Dienst«, versuchte Sandra, sich herauszureden, während ihr das Blut in die Wangen schoss.

»Du hast fantastisch ausgesehen. Ich würde mich jederzeit von dir verhaften und abführen lassen. Noch lieber würde ich dir aber einmal diese Uniform ausziehen.« Sandra schwankte zwischen Empörung und Belustigung, als Tobias grinsend fortfuhr: »Das sind die Sprüche, die du von mir gewohnt bist, stimmt's? Ich verrate dir ein Geheimnis: Da ist viel heiße Luft dabei. Ich hatte sicherlich einige ergiebige Abenteuer, aber ich bin lange nicht der Aufreißer, für den du mich hältst.« Er hob einen Zeigefinger, ließ ihn von ihrer Nasenspitze zu ihren Lippen wandern. »Ich bin sogar sehr wählerisch, musst du wissen. Und das verringert erheblich die Möglichkeiten.«

Sandra senkte geschmeichelt den Kopf.

Tobias verstand ihre Bewegung als Aufforderung, legte ihr die Hand in den Nacken und zog sie tiefer.

Sandra ließ sich in das warme Wasser gleiten und berührte seine Lippen. Jetzt war sie bereit für einen Kuss, empfing seine zärtliche Berührung, die nach einem Hauch Minze schmeckte. Seine Zungenspitze eroberte ihren Mund, erforschte ihn lange und intensiv, während seine Hände weitere prickelnde Schauer über ihren Rücken sandten.

»Darf ich dich etwas fragen?«, flüsterte Sandra heiser, als sie sich nach einer gefühlten wundervollen Ewigkeit wieder voneinander lösten. Tobias nickte schweigend. Seine Augen waren dunkler geworden, und Begehren lag in seinem Blick.

Sandra runzelte die Stirn und nagte nachdenklich an ihrer Unterlippe. *Was noch?* Hätte sie am liebsten gefragt. *Warum siehst du mich so an, was bedeutet das?* Doch dazu hatte sie nicht den Mut. Vielleicht war es ihm selbst nicht bewusst, dass er sie so ansah, und sie wollte nicht, dass er sich vor ihr verschloss. Sie mochte es, wenn er sie so anschaute, was immer es auch bedeutete.

»Na? Was jetzt?«, rissen seine Worte sie aus den Gedanken. Hatte er noch etwas gesagt oder gefragt?

»Oh, ich …« Sandra traute sich nicht mehr, ihn zu fragen, ob denn eigentlich eine Frau zu ihm und seinem Lebenswandel passte. Sie wollte ihn kennenlernen, mehr über ihn und sein Leben erfahren. Doch jetzt wusste sie nicht mehr, wie sie anfangen sollte.

»Erzähl mir von euch, von eurer Truppe«, bat sie stattdessen und erntete einen amüsierten Blick.

»Die fabulösen verruchten ›Sieben Sünden‹? Was willst du denn wissen?«

»Zum Beispiel, wie ihr euch kennengelernt habt.«

»Hm. Ist nicht jugendfrei, junge Dame.« Tobias ließ sich tiefer in das sprudelnde Wasser sinken, während seine Finger spielerisch über Sandras Haut glitten.

Als sie schwieg und ihn stattdessen erwartungsvoll ansah, lächelte er verschwörerisch. »Na ja, ganz so spektakulär ist es vielleicht doch nicht. Erst einmal habe ich mich im Studium mit Eric angefreundet. Er ist nicht nur mein bester Freund, sondern auch ein begnadeter Kameramann. Wir haben in der Zeit eine Menge ausprobiert. So sind wir auch irgendwann auf den Gedanken gekommen, es mal zu zweit mit einer Frau zu versuchen.« Sandra konnte nicht erkennen, ob es die Erinnerung war, die Tobias dazu brachte, breit zu grinsen, oder ob er ihr hatte ansehen können, wie verblüfft sie war. Wer kam auf solche Ideen? Na, vermutlich mehr, als sie sich vorstellte …

»Wenn ich der Kopf der ›Sieben Sünden‹ bin, dann ist Heike das Herz«, fuhr Tobias ernster fort. Er reckte sich, angelte nach der Champagnerflasche, goss sich ein Glas ein und stellte die Flasche, nachdem Sandra erneut abgelehnt hatte, zurück. »Wir haben sie über eine Anzeige gefunden und uns mit ihr getroffen. Es hat sofort gepasst, und aus dem einen Treffen wurden viele. Heike ist nicht nur unglaublich kreativ – die meisten Gestaltungen hier im Haus basieren auf ihren Ideen –, sondern auch sehr ... erfahren. Sie hat fast zehn Jahre professionell als Domina gearbeitet, bis es ihr zu langweilig wurde. Jetzt tobt sie sich hier aus, real und virtuell.« Tobias trank einen Schluck und stellte dann das Glas ab.

Die Wasseroberfläche des Whirlpools beruhigte sich und wurde glatt, nur noch von kleinen Wellen unterbrochen, wenn sich einer von ihnen bewegte. Als Tobias auf einen Knopf deutete und Sandra fragend ansah, lehnte sie mit einer stummen Geste ab. Das Blubbern durfte eine Weile aussetzen. Nur noch leise Musik war zu hören. Sie unterstrich die träge sommerliche Atmosphäre im Raum, die Sandra weit mehr berauschte, als es der Champagner je vermocht hätte.

Tobias lehnte sich zurück und schloss die Augen. Seine Hände ruhten locker an Sandras Taille, damit das Wasser sie nicht davontrieb. »Heike ließ sich immer was Neues einfallen. Eine Zeitlang hat sie uns Blind Dates verschafft. Wir bekamen eine Adresse und konnten diese zu einem festgesetzten Termin aufsuchen. Dort wartete dann eine Frau, die ebenfalls nur wusste, dass jemand kam.« Tobias gab sich gelassen, doch Sandra erkannte ein verräterisches Zucken um seine Mundwinkel. »Bei einem dieser Dates wurden meine Bekanntschaft und ich von ihrem Ehemann überrascht. Es war wie in einem schlechten Film, ich habe wirklich gedacht, der Kerl verprügelt mich jetzt nach Strich und Faden. Stattdessen bequatschte er uns weiterzumachen, während er uns zusieht.«

»Wie bitte?!«

»Er hat es sich dann in einem Sessel bequem gemacht, während ich mir gewünscht habe, dass sich der Boden unter mir auftut und mich verschlingt. Meiner Partnerin ging es nicht viel anders.«

Sandra knurrte aufgebracht, was Tobias laut auflachen ließ. Er blinzelte sie fröhlich an. »Nachdem der erste Schreck überwunden war, muss ich zugeben, dass es mich wahnsinnig scharf gemacht hat. Und Vicky, so hieß sie, hat es ebenfalls nicht kaltgelassen. Ihren Göttergatten hast du übrigens letzte Woche kennengelernt.«

Endlich dämmerte es Sandra. »Dommi, der Mann aus dem Kamin.«

»Richtig. Er hatte es als Einziger sofort durchschaut, dass Heike das alles arrangiert hatte, und die Situation gründlich ausgenutzt.«

Ungläubig schüttelte Sandra den Kopf. Sie konnte sich sehr gut vorstellen, wie beeindruckend Dominik mit seinem breiten Kreuz und seinem unsteten Blick wirken musste, wenn er – scheinbar – nichtsahnend nach Hause kam und seine Frau mit einem fremden Kerl im Bett erwischte. Sie sah ihn im Geiste vor sich, wie er sich mit einem falschen Lächeln in einem Sessel niederließ und den anderen beiden bedeutete weiterzumachen. Wie er sich lässig die blonden Haare zurückstrich und mit der Hand unter den Hosenbund fuhr. Wie er seine Hose öffnete, seinen Schwanz in die Hand nahm und hart massierte, während er einer exklusiven Vorstellung zusah …

Sandra spürte, wie Tobias' Hände von ihrer Taille abglitten und dann über ihre Pobacken strichen.

Tobias senkte die Stimme. »Die übrigen Bekanntschaften sind nicht so spektakulär. Ungefähr zur gleichen Zeit, als ich Vicky und Dominik Felsensteiner kennengelernt habe, ist Eric Conny begegnet. Sie war Pool-Tänzerin in einem Nachtclub.«

Zum Glück verstummte er, denn Sandra wollte jetzt nichts mehr über mögliche Konkurrentinnen hören. Tobias' Finger waren zwischen ihren Oberschenkeln angekommen. Er hielt die flache Hand unverschämt gegen ihre Schamlippen gedrückt. Mehr nicht.

Die Musik rieselte leise durch den Raum. Durch die geöffneten Fenster erklang das ferne Zwitschern eines Vogels. Sandra schluckte und legte eine stumme Aufforderung in ihren Blick.

Tobias lächelte triumphierend und rührte sich nicht.

Sandra lachte auf und gab sich geschlagen. Heute war alles anders. Dieses Machtspiel hatte er schon gewonnen, noch bevor es begonnen hatte.

In dem Augenblick, als sie sich bewegte, nahm Tobias seine Hand weg, ergriff stattdessen ihre Körpermitte und warf sie herum. Eine träge Welle schwappte über den Rand.

Tobias zog sie an sich und umschlang von hinten ihre Hüfte. Auf dem Weg zu ihrem Schoß blieben seine Finger für eine Sekunde an der langen knotigen Narbe auf ihrem linken Oberschenkel liegen, fuhren neugierig darüber, bevor sie sich weitertasteten.

Durch die verschwommene Wasseroberfläche konnte Sandra sehen, wie er ihre Beine spreizte und mit den Fingerspitzen an ihren Innenschenkeln entlangstrich. Das Wasser umschmeichelte ihre Schamlippen. Stöhnend schmiegte sie ihren Rücken enger an die muskulöse Männerbrust.

»Ja, lass dich einfach fallen«, raunte er an ihrem Ohr. Die Hände verließen ihren Schoß und wanderten nach oben zu ihren Brüsten, zogen sie höher aus dem Wasser. Tropfen benetzten ihre Nippel, als die Hände nach ihnen griffen und sie zwischen Daumen und Zeigefinger rollten. Die Berührungen sandten kleine köstliche Nadelstiche durch Sandras Körper.

Sie versuchte, sich dem entgegenzudrängen, und ihr Becken hob sich wie schwerelos im Wasser.

Mit einer Hand drückte Tobias gegen ihren Bauch und zog sie wieder an sich. Gleichzeitig hob er seine Beine und legte sie über Sandras. Als sie mit einem entzückten Stöhnen darauf reagierte, klemmte er seine Füße in ihre Kniekehlen und riss sie auseinander. Kleine Wasserwirbel liefen ihr über die Haut und schwappten gegen ihre Scham.

Tobias' Hand streifte ihre Klitoris, was ihr einen ersten Lustschauer durch den Unterleib jagte. Zwei Finger drangen in sie ein, während die andere Hand ihre Brüste knetete und die Nippel hart rieb, bis sie rot und wund aus dem Wasser ragten. Sandra stemmte sich keuchend gegen seine Brust, versuchte, sich aus der Umklammerung seiner Beine zu lösen, und bewirkte nur, dass Tobias ihre Beine weiter auseinanderzog. Seine tastenden Finger erforschten ihre Spalte, drückten sich verlangend in ihr empfindliches Fleisch, während sich sein Handballen gegen ihre Lustknospe presste.

»Los doch, kämpf dich frei. Du hast keine Chance«, flüsterte Tobias herausfordernd. Er verstärkte den Druck auf ihre Brust und zog sie weiter unter die Wasseroberfläche.

Sandras Herzschlag beschleunigte sich, als er sie noch tiefer zog, bis ihr Kinn das Wasser berührte und das Atmen ihr plötzlich schwerer fiel. Was hatte er vor? Was, wenn er sie komplett unter Wasser tauchte?

»Nicht«, flehte sie mit erstickter Stimme und griff nach dem Arm, der ihre Brust einengte.

Ein beruhigendes Lachen war die Antwort. »Soll ich aufhören?«, spottete er und zog die Finger mit aufreizender Langsamkeit zurück. Dabei rieb er das Becken gegen ihren Hintern, und sie spürte seine Erektion an ihrer Pospalte.

Sandras Verlangen wuchs und besiegte das Unbehagen. Sie entspannte sich, und als Tobias das bemerkte, drängten sich seine Finger wieder zwischen ihre verlangend pochenden Schamlippen.

Sie wölbte sich der Hand entgegen, wollte, dass sie tiefer in sie drang. Sie keuchte entrüstet auf, was Tobias dazu veranlasste, sie noch dichter an sich zu ziehen. Mit einer blitzschnellen Bewegung, die weitere Wellen durch den Pool trieb, fasste er Sandras Handgelenke und presste sie fest gegen ihren Bauch. Mühelos hielt er ihre Beine gespreizt, öffnete ihren Schoß für seine Berührungen, die immer unverschämter wurden. Seine Finger stießen in einem langsamen und gleichmäßigen Rhythmus immer wieder in sie, während er seinen Handballen fest auf die kleine Knospe über der Spalte drückte

»Zappel nur, kleine Nixe. Du entkommst mir nicht«, sagte er lachend, als Sandra ihre Hände zu befreien versuchte. Sie japste und schluckte Wasser. Der Zug an ihren Beinen und Tobias' Hand an ihrer Scham sandten ihr einen ersten kribbelnden Vorgeschmack auf das, was kommen konnte. Sie wehrte sich stumm, fasziniert und zugleich abgestoßen davon, dass dieser Mann genau zu ahnen schien, wie er sie schnell und unbarmherzig dem Höhepunkt entgegentreiben konnte.

Sandra gab auf und lag still. Sofort hörte auch Tobias auf und ließ die Hand lediglich in ihrer aufdringlichen Position. Das Wasser umschmeichelte Sandras Schenkel, und allein diese sanften Berührungen schienen zu genügen, sie bald zur Explosion zu bringen.

»Hast du etwa schon genug?«, flüsterte Tobias an ihrem Ohr.

»Nein«, keuchte Sandra heiser.

»Sag, dass du mehr willst.«

»Ich …« Seine Hand lag still, obwohl Sandra versuchte, sich dagegen zu drängen.

»Willst du mehr?« Seine Zungenspitze kitzelte über ihre Ohrmuschel. Wassertropfen, die sich aus seinem Haar gelöst hatten, perlten ihr über den Hals.

Sandra wurde sich plötzlich ihrer Umgebung bewusst. Sie blickte an sich herunter, erkannte, was Tobias sehen musste, ihre rot gescheuerten Nippel unter der Wasseroberfläche, seine Hand zwischen ihren Beinen, sein steifer Schwanz, der gegen ihren Hintern pochte.

Es war entwürdigend.

Allein der Gedanke brachte sie an den Rand des Orgasmus.

Sie versuchte, die Beine zu bewegen. Tobias hielt sie in eiserner Umklammerung weit auseinandergespreizt. Ihre Körper wurden von der Bewegung des Wassers sanft hin- und hergeschaukelt. Seine Hand rührte sich nicht.

»Willst du mehr?«, neckte seine Stimme fordernd.

»Ich will dich«, flüsterte Sandra. Sie wollte ihn in sich spüren, wollte, dass er sie mit seiner Härte ausfüllte und sie vögelte.

»Später.« Er lachte und forderte sie dann auf: »Beweg dich!«

»Nein, ich will …«

»Ich entscheide, was du zu wollen hast. Beweg dich!«

Der plötzliche Wechsel verwirrte Sandra, und für einen Moment wurde ihr mulmig. Was hatte er vor? Sie lag still, spürte ihr Herz gegen die Brust hämmern, als sie mit einer Mischung aus Erwartung und schleichender Panik wartete.

»Ich sagte, beweg dich!« Seine Stimme wurde hart und fordernd. Er rieb sich an ihrem Hintern, und sein Schwanz – Absicht oder nicht – glitt ein Stück zwischen ihre Pobacken. Sandra keuchte ohnmächtig auf, hatte plötzlich genug und wollte sich nur noch befreien. Wütend stemmte sie die Handgelenke gegen seinen Griff und versuchte, die Beine anzuziehen.

Genau darauf schien Tobias gewartet zu haben. In dem Moment, als sie zu zappeln begann, versenkte er seine Finger tief in sie. Hektisch bewegte er die Hand auf und ab, presste sie dabei gegen die Klitoris. Dabei schob er Sandras Beine auseinander, hielt sie so weit gespreizt, bis es an ihren Innenschenkeln zog. Das Wasser schaukelte sie in alle Richtungen, bevor es in breiten Fontänen über den Rand des Pools schwappte.

Sandra schrie auf, wand sich in der Umklammerung und wollte sich der Lust, die in ihrer Körpermitte aufwallte, verweigern. Doch es war zu spät. Ihr Körper hatte sich bereits ergeben und zuckte in stoßartigen unkontrollierten Wellen.

Ihr Schrei ging in ein langgezogenes Stöhnen über, in das sich Tobias' triumphierendes Lachen mischte. Seine Hand stieß zu, wieder und wieder, bis Sandra ihr Becken nicht mehr dagegen wölbte. Dann endlich zog er seine Beine zurück und entließ ihre Hände. Sandra trieb beinahe ohnmächtig auf dem Wasser. Und mit einem Mal wurde ihr bewusst, wie warm es war.

9. Kapitel

Langsam beruhigte sich das Wasser im Pool. Sandras Gefühle waren dagegen noch in Aufruhr. Sie schwankte zwischen Empörung und Glück, war unschlüssig, ob sie sich bei Tobias bedanken oder ihm eine runterhauen sollte. Noch nie hatte es jemand gewagt, ihr gegen ihren Willen etwas aufzuzwingen, was sie nicht wollte.

Ja, genau da lag das Problem. Hatte sie das wirklich nicht gewollt?

Sie rollte sich im Wasser herum, um Tobias anzusehen. Er hielt das Sektglas in der Hand und prostete ihr mit einem breiten unverschämten Grinsen zu, bevor er einen Schluck trank. Unter der sich kräuselnden Wasseroberfläche erkannte Sandra sehr deutlich, dass er immer noch bereit für sie war und auf Befriedigung wartete. Sie rückte näher an ihn heran.

Doch Tobias gab ihr keine Gelegenheit, etwas zu sagen. »Still«, befahl er zärtlich und legte ihr den Finger auf die Lippen.

Sandra kam der Aufforderung verblüfft nach.

»Du glaubst vielleicht, ich kenne dich nicht, oder zumindest genauso wenig wie du mich«, begann er. »Du solltest unbedingt wissen, dass ich dich respektiere. Das war ein Spiel, mehr nicht.«

»Ein verdammt heißes Spiel«, musste Sandra zugeben.

»Lass mich ausreden. Ich wollte dir nämlich sagen …« Ein Klappern an der Tür, die kurz darauf aufgerissen wurde, unterbrach ihn und ließ ihn zusammenzucken. Sandra fuhr herum.

»Da hab ich doch richtig gehört, dass hier jemand ist. Guten Abend ihr beiden!«, flötete eine Frau mit blonden Haaren und drallen Brüsten, die fast aus dem Ausschnitt purzelten. Die Frau betrat ungeniert den Raum, blieb jedoch an der Tür stehen.

»Du störst. Mach, dass du wegkommst!«, grollte Tobias aufgebracht.

»Wieso? Könnte ich nicht dazukommen?«

»Nein. Raus hier!«

Die Fremde hob mit gespieltem Erstaunen die Augenbrauen und lächelte ihn spöttisch an. »Soweit ich weiß, hat jeder von uns hier überall Zutritt. Oder ist das eine Kundin? Dann hängst du doch ein Schild an die Tür.«

Sandra wandte sich wieder Tobias zu. Er wirkte noch einigermaßen ruhig, doch seine Kiefermuskeln waren angespannt. Er schob sich ein wenig aus dem Wasser.

»Das ist immer noch mein Haus. Ich könnte dich jederzeit rausschmeißen. Im Moment reicht es, wenn du diesen Raum verlässt. Auf der Stelle!«

»Mensch, Tobias, willst du mir die Dame denn nicht …«

»Raus, Jelena! Raus, raus, raus! Oder ich setz dich eigenhändig vor die Tür. Glaub mir, das willst du ganz bestimmt nicht!« Tobias hatte sich halb erhoben. Wasser schwappte nach allen Seiten. Sandras Blick blieb an den beiden Drachen hängen. Die aggressive Stimmung ihres Herrn übertrug sich auf die tätowierten Tiere, und seine erregten Gesten ließen sie fauchend tanzen.

»Schon gut. Ich bin unten im Büro, falls ihr es euch anders überlegt«, drangen Jelenas beleidigte Worte an Sandras Ohr. Und als sie sich zur Tür umdrehte, war Jelena verschwunden.

Mit einem derben Fluch hievte Tobias sich aus dem Wasser, kletterte aus dem Pool und war mit wenigen Schritten an den Korbstühlen, wo er eins der Handtücher nahm und sich um die Hüften schlang.

»Die letzte der ›Sieben‹ Sünden ist Jelena«, erzählte er plötzlich, als ob nichts gewesen wäre. »Sie war eines der ersten Mitglieder unserer Internet-Community. Ihr Nickname ist ›Blondes Gift‹. Irgendwie hat sie es geschafft, uns kennenzulernen, und seitdem ist sie dabei. Leider haben wir erst viel später gemerkt, dass sie mehr Gift als blond ist.«

»Mir scheint, die Party ist vorbei? Was ist mit dir?«, wollte Sandra wissen.

»Mir ist die Lust vergangen«, knurrte Tobias, und Sandras Blick auf sein Handtuch bestätigte nur, was er sagte. Sie genoss das warme Wasser, weigerte sich zu akzeptieren, dass jetzt alles so schnell vorbei sein sollte.

Tobias durchquerte mit langen Schritten den Raum, füllte sein Sektglas und trank es in einem Zug aus. Nachdenklich ging er zum Fenster und starrte hinaus.

Erst als Sandra sich endlich doch dazu durchringen konnte, das Wasser zu verlassen, drehte er sich um und lehnte sich gegen die Fensterbank. Sandra nahm eins der Handtücher und rubbelte sich trocken. Verwundert stellte sie fest, dass es ihr nichts mehr ausmachte, dass er sie dabei beobachtete. Irgendwie hatte sie das Gefühl, dass es sein gutes Recht war – das mindeste, was ihm zustand. »Dann bleibe ich dir wohl etwas schuldig«, sagte sie unsicher.

Endlich lächelte Tobias leicht, ignorierte jedoch, was sie gesagt hatte. »Jeder der Sieben hat einen Schlüssel, und alle dürfen hier ein und aus gehen, wie es ihnen gefällt. Es ist jedoch nicht üblich, irgendwo reinzuplatzen. Du warst nicht gerade leise. Wer ins Haus kommt und hört, dass irgendwo etwas läuft, macht einen Bogen um diesen Raum.« Er verzog missmutig den Mund. »Jelena hat das mit Absicht gemacht. So etwas gehört sich nicht!«

»Gibt es keine Zimmerschlüssel?«

»Nein. Du hast es gehört, wenn ich fotografiere, genügt ein Schild an der Türklinke. Früher habe ich abgeschlossen, doch dann hat mal eine Kundin Panik bekommen. Seitdem bleiben die Türen unverschlossen, nach Möglichkeit sogar offen. Im Büro hängt ein Terminkalender, wo alle sehen können, wann Kunden kommen, und in der Regel nehmen alle Rücksicht. Alle, bis auf eine.« Er schnaubte erbost.

Sandra blickte auf ihre Sportsachen. »Mir fällt gerade auf, dass ich gar nichts zum Anziehen dabeihabe. Ich müsste wohl noch mal nach Hause«, murmelte sie mehr zu sich.

Tobias verschränkte die Arme vor der Brust. »Ja, das dachte ich mir.«

Mit gerunzelter Stirn blickte Sandra zu ihm auf. Enttäuschung machte sich in ihr breit. »Sie ist noch hier, oder?«

»Sie wird im Büro sein. Sie macht die Buchhaltung. Immerhin: Das kann sie.« Er stockte. »Tut mir leid.«

Die Worte lösten sich in den Klängen eines neuen Liedes auf und hinterließen eine unsichtbare Mauer zwischen ihnen.

Sandra schlüpfte in ihre dreckigen und verschwitzten Sportsachen und fühlte sich sofort beschmutzt. Die Realität löste die letzten Überbleibsel der erotischen Stimmung in nichts auf und ließ diesen leichten heißen Sommertraum verblassen.

Was hatte sie erwartet? Tobias mochte ihr erklärt haben, dass er nicht der große Aufreißer war, für den sie ihn hielt. Es mochte stimmen, doch was änderte das?

Eigentlich nichts. Es war ein Abenteuer, mehr nicht. Sie konnte schlecht behaupten, er hätte ihr vorgemacht, es könnte irgendetwas anderes sein. Und, mal ehrlich, was immer das auch wäre, müsste sie es erst einmal selbst wollen. Das war nicht der Fall. So. Punkt.

Sie wollte gerade den Raum verlassen, als Tobias' Stimme sie zurückhielt. »Sandra …«

Sie wandte sich ihm zu. Er hatte sich nicht von der Stelle gerührt, stand immer noch mit verschränkten Armen am Fenster. Das Licht blendete sie und verhinderte, dass sie von seinem Gesicht ablesen konnte, was in ihm vorging.

»Wann hast du wieder Dienst? Wir sollten das Essen nachholen.«

Na, wenigstens das. »Gern. Ich habe die ganze Woche frei.«

»Wirklich?« Tobias machte einen Schritt auf sie zu. »Was hältst du dann davon, wenn wir für ein bis zwei Tage wegfahren? Morgen Nachmittag kommt noch ein Kunde, aber ab übermorgen habe ich keine Termine mehr.« Als wäre ihm gerade bewusst geworden, was er sagte, hob er abwehrend die Hände. »Ich meine nur, falls du Lust hast.«

Sandra lächelte und versuchte, sich unverbindlich zu geben. Ihr Herz machte einen aufgeregten Hüpfer. »Ich überlege mir das. Ich melde mich morgen, okay?«

Damit schlüpfte sie aus der Tür. Tobias sollte das breite Grinsen nicht sehen, das sich auf ihrem Gesicht ausbreitete. Sie hatte ihm für heute genug geschmeichelt. Sie musste es ja nicht gleich übertreiben.

Sandra fuhr gut gelaunt nach Hause, und das Lächeln auf ihren Lippen ließ sich einfach nicht vertreiben. Wenn sie es vor sich selbst zugeben müsste, würde sie sagen, sie wäre verliebt.

Konnte das wahr sein? Ausgerechnet in Tobias?

Im Grunde hätte sie dagegen nichts einzuwenden. Sie war niemandem Rechenschaft schuldig, und was nun an den Geschichten von früher stimmte oder nicht, war schließlich seine Sache. *Nein*, korrigierte Sandra sich in Gedanken, *ich hätte nichts* mehr *dagegen einzuwenden*. Er hatte ihr gesagt, dass viele ihrer Vorurteile über ihn überhaupt nicht zutrafen, und sie glaubte ihm. Sein Benehmen, vor allem seine Zurückhaltung und die faire Art, wie er mit ihr umging, waren ein Beweis dafür.

Die Frage war eher, wie sie damit umgehen sollte. Sandra war ungebunden. Sie wollte keine One-Night-Stands, sie suchte nach einer Beziehung, und das schon viel zu lange. Sie war nicht dazu geschaffen, allein durchs Leben zu gehen, und sie wollte nicht nur einen Kerl, der gut im Bett war – vielleicht war das sogar zweitrangig? –, sie wollte auch einen Freund, einen Vertrauten und jemanden, der in schlechten Zeiten zu ihr stand.

Tobias war ihr viel zärtlicher, fürsorglicher erschienen, als sie erwartet hatte. Es imponierte ihr, wie er auf diese Details wie Blumen oder Musik achtete, oder dass er die Handtücher bereitgelegt hatte. So was machten doch keine Typen, die einfach nur eine schnelle Nummer schieben wollten, oder?

Sandra lächelte still und parkte den Wagen in einer Lücke, die sie glücklicherweise vor ihrem Haus gefunden hatte. Sie stieg aus und lief zu ihrer Wohnung.

Selbst wenn es Tobias nur um den Sex ging, dann war das bei dem, was sie geboten bekam, fast etwas, mit dem Sandra leben könnte. Zumindest, bis ihr Traumprinz sich blicken ließ. Denn mal ehrlich, eine Beziehung konnte das nicht werden. Sie würde sich kaum darauf einlassen, mit einem Freund zusammen zu sein, der regelmäßig vor der Kamera mit anderen Frauen herummachte. Das fehlte gerade noch.

Außerdem wusste sie nicht einmal, ob es nicht doch eine Frau in Tobias' Leben gab, die solche Bedenken nicht teilte, sondern prima mit seinen beruflichen Verpflichtungen – und möglicherweise sogar der Fürsorglichkeit für spezielle Kundinnen – klarkam. Nur weil das für Sandra nicht in Frage kam, musste das ja nicht heißen, dass dies für jede Frau galt.

Sie lachte kopfschüttelnd über sich selbst, weil sie dieser Frage nachhing, ohne dass es einen er sichtlichen Grund gab, sie überhaupt zu stellen. Sie schloss die Wohnungstür auf. Der obligatorische Blick auf den Anrufbeantworter vertrieb ihre gute Laune mit einem Schlag. Die meisten ihrer Freunde oder Verwandten riefen sie auf dem Handy an. Nur die ganz alten Tanten, denen ein Anruf ins Mobilfunknetz aus Prinzip zu teuer war, und einige ihrer Kollegen nutzten den Festnetzanschluss. Also war entweder in der Familie etwas passiert, oder das Revier hatte angerufen. In beiden Fällen war die Wahrscheinlichkeit einer guten Nachricht verdammt gering.

Sandra seufzte laut und drückte auf den Abspielknopf.

10. Kapitel

Tobias hatte sich viel Zeit gelassen, sich geduscht und angezogen, anschließend das Bad aufgeräumt und gesäubert, obwohl das die Reinigungskraft am nächsten Morgen hätte tun können, und war dann erst ins Erdgeschoss gegangen. Es war fast acht Uhr abends, und im Haus war es bis auf das kaum hörbare Summen der Klimaanlage im Flur still.

Er trat durch den Salon in den Wintergarten. Der Raum war bereits in Schatten getaucht, da die Sonne weitergewandert war und später hinter dem Haus untergehen würde. Gedankenlos staubte Tobias ein Bananenblatt ab, prüfte, ob die deckenhohen eingetopften Palmen ausreichend Wasser hatten, und pflückte ein welkes Blatt von einer weiß blühenden Pflanze. Hier war alles in bester Ordnung, ganz so, wie es sein sollte.

Seine Gefühle waren das genaue Gegenteil. Und im Moment weigerte er sich, darüber nachzudenken, was ihn störte, warum er solch einen inneren Aufruhr verspürte, der ihn hier zwischen Baumstämmen, Hängematten und Schaukeln herumirren ließ.

Wir sollten ein paar Sittiche hier aussetzen, dachte er. Die Vögel würden sich zwischen den Palmen unter dem großen Glasdach sicherlich wohl fühlen. Oder Schmetterlinge. Ob es kompliziert war, hier drinnen ein paar Schmetterlinge zu halten?

Er brummte unwirsch, weil er merkte, dass er krampfhaft versuchte, an etwas anderes zu denken als an Sandra und daran, wie er sie im Wald genommen hatte. An ihre herbe, direkte Art, die er bei den meisten Frauen so vermisste, weil sie glaubten, sie müssten sich ihm unterwerfen, damit es ihn anmachte. Eher das Gegenteil war der Fall. Es langweilte ihn.

Sandra war natürlich und authentisch. Sie hatte seine Erwartungen nicht erfüllt, nein. Sie hatte sie übertroffen. Ihr Körper war makellos, voller Bewegung und Kraft. Noch nie hatte Tobias dieses Gefühl gehabt, eine Frau derartig zu begehren und gleichzeitig davor zurückzuschrecken, diesen einen letzten Schritt zu tun. Er hatte ihn getan, sie waren diesen Schritt gegangen, weil Sandra die Initiative ergriffen hatte. Er hätte es niemals gewagt. Diese Tatsache allein genügte fast, ihn zu erregen.

Er öffnete eine der gläsernen Flügeltüren, die auf die Veranda führten, auf der irgendwer den Tisch und die Stühle bereits für das gemeinsame Projektbesprechungsfrühstück der ›Sieben Sünden‹ zurechtgerückt hatte. Geschirr und Besteck standen auf einem Beistellwagen mit einem rotweißgestreiften Schirmchen darüber. Sogar eine Blumenvase mit einer einzelnen Rose darin schmückte den Tisch. Mit stumpfem Blick starrte Tobias auf das Arrangement und schob die Hände in die Hosentaschen.

Dann entschied er sich endlich, den Kundentermin für morgen vorzubereiten. Eine ältere Dame, die ihrem Mann zur Silberhochzeit ein paar neue Fotos schenken wollte. Besondere Fotos, hatte sie zu Tobias bei der Vorbesprechung gesagt und ihm dabei frivol zugezwinkert. Er hatte ihr lächelnd das Procedere erklärt und sie insgeheim bewundert, welch eine Tatkraft und Energie von ihr ausgingen, obwohl – oder gerade weil? –

sie auf die sechzig zuging. *Kleiner Silbervogel* hatte er sie insgeheim getauft und es sich zum Ziel gesetzt, den zarten Flügelschlag ihrer Seele auf die Fotos zu bannen.

Diese Gedanken ließen ihn endlich ruhiger werden und lenkten ihn für den Moment von der unbestimmten Sehnsucht nach Sandras Nähe ab.

Von der Tatsache, dass die ganze Sache irgendwie zu einfach gelaufen war. Davon, dass sie seine Erwartungen übererfüllt hatte. Von der fürchterlichen Gewissheit, dass er sie hatte kosten dürfen und damit nicht einen Schritt näher an sie herangekommen war, sondern sich im Gegenteil von ihr entfernt hatte. Sicherlich würde sie bald anrufen und den gemeinsamen Ausflug absagen, weil ihr bewusst wurde, dass sie sich nicht auf jemanden einlassen wollte, dem es nur ums … Vögeln ging.

Sie hatte ja keine Ahnung.

Und genau das war das Problem.

Während Tobias zu seinem Büro lief, versuchte, seine Gedanken wieder auf seinen Kundentermin zu zwingen, fragte er sich gleichzeitig, was eigentlich in ihn gefahren war. Er hatte gedacht, er hätte diese unreifen Teenagerträume nach der einen wahren Liebe hinter sich. Es passte nicht in die Wahrnehmung, die er von sich selbst hatte und nach außen hin zeigen wollte.

Und trotzdem wurde er diesen Traum nicht los.

Er stieß die Tür zum Büro auf und erschreckte sich genau wie Jelena, die zusammenzuckte und von den Papieren auf ihrem Schreibtisch aufsah. Doch sobald sie ihn erkannte, lächelte sie breit und rückte sich mit einer lasziven Handbewegung den Ausschnitt zurecht.

Tobias hätte würgen können. Er warf ihr einen bösen Blick zu, aber es half nichts.

»Da bist du ja endlich, Süßer. Lust auf Nachtisch?«, säuselte sie mit spitzen Lippen.

»Ganz! Sicher! Nicht!«, knurrte er abwehrend. Er trat an seinen Schreibtisch und startete den Computer, versuchte, so gut es ging, ihre Anwesenheit zu ignorieren. Ihm fiel es nicht leicht, denn Jelena hatte sich offensichtlich erst vor kurzem mit Parfüm eingesprüht. Tobias kam es vor, als würde sich der Geruch auf seine Zunge und Lippen legen.

»Unser Verhältnis ist im Moment nicht gerade das beste«, murrte es hinter ihm.

»Nein, kann man nicht behaupten«, stieß er zwischen zusammengebissenen Zähnen hervor. Er überlegte, Jelena rauszuwerfen, aber sie hatte offenbar ernsthaft gearbeitet, bis er ins Büro gekommen war, daher lieferte sie ihm keinen Anlass. Noch nicht.

»Soll ich dir einen Kaffee machen?«, fragte sie.

Tobias schüttelte den Kopf, ohne sich umzudrehen.

»Aha!« Schweigen folgte.

Er wartete, und sein Unmut wuchs, weil er genau wusste, dass sie keine Ruhe geben würde, bis er reagierte. Er gab dem Drehstuhl einen Stoß und wandte sich ihr zu. »Was, ›aha‹?«

»Du hattest keinen Sex mit deiner Begleitung. Kein Espresso heißt bei dir kein Sex.« Sie lächelte triumphierend, als hätte sie gerade die Einstein'sche Relativitätstheorie widerlegt.

Die Wut auf das verpatzte Ende des Tages und auf die Urheberin flammte wie ein Inferno in Tobias auf. Nur sehr mühsam beherrschte er sich, indem er seine Finger in die Armlehnen krallte, um nicht aufzuspringen und auf Jelena loszugehen. »Du legst jetzt deinen Schlüssel zu diesem Haus auf den Schreibtisch und verschwindest. Und lässt dich nie wieder hier blicken«, stieß er hervor.

Jelena starrte ihn an, zu verblüfft, um sofort etwas zu erwidern. »Und wer macht dann die Buchhaltung?«, war das Erste, was ihr dann einzufallen schien. Sie nestelte nervös an ihrem Ausschnitt und zog zur Abwechslung den Saum ihres Shirts ein Stück höher statt herunter.

»Das soll nicht deine Sorge sein«, erklärte Tobias kalt und hatte sich endlich so weit unter Kontrolle, dass er aufstehen konnte. Langsam kam er auf Jelena zu, die sichtlich verunsichert ihre Handtasche vom Boden hob und darin herumwühlte.

»Ich weiß genug!«, erklärte sie mit bebender Stimme, hatte endlich den Schlüssel gefunden, riss ihn vom Bund und pfefferte ihn auf die Tischplatte. »Ich werde dem Finanzamt einiges erzählen, und dann seid ihr dran. Allesamt!«

»Mach dich nicht lächerlich«, schnaubte Tobias belustigt. »Glaubst du ernsthaft, ich hätte so viel Vertrauen in dich, dass ich die Bücher nie geprüft habe? Wir sind sauber. Erspar mir deine jämmerlichen Erpressungsversuche! Und jetzt raus!«

Er streckte den Arm aus und zeigte in Richtung Tür.

Jelena warf ihm einen Blick zu, bei dem er garantiert tot umgefallen wäre, wenn es zum Glück nicht nur ein Sprichwort wäre.

Er folgte ihr durch die Halle, bis er sehen konnte, dass sie die Haustür ins Schloss knallen ließ. Dann erst atmete er tief aus.

Das Kapitel »Blondes Gift« in der Chronik der ›Sieben Sünden‹ war abgeschlossen. Heike würde nicht begeistert sein, denn Jelena war extrem beliebt bei den Usern.

Tobias fuhr sich durch die Haare und lief zurück ins Büro. Aber genau darum ging es doch. Es war zweitrangig, was Heike dachte und wie gut Jelena ankam. Die ›Sieben Sünden‹ waren *sein* Projekt, und sie sollten in erster Linie *ihm* und den anderen Beteiligten Spaß machen. In genau dieser Reihenfolge. Und wenn der Spaß auf der Strecke blieb, weil es nur noch Querelen und Anfeindungen gab, dann war es längst Zeit gewesen, die Reißleine zu ziehen.

Der nächste Morgen hatte sich entschieden, dort weiterzumachen, wo der Abend aufgehört hatte. Wie erwartet reagierte Heike sauer auf Jelenas Rauswurf. Die anderen schauten betreten zur Seite, und nur Conny schien erleichtert. Sie hatte ebenfalls ihre Schwierigkeiten mit Jelenas Auftreten gehabt und unter ihren spitzen Äußerungen gelitten. Dabei, fand zumindest Tobias, hatte Conny einiges mehr drauf. Sie hatte eine professionelle Ausbildung als Tänzerin und war an der Stange extrem erfolgreich gewesen, als sie Eric in der Großraumdisco begegnet war. Ihre Bewegungen beim Akt waren immer geschmeidig und erotisierend, manchmal wie ein Tanz. Ihre feurige Ausstrahlung mit der roten Mähne und den festen Brüsten stand im krassen Gegensatz zu ihrem tatsächlich sensiblen Charakter.

Die Morgenbesprechung verlief zäh, und die Stimmung war gereizt. Den größten Anteil daran musste sich Tobias selbst zugestehen. Es lag an Sandras Anruf, der unweigerlich gekommen war, ganz so, wie er es vorausgesehen hatte. Sie müsste für einen Kollegen einspringen, dem bei einem Einsatz bei einer Kneipenschlägerei mehrfach der Kiefer gebrochen worden war, hatte sie erklärt.

Ja, klar, dachte Tobias grantig, während er beiläufig den Gesprächen am Tisch lauschte und in seiner Kaffeetasse rührte, *wer's glaubt, wird selig* … Er hatte es gleich geahnt. Die Sache mit Sandra war einfach zu schön, um wahr zu sein. Sie hatte sich komplett zurückgezogen, wollte sich nicht einmal darauf festlegen, wann sie sich wieder melden könnte.

»Hallo? Erde an Resner? Jemand anwesend? Bitte kommen!«, drang plötzlich Vickys neckende Stimme in seine düsteren Gedanken.

Er schaute fragend in die Runde.

»Ob du einverstanden bist?«, wollte Heike mit dem tadelnden Blick einer Oberlehrerin wissen.

Tobias zog eine verlegene Grimasse. »Womit?«

»Du hast nicht zugehört! Wo soll das mit dir noch hinführen? Männer! Alle in einen Sack und draufhauen. Triffst du immer den Richtigen«, schimpfte Vicky mit gespielter Empörung.

»Also bitte!«, widersprach Dommi und schob seine Frau ein wenig von sich, was sie nur dazu animierte, sich wie ein schnurrendes Kätzchen an seine Brust zu schmiegen, bis er lachte und den Arm um sie legte.

Heike verdrehte die Augen und schwieg.

Conny lächelte freundlich Tobias an. »Heike hat gerade vorgeschlagen, dass du heute Abend hinter der Kamera arbeitest und Dommi deinen Part übernimmt. Eric und Vicky spielen die Einbrecher, und Heike filmt mit dir zusammen.

»Eric als Verbrecher? Ich dachte, du wolltest nie wieder vor die Kamera!« Tobias hob erstaunt die Augenbrauen und sah seinen besten Freund an, der gleichmütig mit den Schultern zuckte.

»Ist schon in Ordnung. Man sieht ja nicht viel, da ich eine Maske trage. Ich mach's für dich. Du bist ja heute nicht ganz bei dir.«

»Mit mir ist alles in Ordnung«, knurrte Tobias beleidigt. »Ich habe nur nicht die beste Laune, darf ja mal vorkommen.«

»Genau, hast du nicht, Kumpel«, stimmte Dommi zu und verteilte den letzten Rest Kaffee aus der Thermoskanne in die Tassen. »Und weil du so viel Fröhlichkeit wie ein ganzer Leichenzug verströmst, haben wir gerade entschieden, die Rollen zu tauschen. Und selbst Eric, diese Ausgeburt an Hässlichkeit, mit dem unattraktivsten Körper der Welt und dem kürzesten Pimmel, den ein Mann haben kann, stellt sich für dich, Tobias Resner, den Star der Truppe, vor die Kamera. Ist das was?«

»Hey, hey, hey!«, warnte Eric leise und warf Dommi einen finsteren Blick zu, den der nur mit einem dreisten Grinsen konterte.

Tobias sah, wie sich die Schultern seines Freundes verspannten und er die Brust vorreckte, und musste widerwillig grinsen. Genau das Gegenteil von dem, was Dommi sagte, war der Fall.

In der Regel betitelte Tobias die Angehörigen seines eigenen Geschlechts mit gutaussehend, attraktiv oder auch hübsch. Und er musste es wissen. Auch wenn er ausschließlich auf Frauen stand, hatte seine Fotografenseele durchaus ein Auge für die äußere Wirkung von Männern. Und Eric war nicht nur gut aussehend, er war schön. Sein symmetrisches Gesicht mit dem leicht südländischen Einschlag und den sanften dunkelbraunen Augen unter den buschigen Augenbrauen ließ die Frauen reihenweise dahinschmelzen. Wenn er seine vollen Lippen zu diesem leichten unsicheren Lächeln verzog, dann war es auch um die Letzte geschehen.

Außerdem achtete er mehr auf seinen Körper als jeder Kerl, dem Tobias jemals begegnet war. Er selbst trieb schon viel Sport – nahm es als Teil seines Jobs, vor der Kamera gut auszusehen und etwas dafür zu tun –, aber Eric war fanatisch.

Wenn man ihn ließ, konnte er sich stundenlang darüber auslassen, wie man welche Muskeln gezielter trainierte oder wo welche Proportionen noch nicht stimmten. Doch der Grund, weshalb Dommi herumstichelte, war der, dass Eric nie zufrieden war, an sich selbst und seinen vermeintlichen Schwächen herummäkelte und ständig zweifelte.

»Das nenne ich einen echten Kumpel, Eric«, erklärte Tobias etwas milder gestimmt. Er legte Eric beiläufig die Hand auf das Knie, und sein Freund entspannte sich wieder.

»Das heißt, du bist einverstanden?«, wiederholte Heike streng.

Tobias nickte gehorsam und insgeheim erleichtert. Zum ersten Mal, seit es die ›Sieben Sünden‹ gab, war ihm tatsächlich nicht danach, sich *vor* die Kamera zu begeben.

Das schien für die anderen das Zeichen zum Aufbruch zu sein. Vicky, Dommi und Heike verabschiedeten sich bis zum Abend. Conny räumte das Geschirr auf ein Tablett und verschwand.

Tobias und Eric blieben allein zurück.

»Was ist denn los mit dir?«, fragte Eric sofort.

Tobias schüttelte abwehrend den Kopf.

»Machst du dir etwa Gedanken, weil du Jelena rausgeworfen hast? Ich fand es längst überfällig. Das zögerte sich nur so lange hinaus, weil sonst niemand die Eier dazu in der Hose hatte. Heike kriegt sich schon wieder ein.«

»Ja, das wird schon wieder.«

Eric stand auf und schob sich ein Pfefferminzbonbon in den Mund. »Ich wollte noch ein wenig an der Kutsche weiterarbeiten. Kommst du mit?«

Mit einem leisen Seufzer, weil nun die Arbeit rief, erhob sich Tobias ebenfalls. »Brauchst du mich?«

»Nein, lass gut sein.« Eric legte ihm den Arm um die Schultern und gab ihm einen freundschaftlichen Knuff. Dann hob er die Hand für einen Abschiedsgruß und verschwand durch das Seitentor in der Hecke in Richtung des Anbaus, in dem die neueste Errungenschaft der ›Sieben Sünden‹ wartete: eine fast einhundertfünfzig Jahre alte geschlossene Kutsche, die, war sie erst einmal vollständig restauriert, einen Platz im Garten einnehmen würde. Tobias hatte nur noch keine Idee, wo er lebensgroße Pferdefiguren herbekommen würde. Er würde sie am liebsten aus schneeweißem Marmor anfertigen lassen, aber das überstieg dann doch das derzeitige Budget und musste warten.

Tobias lächelte dankbar und ging ins Haus, um zu sehen, ob Conny seine Hilfe benötigte. Er hatte sehr genau bemerkt, dass Eric ihn durchschaut hatte und nicht daran glaubte, dass er wegen Jelenas Rauswurf ein schlechtes Gewissen hatte. Aber Eric war kein Typ, der nachbohrte, sondern geduldig wartete, bis er erfuhr, was er wissen musste.

Und das war auch gut so. Tobias verspürte keinen Drang nach weiteren Offenbarungen, ob und wie sehr ihm Sandra am Herzen lag. Bis ihm wieder etwas einfiel, wie er sich ihr erneut nähern könnte, hatte er keinen Bedarf an weiteren guten und gutgemeinten Ratschlägen.

11. Kapitel

Obwohl das Tor offen stand, parkte Sandra auf der Straße und lief mit knirschenden Schritten über die gekieste Einfahrt. Im Domizil der ›Sieben Sünden‹ schien eine Versammlung stattzufinden. Sie zählte neben Tobias' Porsche drei weitere Autos, die vor dem seitlichen Anbau parkten.

Sandra klingelte an der Haustür, doch im Gebäude blieb es still. Sie warf einen Blick zurück auf die Autos und lächelte. Vermutlich waren das alles Sünden, die gerade ihrem Namen alle Ehre machten und nicht gestört werden wollten. Aber vielleicht hörte Tobias nur die Klingel nicht. Sie musste ihn unbedingt sprechen. Sie hatte sehr genau bemerkt, dass er die Verschiebung ihres Dienstplans für eine Ausrede hielt. So ein Missverständnis sollte nicht zwischen ihnen stehen. Sie überlegte, während sie grübelnd die Hecke rechts und links am Haus betrachtete. Ohne weiteres kam man in den Garten nicht hinein, was ja auch sinnvoll war. Ob es hinter dem Garagenanbau noch ein Tor in den Garten gab?

Sie umrundete eine hüfthohe immergrüne Hecke und erspähte tatsächlich sowohl ein hohes hölzernes Gartentor, um das sich ein Rosenspalier rankte, sowie eine kleinere Tür, die neben einem blinden Fenster mit Butzenscheiben in die Garage führte.

Kurz entschlossen klopfte Sandra gegen die Fensterscheibe

und wurde mit einem dumpfen »Ja?« von drinnen belohnt. Vorsichtig öffnete sie die Tür.

Im Inneren war es dämmrig. Außer ein paar verirrten Sonnenstrahlen, die durch das Fenster fielen, spendeten zwei schwache Neonröhren diffuses Licht. Staubflocken wirbelten in der stickigen Luft umher, und von irgendwo dudelte leise ein Radio.

Ein kurzer Blick genügte, um das Rätsel aufzuklären, warum Tobias seinen guten Porsche nicht unter diesem Dach parkte. Der Raum wäre groß genug für drei Autos, war jedoch bis unter die Decke vollgestopft mit Kisten, Kartons und Kleinmöbeln. An einer Seite standen eine Werkbank mit allerlei Werkzeugen sowie ein Regal mit Tiegeln und Farbtöpfen. Ganz offensichtlich war das hier ein Lager für Requisiten, die noch instand gesetzt werden mussten oder ausrangiert worden waren.

Den meisten Platz nahm jedoch eine imposante schwarzglänzende Kutsche ein, bei der man an vielen Stellen blankes Holz sah, das mit einer hellen Paste ausgebessert worden war. Der Schlag des Passagierraumes stand offen. Jemand beugte sich gerade hinein.

»Wow!«, entfuhr es Sandra unwillkürlich. Sie hatte gedacht, Tobias wäre gut gebaut, aber dieser Hintern, auf den sie da gerade starrte, schlug ihn noch mal um Längen. Der dazugehörige Mann richtete sich auf und drehte sich zu ihr um.

Sie fuhr sich verstohlen mit der Zunge über die Lippen und verschränkte die Arme, um etwas sicherer zu wirken. Der Anblick des nackten Oberkörpers in der engen Jeans verschlug ihr den Atem.

Ihr Gegenüber lächelte dagegen unsicher, griff eilig auf den Kutschbock und holte ein dunkelblaues Hemd herunter, das es sich mit einem lässigen Schwung über die Schultern streifte. »Hi. Eric Paulitz. Kann ich Ihnen weiterhelfen? Ist was passiert?«, fragte er, während er die Knöpfe schloss.

»Ob … was? … Nein.« Sandra konnte sich eine Frage nach dem *Wieso* gerade noch verkneifen. Sie hatte völlig vergessen, dass sie noch ihre Uniform trug und Eric vermutlich dachte, sie wäre dienstlich hier. Das war also Tobias' bester Freund.

Mein Gott, dachte sie aufgewühlt, *langsam wundere ich mich gar nicht mehr, dass es in diesen Mauern nur um Sex geht. Dem Typen würde man sich ja am liebsten sofort hinwerfen.*

»Ich suche Tobias«, antwortete eine Stimme, die Sandra als ihre eigene erkannte und die zum Glück völlig nüchtern klang.

»Ach so! Der müsste im Haus sein.«

Eric fuhr sich mit der Hand über die verschwitzte Stirn, um eine Haarsträhne nach hinten zu schieben, und stellte fest, dass sich einige Sägespäne darin verfangen hatten. Er versuchte erfolglos, sie zu entfernen, und löste dann seinen Pferdeschwanz und schüttelte sein braunes schulterlanges Haar aus.

Sandra lächelte. »So was kenn ich. Vielleicht kann ich helfen?« Völlig gedankenlos trat sie auf Eric zu und zupfte die widerspenstigen Späne einzeln aus den Strähnen, während er ihr den Kopf zuneigte und die Haare auseinanderhielt. Da er ihr Gesicht nicht sehen konnte, warf sie einen ungenierten Blick auf die immer noch halb entblößte Männerbrust.

»Danke«, sagte er. »Da Sie Tobias beim Vornamen nennen, nehme ich an, dass Ihr Besuch privater Natur ist?«

»Ja. Ich habe gerade erst Dienstschluss. Tut mir leid, ich wollte Sie nicht erschrecken.«

»Das war nur mein schlechtes Gewissen. Sie wissen schon, das vermutlich jeder hat, der nur mal falsch geparkt hat.« Plötzlich hob er den Kopf und schaute Sandra ins Gesicht.

»Sie sind die Beamtin, die dabei war, als wir in der Kirche hochgenommen worden sind.«

Sandra richtete ihre Blicke hastig wieder auf die Holzspäne. Das war eine Feststellung, keine Frage. Sie suchte immer noch nach einer passenden Entgegnung, als hinter ihr die Tür aufgestoßen wurde.

»Eric, bist du hier? Wir brauchen im Salon deine Hilfe, um … Was geht denn hier gerade ab?«, tönte ihnen Tobias' erboste Stimmte entgegen.

Eric und Sandra fuhren auseinander, als hätte man sie bei etwas ertappt. Und mit einem Blick wurde Sandra klar, dass es auch nur so und nicht anders wirken musste. Sie hatte die Krawatte nach Dienstschluss abgelegt und im Auto gelassen, damit sie die oberen beiden Knöpfe ihres Hemdes öffnen konnte. Eric dagegen stand mit zerzaustem Haar, in das sie ihre Hand vergraben hatte, und dem halbgeschlossenen Hemd zu ihr gebeugt da.

Vor allem aber war Sandra sicher, dass Tobias ihr von der Nasenspitze ablesen konnte, welches erotische Begehren Eric in ihr ausgelöst hatte.

Sie senkte verlegen den Kopf. Viel zu spät wurde ihr bewusst, dass sie sich damit nur noch verdächtiger machte. Gleichzeitig schoss ihr der Gedanke durch den Kopf, dass sie vor Tobias überhaupt keine Rechenschaft ablegen musste.

Eric richtete sich auf und knöpfte in aller Seelenruhe sein Hemd weiter zu, bis es seine wohlgeformte blanke Brust zu Sandras Erleichterung züchtig bedeckte. »Die Lady hat dich gesucht«, erklärte er.

Tobias musterte Sandra kalt. »Dann hat sie mich ja jetzt gefunden.« Ohne ein weiteres Wort drehte er sich um und verschwand.

Eric fuhr sich mit der Hand durch die Haare und schnipste einen Span fort. Mit einem wissenden Lächeln lehnte er sich auf das riesige vordere Speichenrad der Kutsche.

In dem Moment fragte sich Sandra, ob Eric sich seiner wahnsinnigen Ausstrahlung überhaupt bewusst war. Er hatte seinen Knackarsch ein wenig nach hinten geschoben, dass Sandra sich förmlich den Gedanken verbieten musste, wie es wäre, einmal hinzulangen und die festen Muskeln unter der Jeans zu streicheln. Und gleichzeitig brannte Scham in ihrem Herzen – nicht, weil sie Eric so attraktiv fand, sondern weil sie das Gefühl hatte, allein mit diesen Gedanken Tobias zu hintergehen. Dabei lief zwischen ihnen doch gar nichts … Waren ihre Hormone seit der ersten Begegnung eigentlich nicht mehr zurechnungsfähig?

»So, also bist du … sind Sie der Grund für diese schlechte Laune.«

»Wie bitte?«

»Tobias ist seit der Sache in der Kirche ziemlich gereizt und unausgeglichen. Und seit gestern ist er richtig schlecht drauf. Und ich vermute, dass eine Frau dahintersteckt. Ich kenne ihn lange genug.«

»Ich verstehe immer noch nichts.« Sandra schaute sich um, wischte ein wenig Staub von einer Kiste und lehnte sich dagegen.

Eric zuckte mit den Schultern und langte in das Innere der Kutsche, um einen Pinsel und ein Farbtöpfchen hervorzuholen. Er verschloss es sorgfältig und zeigte dann mit dem Pinsel in Richtung Tür. »Sehen Sie es mal so …«

»Wir können ruhig du sagen«, warf Sandra ein. Irgendwie kam es ihr seltsam vor, Eric zu siezen.

Er nickte erleichtert. »Was ich sagen wollte: Tobias ist ziemlich eifersüchtig. Ich weiß ja nicht, was da zwischen euch läuft, aber wenn du annimmst, dass du wegen seiner Beschäftigung …« Bei dem Wort malte Eric mit den Fingern Anführungsstriche in die Luft. »… mit den ›Sieben Sünden‹ die gleichen Rechte hättest wie er, irrst du dich.«

»Wenn ich *was* annehme?« Sandra runzelte verständnislos die Stirn. »Sekunde mal! Wir sind doch nicht zusammen! Wir haben doch nur … Ich meine, ich dachte, das wär bei ihm so … Mein Gott, was hat der Kerl dir über mich erzählt?«

Eric lachte leise und legte die Zungenspitze an die Oberlippe. Er murmelte leise vor sich hin, so dass Sandra ihn nicht verstehen konnte, doch er klang belustigt.

Erregt schlug Sandra mit der flachen Hand auf die Kiste und wandte sich zur Tür. »Ich weiß nicht, was du mir gerade sagen willst, aber das ist mir echt zu dämlich«, fauchte sie.

»Warte!«, rief Eric in einem besänftigenden Ton.

Sandra hielt inne und wartete.

Eric drückte irgendwo einen Schalter. Die Neonlampen erloschen, das Radio verstummte ebenso, und der Raum wurde nur noch von den gedämpften Sonnenstrahlen erhellt.

»Er hat mir überhaupt nichts erzählt.« Erics Stimme näherte sich aus dem Halbdunkel. »Aber ich habe Augen im Kopf. Ich war doch dabei, als ihr euch bei deinem Einsatz in der Kirche wiedergesehen habt. Es war offensichtlich, dass er dich wiedererkannt hat. Als ich ihn danach gefragt habe, war er ziemlich maulfaul. Dass du Sandra heißt und ihr zusammen in der Schule wart, war alles, was ich erfahren habe.« Eric ließ noch einen letzten prüfenden Blick durch den Raum schweifen, bevor er zufrieden nickte. Er legte die Hand auf Sandras und drückte die Klinke.

Ihr fiel auf, wie arglos seine Berührung war. Und mit jedem Satz, den Eric sagte, verging dieses seltsame Verlangen, und stattdessen erfüllte sie die immer wichtiger werdende Frage, was ihr Tobias eigentlich bedeutete.

Eric ließ sie los. Die Tür schwang auf, und sie traten nach draußen.

»Und genau das ist der Punkt, Sandra«, erklärte Eric freundlich. »Du warst schon mal im Haus, oder?«

»Ja, wieso?«

»Hat Tobias dich in seine Wohnung gelassen?«

»Nein, warum sollte er?«

Eric lachte belustigt. »Er hat noch keine Menschenseele in seine Wohnung gelassen. Noch nie und niemanden. Und das ist so bezeichnend für ihn. Nach außen gibt er sich lockerflockig, aber wenn es ernst wird, ist er verschlossener als ein Mönch in einem Schweigeorden. Er lässt keinen an sich ran. Nicht mal mich.«

Sie umrundeten das Gebäude und gingen über den Kiesweg zur Haustür.

»Warum erzählst du mir das?« Sandra wusste nicht, wie sie seine Worte einordnen sollte. Seltsame Vorstellung, sie könnte für Tobias mehr als nur ein Abenteuer sein. Und warum verursachte sie ihr so ein aufgeregtes Kribbeln? War ihr Herz einfach schon weiter als ihr Verstand? Ihre Libido hatte sich ja ohnehin bereits entschieden.

Verstohlen warf Sandra ihrem Begleiter einen Seitenblick zu. Nachdem sie die stickige Atmosphäre des Anbaus verlassen hatten, war ein wenig Zauber von Eric abgefallen. Er war ohne Zweifel eine Augenweide, hatte einen göttlichen Körper.

Aber es fehlte dieses Etwas, das Tobias in ihr ausgelöst hatte, wie sie sich jetzt und gerade unumwunden eingestehen musste. Ein Gefühl, dem die Angst folgte, dass sie den Mann, zu dem sie sich in dieser Sekunde bekannte, soeben verloren hatte.

»Verstehst du nicht?«, fragte Eric und stieg die Stufen zur Haustür hinauf. »Wenn du einfach eine alte Bekanntschaft wärst, wüsste ich vermutlich jetzt eine ganze Menge über dich. Glaub nicht, du wärst seinem kritischen Auge entgangen.« Er grinste dreist. »Du hast eine Wahnsinnsausstrahlung, eine irre gute Figur und passt perfekt in sein Beuteschema.«

»Wie bitte?« Sandra unterbrach perplex den Blickkontakt. Wie schön, wenn man mal live und in Farbe erlebte, wie die Herren der Schöpfung einen beurteilten. Na, vielen Dank! Die hämische Stimme ihres Gewissens, das ihr mit spitzem Finger auf die Schulter klopfte, weil sie eben noch ziemlich ähnlich über Erics Äußeres geurteilt hatte, ignorierte sie beharrlich.

»Wenn ich es dir doch sage. So, ich erfahre also nichts über die süße Polizistin. Und *nichts* meint in diesem Fall *alles*. Das heißt nämlich, dass du ihm sehr, sehr, sehr viel bedeuten musst. Vielleicht sogar mehr, als er sich vor sich selbst schon eingestanden hat. Seine Reaktion vorhin hat das voll und ganz bestätigt.«

»Aha!« Sandra fiel nichts weiter darauf ein. Das war ja quasi gerade eine Liebeserklärung in Vertretung. Oder wie sollte sie das Gesagte jetzt einordnen?

Sie standen vor der Haustür, die Eric gerade mit seinem Schlüssel öffnen wollte, als er innehielt.

»Darf ich?« Er klopfte leicht auf Sandras Hintern.

»Was machst du da!?«

»Du bist voller Staub.«

Sandra wandte sich halb um. Tatsächlich wehten helle Staubwölkchen von der dunkelblauen Hose.

Arglos. Eric war wirklich komplett arglos, oder kam zumindest bei ihr so an. In Sachen Anzüglichkeiten das genaue Gegenteil von Tobias. Sandra schüttelte lächelnd den Kopf und dankte ihm.

Eric nickte zufrieden und schloss die Haustür auf. »Was wolltest du denn von Tobias?«

»Wenn er es dir nicht verraten hat, werde ich es auch nicht tun.« Sandra grinste ihn breit an, und Eric wies mit der Hand schulterzuckend auf den Salon, während er eine unauffällige Tür, die Sandra bisher in dem Wandmuster überhaupt nicht bemerkt hatte, aufstieß und dahinter verschwand.

Sie klopfte leise an die Tür zum Salon und öffnete dann.

Tobias stand mit dem Rücken zu ihr und entwirrte gerade einen Strang Kabel. Er drehte sich um und wandte sich sofort wieder ab, als er sie erkannte. »Du!«, entfuhr es ihm.

Sandra spürte einen enttäuschten Stich. »Ja, ich«, erwiderte sie mit fester Stimme. »Und ich weiß ja nicht, was du eigentlich von mir denkst. Etwa, dass ich hier mal eben auftauchen und bei nächster Gelegenheit über deinen besten Freund herfallen würde? Glaub mir, Resner, das würde ich intelligenter anstellen, und ich würde mich kaum von dir erwischen lassen.«

Jetzt schaute Tobias sie doch mit finster zusammengezogenen Augenbrauen an. Er hatte seine Hände mit dem Kabelstrang sinken lassen.

Sandra trat näher. Sie merkte, dass ihr Zorn sich staute und rausmusste. »Eigentlich bin ich extra nach einer stressigen beschissenen Extraschicht zu dir gekommen, weil ich gemerkt habe, dass du mir die Sache mit der Vertretung nicht glaubst.

Und weil ich endlich die Fotos sehen wollte! Stattdessen machst du hier einen auf eifersüchtig. Hast du sie noch alle? Mit welchem Recht?«

Tobias legte den Kabelhaufen auf die Rückenlehne eines Sessels und war mit drei schnellen Schritten bei ihr. Er legte die Hände an ihre erhitzten Wangen und hob ihr Gesicht zu seinen Lippen. In seinen Augen stand Wut.

Bevor Sandra ein weiteres Wort sagen konnte, küsste er sie wild und leidenschaftlich, dass es ihr den Atem nahm. Ihr Verstand zerstob in tausend Scherben. Besitzergreifend umfasste er ihre Pobacken und schob sie hart gegen seinen Körper.

Ein Geräusch irgendwo im Haus über ihnen ließ Sandra aus ihrer Trance erwachen. Sie löste sich von ihm und drückte die Hände gegen seine Brust, um ihn von sich zu stoßen. »Tobias, was wird das? Was ist los mit dir?«, rief sie aufgebracht. Wobei sich ihre Empörung ein gutes Stück gegen sich selbst richtete. Das heiße Kribbeln, mit dem ihr Körper auf seine Berührung reagierte, wurde ihr nur allzu deutlich bewusst.

Tobias legte ihr eine Hand auf die Schulter und betrachtete sie. »Du siehst so scharf aus, wenn du so wütend bist, wirklich.« Sein Blick wurde weicher.

Sandras Widerstand schmolz. Der Stoff ihres BHs rieb gegen ihre Brustwarzen, und Hitze stieg aus ihrem Schoß auf. Sie ließ die Hände sinken. Doch ihr Trotz regte sich, wollte die Sache nicht so schnell auf sich beruhen lassen. »Was sollte das eben? Ich bin gekommen, um mir endlich die Fotos anzusehen, und du bereitest mir diesen Empfang. Ich habe Eric geholfen, Holzspäne in seinem Haar loszuwerden, mehr nicht.«

Tobias schwieg, schaute sie einfach nur an, ohne sie loszulassen. Endlich nickte er langsam. »Würde Eric auch nicht ähnlich sehen. Ist nicht seine Art, über wildfremde Frauen herzufallen.« Er zog sie wieder an sich, und Sandra leistete keinen Widerstand. »Nicht einmal über eine Polizistin, die so sexy daherkommt wie du.« Er drückte seine Nase an ihren Hals, und Sandra spürte seine Zunge ihren Hals entlangwandern.

Sie hielt den Atem an. Tobias war immer noch erregt, schien ihr oder sich beweisen zu müssen, dass nur er ein Anrecht darauf hatte, sie zu berühren.

Sie zu berühren.

Sie so zu berühren, wie er es gerade tat …

»Tobias, es sind Leute im Haus. Wenn gleich jemand reinkommt …« Sandra schob ihn halbherzig von sich, doch dieses unglaubliche Verlangen nach seinen Händen, die Erfüllung versprachen, wurde stärker, überwältigte sie und ließ ihren Widerstand dahinschmelzen. »Ich will das nicht. Nicht so, nicht hier.« Sie hörte selbst, wie unglaubwürdig ihre Stimme klang. Zum Henker mit dem guten Benehmen!

Sein heißer Atem streifte ihre Haut, während seine hektischen Hände ihr Hemd aus dem Bund rissen, die Knöpfe der Hose aufspringen ließen und in ihre feuchte Mitte hinabtauchten. Seine Finger stießen zwischen ihre Schamlippen, und Sandra schnappte nach Luft.

Tobias sah sie an und lächelte wissend. »Du willst das nicht? Bist du sicher? Mädchen, du bist so nass, du schreist regelrecht nach meinem Schwanz.« Er küsste sie fordernder, biss ihr dabei in die Unterlippe und drückte sie gegen eine Sessellehne.

Sandra taumelte einen Schritt zurück und musste sich abstützen, um nicht hinzufallen. Schon war er über ihr, packte ihre Handgelenke und presste sie gegen das Polster. Sie starrte in sein aufgewühltes Gesicht, den verlangend geöffneten Mund und die stechenden blauen Augen, in denen immer noch ein paar wütende Funken tanzten. Sandra sah ihn an, unfähig, etwas zu sagen, ihm wehrlos ergeben.

Sein Becken stieß an ihre Hüfte, sie spürte sein hartes Glied unter dem Stoff. Er beugte sich zu ihr. »Ich gebe dir eine Chance, Sandra. Kommissarin Wacker, sagen Sie mir, dass ich aufhören soll. Dann lasse ich los. Für immer. Du verschwindest aus meinem Leben und lässt dich nie wieder in meiner Nähe blicken.« Er rieb sich an ihrem Körper, und Sandra gab ein ersticktes Keuchen von sich. Wollte sie das? Ihn nie wiedersehen? Was wollte sie denn überhaupt?

»Soll ich aufhören?« Tobias starrte sie herausfordernd an.

Wieder dieses Machtspiel. Sandra hasste die Erkenntnis, die sie soeben durchfuhr: Sie würde in jedem Fall verlieren.

Sie wollte Tobias nicht verlieren.

Sie schüttelte den Kopf. Ihre Stimme gehorchte ihr nicht. Nur ihr Mund formte ein wortloses »Nein.«

Er entließ ihre Handgelenke aus seinem Griff und legte eine Hand in ihren Nacken. »Dann ist jeder Widerstand zwecklos. Jetzt bist du mein!«

Sie ergab sich diesem seltsamen wilden Strudel an Empfindungen, sah Tobias triumphierendes Grinsen, die winzigen Schweißperlen auf seinen Augenbrauen, den dunklen Bartschatten auf den Wangen. Sie tauchte in seinen hungrigen Blick, wild und schön.

Sandra hatte gar nicht mitbekommen, wann er seine Hose geöffnet hatte. Ihre eigene fiel zu Boden, als Tobias sie ein wenig höher und halb auf die Lehne des Sessels schob. Kaum war sie in der Position, in der er sie haben wollte, stieß er auch schon wie ein unbändiger Stier in sie.

Sie kamen beide sofort und gleichzeitig.

Sandra hielt seinen Nacken umklammert, um nicht nach hinten zu fallen, während dieser unerwartete Orgasmus sie erfasste. Als sie schreien wollte, legte Tobias ihr eine Hand über den Mund, während er ihr mit einem unterdrückten Keuchen in die Schulter biss.

Nur sehr widerwillig löste sich Sandra von ihm. Ein kühler Luftzug streifte ihren Schoß, als Tobias sich zurückzog und sie freigab. Seine Augen hatten sich verändert, lagen tiefer und zeigten eine Erschöpfung, die von etwas anderem herrühren musste als nur dem Sex.

Sandra schwieg verwirrt und beobachtete, wie er sich anzog. Erst als auch sie ihre Uniform wieder einigermaßen ordentlich gerichtet hatte, sah er sie offen an und legte verlegen eine Hand in seinen Nacken. »Tut mir leid.«

»Was tut dir leid? Und warum?«

Er trat schweigend auf sie zu und nahm ihre Hände in seine. Da war er wieder, dieser merkwürdige Ausdruck in seinen Augen. »Sandra …«

»Sag jetzt besser nichts.« Sie war vermutlich noch erschöpfter als er. Sie hatte lange gearbeitet, ohne sich von der vorletzten Schicht schon richtig erholt zu haben. Dazu Tobias und seine überwältigende Wirkung, die sie gar nicht einmal richtig erfassen und einordnen konnte. Das war nicht der richtige Zeitpunkt zu erfahren, was er von ihr wollte – ohne dass sie umgekehrt für sich selbst darauf eine Antwort parat gehabt hätte.

»Die Fotos«, erinnerte sie ihn stattdessen.

Er nickte. »Ich mache dir gleich eine CD fertig. Die kannst du heute Abend abholen. Komm vorbei, dann kannst du uns bei der Arbeit zusehen und die anderen kennenlernen.«

Sandra zögerte. »Ich weiß nicht, ob ich das möchte.«

»*Ich* weiß aber, dass *ich* das möchte.« Er beugte sich über sie und grinste gefährlich. »Widerstand ist zwecklos. Und du kannst leugnen, soviel du willst, du bist neugierig. Du kommst.«

Sandra lachte. »Bin ich denn so einfach zu durchschauen?«

Er wurde ernst und sah sie nur an.

Jetzt waren es nicht seine dreisten Worte, sondern seine Augen, die sie gefangen nahmen. Sein Blick, was immer er bedeuten mochte, berührte sie tief im Inneren und wurde so zu etwas, was nur ihr gehörte. Sie war sich mit einem Mal sicher, dass er noch keine andere Frau auf der Welt auf diese Weise angesehen hatte.

Und ihr kam ein Gedanke. »Ich möchte nicht mit ansehen, wie du es mit einer anderen Frau treibst. Auch wenn ich es dir kaum verbieten könnte.«

»Ich drehe heute nur. Die Darsteller sind Vicky, Dommi und Eric.«

»Ach so.« Damit gingen ihr langsam die Ausreden aus. »Also gut«, stimmte sie etwas zögerlich zu. Sie musste morgen früh schon um fünf wieder aufstehen, doch bei der Hitze, die dieser Sommer im Moment über die Stadt brachte, würde sie vermutlich ohnehin vor Mitternacht keine Ruhe finden.

Glücklich blinzelte Tobias sie an, legte einen Finger unter ihr Kinn und hauchte ihr einen zarten Kuss auf die Lippen. »Dann bis gleich.«

12. Kapitel

Als Sandra knapp drei Stunden später wieder an der Villa klingelte, öffnete Conny ihr und lächelte sie freundlich an. »Sandra? Herzlich willkommen. Tob hat mir gesagt, dass du kommst. Er ist aber schon in den Vorbereitungen. Ich soll mich um dich kümmern.«

Sandra erwiderte die Begrüßung herzlich und folgte ihrer Begleiterin. Conny war etwas kleiner und zierlicher, als sie die rothaarige Frau von ihrem Einsatz in der Kirche in Erinnerung hatte. Auch sonst war ihr Auftreten vollkommen anders. Als Tobias' Gespielin hatte sie wild und ungezähmt gewirkt, hatte sich aufreizend in ihrem scheinbaren Befreiungskampf auf dem Altar geräkelt. Jetzt wirkte sie eher schüchtern. Ihre wallende Mähne hatte sie zu einem dicken Zopf geflochten, aus denen sich einzelne Strähnen gelöst hatten, die ihr offenes Gesicht mit der hellen Haut und den Sommersprossen sanft umspielten.

»Möchtest du was trinken?«, fragte Conny.

»Gern, ein Wasser.« Sandra folgte ihr in das Büro, das Tobias beim Rundgang nur erwähnt hatte. Neben drei Schreibtischen mit PCs befanden sich dort ein Kühlschrank und der Kaffeevollautomat. Conny tauschte einen frisch zubereiteten Becher Kaffee mit einer leeren Tasse und startete die Maschine. Dann holte sie zwei kleine Flaschen Wasser aus dem Kühlschrank und reichte Sandra eine davon.

»Ich schaue heute auch nur zu, beziehungsweise bin für das Catering zuständig«, erklärte sie. »Ich kümmere mich um die Kostüme und Accessoires, damit ist meine Arbeit schon erledigt, bevor es losgeht.«

Als der letzte Kaffee fertig war, stellte sie alle Becher auf ein Tablett und balancierte es zurück in den Flur, wo sie es auf ein Beistelltischchen neben dem Salon abstellte.

»Ihr macht das richtig professionell«, meinte Sandra beeindruckt.

Conny lachte. »Etwas anderes würden weder Tobias noch Heike zulassen. Sie sprechen stundenlang vorher alles bis ins kleinste Detail durch. Vicky und Heike schminken und frisieren die Darsteller. Und wehe, einer von uns hält sich nicht ans Skript.«

»Skript? Ihr habt ein Drehbuch?«, fragte Sandra verdattert.

»Ja, sicher. Tob ist Perfektionist.«

»Richtig, da war so was«, murmelte Sandra.

»Der Dreh wird nur im alleräußersten Notfall abgebrochen. Unsere Jungs haben sicherlich einiges drauf, aber endlos könnten sie nun auch nicht. Wenn also einer von uns eine Szene verpatzt, müssen wir mehr oder weniger von vorne anfangen. Tob hat schon mehrmals versucht, verpatzte Szenen zu schneiden. Bisher ist er nie zufrieden gewesen, weil man immer den Wechsel zwischen den Aufnahmen sieht.« Conny führte sie zu der Tapetentür, durch die Eric bei ihrem letzten Besuch verschwunden war. »Das hier ist der Dienstbotenaufgang«, erklärte Conny ungefragt. »Dort drüben ist ein kleines Bad mit Dusche. Außerdem wurden von hier aus ganz früher die Öfen in den Räumen beheizt. Auf der anderen Seite des Hauses gibt es einen ähnlichen, noch engeren Aufgang.«

Sie öffnete eine Holzklappe in einer Wand, hinter der eine winzige Kammer mit zwei schmalen Sitzbrettern zu sehen war. »Wir sind direkt hinter dem Kamin im Salon und können von hier aus ungestört zusehen.«

»Habt ihr das etwa so hergerichtet?«, fragte Sandra fasziniert, während sie sich probehalber auf einem der Bretter niederließ. Es war eng, aber gar nicht mal so unbequem. Jetzt erkannte sie außerdem auf Augenhöhe einen schmalen Schlitz, der mit einer Lamelle verschlossen wurde.

Conny schüttelte den Kopf und dunkelte das Fenster im Flur gegenüber der Nische ab. »Nein, hier haben Bedienstete gesessen und darauf geachtet, dass es im Raum ordentlich warm blieb. Den Ofen gibt es aber nicht mehr, stattdessen haben die Jungs ja den offenen Kamin gebaut, weil der einfach stylischer aussieht. Und so ein großes Kabuff gibt es nur hier. Das Rote Zimmer, das mit dem Himmelbett, und der Mittelalterraum im ersten Stock haben noch eine Nische. Die anderen Räume kann man nicht einfach so beobachten.«

»Aha!« Damit sprach Conny aus, was Sandra schon geahnt hatte. Die Nischen dienten also zum Zusehen. Ob Tobias' Kunden das wussten?

»Von diesen Nischen wissen nur wir ›Sünden‹, nicht mal die Haushaltshilfe, die Tob angestellt hat«, erzählte Conny, als habe sie Sandras Bedenken geahnt. »Sie sind sonst auch mit Vorhängeschlössern abgeschlossen. Unser Chef ist nicht nur Perfektionist, er ist auch ein Sicherheitsfanatiker. Wenn hier jemand herumlungern würde, der hier nichts zu suchen hat, würde er demjenigen vermutlich den Hals umdrehen.«

»Bitte nicht«, erwiderte Sandra halb beruhigt, halb belustigt. »Ein Einsatz bei euch reicht mir, ich muss nicht für einen Mord wiederkommen.«

Als sie aufsah, glaubte sie zu sehen, wie Conny eine Träne wegwischte. Nanu, hatte sie etwas Falsches gesagt?

Ihre Gastgeberin murmelte etwas vor sich hin und verschwand. Sandra wartete unschlüssig und grübelte noch über den abrupten Stimmungswechsel, als Tobias durch die Tapetentür kam. Wie bei ihrer Fotosession trug er unauffällige schwarze Kleidung.

»Hallo, Tob«, begrüßte Sandra ihn lächelnd und sprang auf.

Er kam auf sie zu und küsste sie auf die Stirn. »Darfst du sagen. Solange du kein ›i‹ oder ›y‹ dranhängst, *Sandy*, mein Candy-Girl.«

Sie knuffte ihn spielerisch gegen den Bauch. »Werde ich nicht wagen. Was ist mit Conny los? Sie ist plötzlich verschwunden.«

»Ja, nimm's dir nicht zu Herzen.« Er wurde ernst. »Sie ist eine wirklich liebe Freundin. Die Sache in der Kirche hat sie ziemlich mitgenommen. Als deine Kollegen sie befragen wollten, ist sie in Tränen ausgebrochen und ließ sich gar nicht mehr beruhigen. Sie …«

»Wie bitte? Warum hat mir das keiner gesagt?«, meinte Sandra und zog empört die Stirn in Falten. Hatte sie da gerade richtig gehört? »Haben sie sie schlecht behandelt, oder …«

Tobias winkte beruhigend ab. »Ganz im Gegenteil. Sie waren alle nett und hilfsbereit. Da ist kein zotiges Wort oder so gefallen, wirklich nicht. Besonders der Ältere, wie hieß er noch?«

»Ralf. Ralf Noack.«

»Richtig. Er hat besonders auf Conny geachtet, und ich bin sicher, er hätte dir Bescheid gegeben, wenn etwas aus dem Ruder gelaufen wäre. Sie ist einfach so.« Er winkte, um sich zu verabschieden. »Wir starten jetzt. Bitte leise sein, man hört sonst dumpfe Geräusche auf der Aufnahme. Bist du mit allem versorgt? Viel Spaß!« Er grinste vielsagend und verschwand.

Sandra zuckte mit den Schultern, setzte sich wieder und spähte durch den Schlitz. Sie saß nun leicht erhöht rechts vom Kamin, den Erker mit den Fenstern zu ihrer Rechten. Im Salon waren die Stelle vor dem Kamin und ein Sessel, der in der Mitte des Raumes stand, besonders ausgeleuchtet. Den Platz vor dem Kamin konnte sie nur so gerade sehen, wenn sie sich reckte, der Sessel dagegen stand schräg zu ihr gewandt, und sie würde perfekt alles beobachten können, was sich dort abspielte.

Mehrere Leute liefen umher oder sprachen miteinander. Sie erkannte Eric, der in einem hautengen schwarzen Body steckte und eine Strumpfmaske in der Hand hielt. Eine hübsche braunhaarige Frau trug ein schwarzweißes Hausmädchenkostüm mit Schürzchen, das weder ihren Busen noch ihren Po angemessen bedeckte. Dommi war mit einer weiten grauen Hose mit Hosenträgern, einem flattrigen Hemd mit Manschetten und einer Krawatte bekleidet. Dazu trug er eine dicke Hornbrille. Seine kinnlangen Haare waren grau getönt und mit Gel streng nach hinten gekämmt, was ihn einiges älter aussehen ließ.

Dann entdeckte Sandra eine weitere Frau, die deutlich älter war als alle anderen und sich wie Tobias in unauffälligem Zivil durch den Raum bewegte. Das musste Heike sein. Damit war das Hausmädchen Vicky Felsensteiner, Dommis Frau. Jelena war nirgendwo auszumachen, was Sandra nicht im Geringsten bedauerte.

»Da bin ich wieder«, flüsterte Conny plötzlich neben Sandra, ließ sich ihr gegenüber auf das Sitzbrett fallen und zog die Klappe zu der Nische ein wenig zu.

Sandra ergriff, ohne zu überlegen, die Hand der Frau und drückte sie fest. »Wenn du irgendwann einmal Probleme mit einem meiner Kollegen bekommst, sag mir bitte Bescheid!«

Connys dankbares Lächeln war trotz des diffusen Lichts deutlich auszumachen. »Sie waren alle nett, sie konnten doch nichts dafür. Du hast tolle Kollegen.«

Bei diesen Worten war es Sandra, die plötzlich einen Kloß im Hals hatte. »Boris, der Kleinere der beiden Jüngeren, die mit in der Kirche waren, liegt seit gestern Nacht im Krankenhaus im Koma.«

Conny erwiderte mitfühlend den Druck von Sandras Hand. »Was ist passiert?«

»Das habe ich noch immer nicht rausbekommen. Er und sein Kollege Hagen, der mit den schwarzen Locken, sind in eine Kneipenschlägerei geraten. Muss ziemlich übel abgegangen sein. Boris musste einem Betrunkenen mit einem Messer ausweichen, ist gestolpert und dabei gegen die Ecke eines Billardtischs gestürzt. Das Seltsame an der Sache ist, dass eigentlich sonst immer Hagen die Prügel einsteckt, wenn Leute aggressiv werden. Boris ist viel zurückhaltender. Hagen hat sich vorerst beurlauben lassen. Offenbar hat ihn die ganze Sache ziemlich mitgenommen.«

»Und wo waren die beiden?«

»Im *Bewegten Mann.*«

»Was? Das ist doch diese uralt eingesessene Schwulenbar. Die steht nicht gerade im Ruf, dass es da heftig zur Sache geht.«

Sandra grinste widerwillig. »Woher willst du das denn wissen?«

»Na, ich meinte doch, was Schlägereien oder Krawall anbelangt.« Conny kicherte, und die düstere Stimmung verflog.

»Nicht das, was du jetzt denkst, davon habe ich keine Ahnung. Aber ich habe nebenan gearbeitet, im *Firefly*.«

Schau an, dachte Sandra. *Da bin ich auf meine eigenen Vorurteile reingefallen*. Als Tobias ihr erzählte, dass Conny als Pool-Tänzerin gearbeitet hatte, da hatte sie sofort ein Mädchen in einem Nachtclub vor Augen gehabt, das sich in aufreizenden Posen, nur mit einem Stringtanga bekleidet, präsentierte. Aber das *Firefly* war ein ganz normaler und verdammt erfolgreicher Dance-Club, der einen guten Ruf genoss und selten wegen Drogen oder anderer Delikte in den Fokus der Polizei geriet. Ebenso, wie Conny ganz richtig angemerkt hatte, seine benachbarte Location, *Der Bewegte Mann*.

Conny stupste Sandra an und ließ ihr keine Zeit mehr für weitere Grübeleien. »Es geht los.«

13. Kapitel

Sandra setzte sich etwas bequemer auf ihrem Sitz zurecht, stellte die kleine Wasserflasche zwischen ihre Beine und spähte durch den Schlitz. Wie die Schauspieler auf einer kleinen Bühne verschwanden die Anwesenden im Raum auf ihre Positionen. Heike und Tobias verschmolzen mit ihren Kameras förmlich mit dem Hintergrund und fielen nicht weiter auf. Vicky blieb allein im Salon zurück, wandte sich dem Kamin zu und begann, mit einem puscheligen Staubwedel nicht vorhandenen Staub wegzuwedeln.

Dann betrat Dommi, ganz der solvente Landlord, den Raum, zupfte an seinen Manschetten und rückte die Brille zurecht. Sobald er Vicky erblickte, die ihm kokett ihren Hintern mit dem viel zu kurzen Röckchen entgegenstreckte, kam er mit schwingenden Schritten auf sie zu. Ungeniert fordernd, legte er die Hände auf ihre Hüften und ließ sie langsam nach vorn zu ihrem Ausschnitt wandern, während er mit der Zunge ihren Nacken kitzelte. Vicky reckte sich, versuchte, sich seinem Griff zu entwinden, und schlug ihm mit dem Staubwedel auf die tastenden Finger.

Dommi lachte nur und schob den Ausschnitt nach unten. Er flüsterte Vicky etwas ins Ohr, und sie machte ein entrüstetes Gesicht, während er spielerisch an ihren rosigen Nippeln zupfte, die unter seinen kundigen Fingern hart wurden.

Sandra konnte nicht verstehen, was gesprochen wurde, aber die Handlung war nicht schwer nachzuvollziehen und verlief erwartungsgemäß: Der Landlord bedrängte seine Hausangestellte weiter, während sie sich zierte. Doch dann überlegte sie es sich scheinbar anders, ließ den Staubwedel fallen und übernahm die Initiative. Sie drehte sich um, setzte ihm die Brille ab und öffnete seine Krawatte. Er wiegte zufrieden den Kopf und befreite ihre Brüste aus dem Dekolleté. Seine Zunge wanderte neckisch über die nackte Haut, ehe er an ihren Brustwarzen knabberte.

Vicky rieb sich an ihrem Hausherrn und drängte ihn mit kleinen Schritten in einen Sessel, während seine Hände unter ihr Röckchen zu ihrem drallen Hintern wanderten.

Mit einem erwartungsvollen Lachen ließ sich der Mann in den Sessel fallen. Seine Erektion zeichnete sich bereits deutlich unter der Hose ab. Vicky strich sanft darüber, setzte sich rittlings auf die Beine des Landlords und küsste ihn wild. Während er von ihrer Zunge und dem Anblick ihrer Brüste abgelenkt war, zauberte Vicky ein paar Tücher zwischen den Polstern hervor.

Mit wenigen Handgriffen hatte sie seine Handgelenke an die Armlehnen gefesselt. Als er das merkte, lachte er laut, zog übertrieben die Stirn in Falten und wackelte missbilligend mit dem Zeigefinger. Vicky drehte sich um, stellte sich breitbeinig über ihn und beugte sich herunter, so dass er mit den Fingerspitzen gerade noch ihren Hintern erreichte. Er kniff ihr in die nackte Haut, und sie nutzte die Gelegenheit, seine Knöchel an die Sesselbeine zu binden.

Als sie zufrieden war, wandte sie sich ihm wieder zu und hob den Rock. Sie leckte sich über zwei Finger und ließ sie dann über ihren Schamhügel zwischen ihre Schenkel gleiten.

Die Hände des Landlords zuckten wild, versuchten in ihren Fesseln, nach ihr zu greifen, und konnten sie natürlich nicht erreichen. Er reckte den Kopf in ihre Richtung, seine Zunge kam sehnsüchtig zwischen seinen feuchten Lippen hervor.

Vicky rückte näher, streichelte über ihre verlockenden Schamlippen.

Er konnte ihren Duft riechen, ihre verführerische Spalte sehen, doch sie blieb außerhalb seiner Reichweite.

Sie stellte ein Bein auf eine Armlehne und öffnete sich ihm vollständig, schob ihre Finger in das rosa pulsierende Fleisch. Ihr Atem beschleunigte sich. Ihr Daumen rieb über ihre verführerische kleine Lustknospe. Die andere Hand knetete ihre Brüste, führte einen Nippel an ihren Mund und saugte daran.

Das machte ihren Zuschauer rasend vor Verlangen. Seine Miene wechselte von Empörung zu Wut. Er rief etwas, wand sich in seinen Fesseln, und seine Hände griffen in die Luft.

Vicky warf den Kopf in den Nacken, lachte. Sie zog die feuchte Hand aus ihrem Schoß, trat von dem Sessel zurück und zog ihr Röckchen wieder herunter.

Dann streckte sie dem Herrn des Hauses die Zunge heraus, trat an eins der Fenster im Erker und schob es nach oben. Im nächsten Augenblick landete eine schwarzgekleidete Gestalt mit einem eleganten Satz über das Sims im Raum. Sie hielt einen Sack in der Hand und trug eine Strumpfmaske, die nur Augen und Mund frei ließ. Der enge Body ließ keinen Zweifel an der gutgebauten Brust, den sehnigen Armen und Oberschenkeln. Licht brach sich auf dem schwarzglänzenden Stoff und betonte so das Spiel seiner Muskeln. Er sah aus wie ein Panther, betörend und gefährlich.

Vicky reckte sich dem Maskierten mit einem Kuss entgegen, während er ihr Dekolleté hochzog und ihre Brust züchtig bedeckte. Mit ein paar Gesten drohte er ihr, falls sie bei ihrem Hausherrn zu weit gegangen war, doch Vicky schlug verschämt die Augen nieder und schüttelte heftig den Kopf.

Der Landlord tobte in seinen Fesseln, dass der Sessel erzitterte, doch er konnte sich natürlich nicht befreien.

»Sie sind gut, oder?«, raunte eine Stimme in Sandras Ohr. Sie zuckte zusammen, was Conny dazu veranlasste, ihr kurz die Hand auf den Mund zu legen, damit sie nicht aufschrie.

»Sorry, ich wollte dich nicht erschrecken!«

Sandra nickte stumm und schob die Hand weg. Das kurze Intermezzo, in dem Eric, der Dieb, und Vicky, das Hausmädchen, Kunstgegenstände zusammenrafften und in den Sack warfen, gab ihr Gelegenheit, sich zu sammeln.

Ja, sie waren gut. Sandra war völlig in dem Schauspiel gefangen gewesen. Sie hätte es niemals für möglich gehalten, dass ihr so etwas gefallen könnte – ihr Körper reagierte jedoch unmissverständlich. In ihrem Schoß pochte es, und er verlangte nach Befriedigung.

Conny beugte sich zu ihr, und einen verrückten Moment lang glaubte Sandra, die Frau wollte sie küssen. Es verursachte ihr einen heftigen inneren Aufruhr, weil es sie erschreckte, wie wenig sie dagegen gehabt hätte. Nein, beinahe hätte sie sich begehrend gereckt. Solche Gelüste waren ihr völlig fremd.

Doch dann flüsterte Conny ihr nur ins Ohr, dass sie noch etwas vorbereiten müsste, und war gleich darauf verschwunden. Sandra spürte, wie sich ihr klopfendes Herz langsam wieder beruhigte. Immer noch kribbelte ihr ganzer Körper vor Erregung. Sie zog die Klappe der Kammer, die Conny offen gelassen hatte, etwas weiter zu und wandte sich wieder dem Geschehen im Salon zu.

Das räuberische Paar hatte seinen Beutezug beendet. Das

Fenster war bereits geöffnet, und Eric warf den Sack mit dem Diebesgut nach draußen. Er klopfte Vicky lobend auf den Hintern und verabschiedete sich mit einem weiteren wilden Kuss, während der bestohlene Landlord wie ein gebrochener Mann in seinem Sessel hing.

Plötzlich wandte sich Vicky ihm zu, setzte eine gehässige Miene auf und zog, offensichtlich einer Eingebung folgend, ihren Komplizen hinter sich her zu dem niedrigen Couchtisch. Sie postierte Eric vor dem Tisch, direkt vor dem Mann im Sessel. Dann öffnete sie ein paar versteckte Knöpfe des schwarzen Bodys. Ihre Finger glitten hinein. Sie kniete sich hin und spitzte die Lippen.

Eric wollte sie von sich stoßen, fuchtelte wild herum und zeigte zum Fenster. Der Landlord bäumte sich auf, und sein Gesicht wurde dunkel vor Wut. Doch Vicky ließ nicht ab, griff zu und wurde mit einer Erektion belohnt, die sich ihr schnell entgegenreckte. Sie nahm die empfindliche Spitze sanft zwischen die Zähne, während sie Erics Schwanz mit der Hand gekonnt hart massierte. Der Widerstand ihres Partners erlahmte, und er schloss die Augen. Sein Mund formte lautlose Worte.

Der Hausherr hob flehend die Hände und rief etwas, das Vicky dazu brachte, von Eric abzulassen und sich umzusehen.

Mit einem breiten Lachen trat sie auf ihn zu, öffnete seine Hose und zog seinen steifen Schwanz heraus. Dann hielt sie plötzlich ihren Staubwedel wieder in der Hand, fuhr ihm damit über die Augen, die Wangen und zog das puschelige Ding mehrmals durch seinen Schoß.

Ihrem Dienstherrn brach der Schweiß aus, und er zitterte förmlich in seinen Fesseln, als sie ihn mit ein paar zärtlichen Schlägen bedachte, bevor sie wieder von ihm abließ.

Unterdessen hatte Eric mit einem Handstrich den Couchtisch leer gefegt und sich darauf gesetzt, nach wie vor dem Sessel zugewandt, damit sein Rivale ihn beobachten konnte. Er hatte die Beine weit geöffnet und streichelte seinen prallen Schaft, der sich allzu deutlich vom schwarzen Stoff abhob. Als Vicky von ihrem Landlord abließ, zog ihr Komplize sie rücklings zu sich. Sie setzte sich vor ihn auf den niedrigen Tisch, spreizte ebenfalls die Beine und legte sie über die seinen. Als Eric das Röckchen hochschob, bot sich ihr rosafarbener Schoß dem unfreiwilligen Betrachter weit geöffnet dar.

Für einen kurzen Moment huschte ein überraschter Ausdruck über Vickys Gesicht, doch sie fing sich schnell wieder. Eric schien etwas zu tun, was nicht abgesprochen war.

Sandra musste ebenfalls einen erstaunten Laut unterdrücken, als sie sah, was als Nächstes geschah. Gleichzeitig fiel es ihr immer schwerer, sich zurückzuhalten und ihre Hand nicht in die Jeans zu schieben, um ihrer Erregung nachzugeben. Was, wenn Conny in dem Moment zurückkam? Sie lauschte, im Treppenhaus blieb jedoch alles still. Aus dem Salon klang dagegen jetzt gedämpftes Stöhnen.

Eric hatte Vicky auf seinem Schoß zurechtgeschoben und war, ihrem verzückten Gesichtsausdruck nach, bereits in sie eingedrungen. Doch ihre rosafarbene Spalte klaffte dem Betrachter leer entgegen.

Der Hausherr leckte sich bei diesem Anblick schwer atmend über die Lippen. Er schaffte es gerade, sich mit den Fingerspitzen die Vorhaut vor- und zurückzuschieben, und tat dies mit wachsender Erregung.

Sandra wusste gar nicht, wo sie zuerst hinschauen sollte. Ihre Hand gehorchte ihr nicht mehr, öffnete den Knopf ihrer Hose und tauchte in ihren feuchten Schoß.

Nein, nicht feucht. Sie war nass vor Lust, konnte sich kaum berühren, ohne zu explodieren. Sie zog die Hand zurück, wollte den Moment hinauszögern, die Darbietung genießen.

Vicky bewegte sich schneller auf und ab, rieb ihre Lustknospe mit der flachen Hand und hatte den Kopf an Erics Schulter gelegt. Er spreizte ihre Beine noch weiter, bis Sandra seinen Schaft erkennen konnte, den er tief zwischen ihre Pobacken versenkt hatte. Sie konnte den Blick nicht abwenden, war gefangen von der Idee, wie es sich anfühlen mochte, und traute sich nicht, diesen Gedanken zu Ende zu bringen.

Eric hielt Vickys Oberkörper eng umschlungen und fiel mit kurzen Beckenstößen in ihren Rhythmus. Dann zuckte er ein letztes Mal, schloss die Augen und hielt inne. Er küsste Vicky auf die Schulter und schob sie von sich.

Vicky stand auf, drehte sich um und küsste ihm ein letztes Mal lachend auf den Mund. Die Haut ihres Hinterns glänzte rot und feucht, bevor ihr Rock wie ein Vorhang darüberfiel.

Eric schloss die Knöpfe seines Bodys und war im nächsten Moment aus dem Fenster verschwunden.

Vicky wandte sich dem Landlord zu, der immer noch seinen Schwanz mit den Fingerspitzen streichelte. Mitleidig betrachtete sie ihn, dann schien sie eine Entscheidung getroffen zu haben. Sie zauberte ein Tüchlein aus ihrem Dekolleté, das sie gleichzeitig wie zufällig so weit herunterdrückte, dass ihre Brustwarzen wie kleine rote Perlen zwischen dem weißen Stoff aufblitzten.

Fürsorglich beugte sie sich herab und tupfte ihrem Herrn die schweißnassen Brauen trocken. Dann streifte sie das Röckchen ab, drückte seine Hand zur Seite und bestieg ihn. Ihre Knie fanden zwischen den Armlehnen und seinen Beinen Platz. Sie richtete sich auf und bot ihm ihren Schoß dar.

Er stöhnte hilflos, sog verzückt ihren Duft ein und warf seinen Kopf nach vorn.

Vicky zuckte neckisch zurück, bevor er ihre Scham berühren konnte.

Er fuhr sich mit der Zunge über die Lippen, seine Hände krampften sich um die Armlehnen. Dieses Spiel wiederholte sich ein paarmal, bis Vicky es endlich zuließ, dass er ihre nasse Spalte lecken konnte. Sie packte ihn am Hinterkopf, drückte sein Gesicht tief auf ihre Scham und ließ das Becken sanft hin- und herschwingen.

Gerade, als Sandra sich in ihrem Versteck bewusst wurde, wie heiß und stickig es in der Nische war, und nicht mehr glaubte, sich noch beherrschen zu können, wechselte Vicky ein letztes Mal die Position. Ganz langsam ließ sie ihr Becken tiefer sinken, richtete mit einer Hand den harten Schwanz auf und pfählte sich selbst.

Der Mann presste die Augen zusammen, und sein Mund formte ein lautloses O. Dann begann er, so laut zu stöhnen, dass Sandra es bis zu ihrem Versteck hören konnte. Er bewegte sich so heftig, dass die Tücher um die Handgelenke sich lösten.

Vicky machte erst ein erschrecktes Gesicht, doch statt sie von sich zu stoßen, umfasste er ihre Hüften und zwang sie tiefer. Sie streckte die Beine über die Armlehnen, beugte sich vor und wiegte sich.

Er packte ihren Po, kniff sie so hart, dass sich rote Male bildeten, und riss ihre Pobacken auseinander, so dass sich ihre pulsierende Rosette darbot. Dabei rammte er hart in sie hinein, dass sie erbebte.

Sandras Sorge, dass Conny jeden Moment wiederkommen könnte, wuchs. Doch sie konnte dem Drang nicht mehr länger widerstehen. Ihr Unterleib stand bereits in Flammen, so dass eine flüchtige Berührung genügte. Stumm biss sie sich auf die Unterlippe, während sie ihre Klitoris rieb und Welle um Welle durch ihren Körper pulsierte. Es war die reinste Erlösung.

Auch Vicky schrie in Dommis unnachgiebiger Umarmung, bis er sie endlich entließ, seinen zuckenden Schwanz aus ihrer Spalte zog und sich stoßweise auf ihre Schenkel ergoss.

Lächelnd küsste sich das Paar.

Hinter Sandra ertönte ein Klappern. Hastig zog sie ihre Hand zurück und versuchte, ihren Atem zu beruhigen. Zum Glück konnte man ihr erhitztes Gesicht in diesem dämmrigen Licht nicht erkennen, das hätte sie sicherlich verraten.

Es war spät geworden, und Sandra war nicht nur körperlich, sondern auch emotional erschöpft. Sie nahm die Post aus dem Briefkasten, die sie nachmittags vergessen hatte, und schlurfte die Treppen zu ihrer Wohnung hinauf. Es war ganz gut, allein zu sein, nicht mehr nachdenken zu müssen, ob und – wenn ja – was sie für Tobias empfand.

Nein, korrigierte sie sich im Stillen, sie empfand etwas für ihn. Zweifellos. Es war nicht nur seine erotische Anziehungskraft. Sie mochte auch die Leidenschaft, mit der er für seinen Beruf lebte. Für den *hinter* der Kamera.

Die Gruppe hatte nach dem Dreh heiß diskutiert, weil wohl Erics Aktion, Vicky von hinten zu nehmen, nicht abgesprochen gewesen war. Tobias war, genau wie Conny es Sandra kurz zuvor erklärt hatte, wütend, weil sein Freund sich nicht ans Skript gehalten hatte. Eric konterte damit, dass er viel lieber gefilmt hätte und Tobias' Rolle nur übernommen hatte, weil der seinen schlechten Tag hatte.

Vicky wiederum nahm Eric in Schutz, erklärte, dass sie ihm Einhalt geboten hätte, wenn ihr etwas nicht gepasst hätte, während Dommi sich feixend zurückhielt und Heike sie alle als Kleinkinder beschimpfte.

Sandra hatte sich wie ein Fremdkörper gefühlt, wollte sich an der Diskussion nicht beteiligen. Insgeheim musste sie Eric und Vicky zustimmen. Sie waren beide erwachsen und konnten selbst entscheiden, was sie taten. Außerdem war Sandra immer noch ein wenig fassungslos, wie sehr sie dieser Anblick verstört und zugleich erregt hatte. Gleichzeitig wollte sie Tobias nicht widersprechen. Es war sein Projekt, und wenn er darauf bestand, dass sich alle an Absprachen hielten, war das sein gutes Recht.

Und mit der stillen Frage, ob sie es auch so anregend empfunden hätte, wenn Tobias an Erics Stelle gewesen wäre, hatte Sandra sich davongeschlichen und war nach Hause gefahren. Sie wusste keine Antwort, spürte sehr wohl diese kleinen Stiche, die man ehrlicherweise als Eifersucht bezeichnen könnte.

Sie öffnete ihre Wohnungstür und legte den Schlüsselbund mit der Post im Flur auf die Anrichte. Dabei fiel ihr zwischen den amtlichen Briefen ein weißer Umschlag auf. Verdutzt zog sie ihn hervor. Er war weder frankiert noch adressiert, musste also persönlich eingeworfen worden sein.

Der Brief war sicher gar nicht für sie, wer warf ihr schon Post in so einem Umschlag ein? Und schrieb ihr dann solche Zeilen?

Sandra starrte auf die Worte, ohne den Sinn zu erfassen. Sie wendete das Papier, hielt es gegen die Deckenlampe. Nichts, keine weitere Botschaft, die sich ihr offenbaren wollte. Mehrmals las sie die mit einem Computer ausgedruckten Zeilen. Langsam sickerte deren Bedeutung in ihren Verstand und entfachte Wut. Sie warf das Papier auf die Anrichte, wo es herunterrutschte und langsam zu Boden flatterte.

Sandra ließ es einfach liegen und ging ins Badezimmer, um sich für die letzten Stunden dieser schier endlosen und zugleich definitiv zu kurzen Nacht fertig zu machen. Sie wollte sich beherrschen, hätte aber am liebsten irgendwelche Gegenstände durch die Gegend gefeuert.

Halt Dich von den ›Sieben Sünden‹ fern, sonst wirst Du es bereuen!, lautete die Botschaft des Briefes.

Wer kam auf so eine bescheuerte Idee, eine Polizistin zu erpressen? Sie überlegte, das Papier morgen früh zum Revier mitzunehmen und von den Fachleuten analysieren zu lassen, entschied sich aber schnell dagegen. Nicht weil sie sich schämte, warum sollte sie? Nein, das hieße einfach, dem Ganzen viel zu viel Bedeutung beizumessen, die es nicht im mindesten verdiente.

Aber eins war klar, sie würde übermorgen Nachmittag zu der »Session« gehen, zu der Heike sie mit einem herausfordernden Lächeln eingeladen hatte. Nur sie, Heike und Tobias würden dabei sein. Sie ließ sich nicht erpressen!

Sie ballte die Hände zu Fäusten und biss die Zähne zusammen, bis ihr Kiefer schmerzte. Einen Teufel würde sie tun!

14. Kapitel

Hektisch versuchte Sandra, sich ein Bild von ihrer Umgebung zu machen. Es war düster in diesem Teil des Kellers, und es roch muffig nach staubigem Holz und feuchtem Stein. Sie konnte bei diesem gedämpften Licht kaum einen Weg in dem Gewirr aus Balken und Holzlatten ausmachen. Aber irgendwie musste sie hier durchkommen.

Sie schreckte zusammen, als es hinter ihr klapperte, als wäre jemand gegen einen Stapel Bretter gestoßen.

Sandra wurde nervös. Sie hörte die schleichenden Bewegungen ihres Verfolgers, sein Bemühen, keinen unnötigen Laut von sich zu geben. Ihre Hände tasteten weiter, suchten nach einer Lücke, durch die sie entkommen konnte.

Sie konnte den Ausgang sehen. Ein oben abgerundeter Durchgang zwischen weißgekalkten Wänden, über dem eine verstaubte Funzel brannte, die nicht mehr als einen trüben Strahl Licht spendete. Und nur diese seltsame Konstruktion aus Balken versperrte ihr den Weg. Sie wusste, dass es eine Stelle gab, an der sie sich darunter durchschieben konnte. Sie hatte den Durchschlupf doch kurz zuvor gesehen!

Sandra stieß an einen Balken, der sich ein wenig verschob und dumpf an einen anderen schlug. Erschreckt hielt sie inne und wagte kaum zu atmen. Das Herz schlug ihr bis zum Hals. Innerlich rief sie sich zur Ordnung. Warum ließ sie es zu, dass ihr diese ganze Umgebung Angst einjagte? Das war doch völlig albern!

Sie hörte ein unterdrücktes Keuchen und konnte nicht dagegen an, dass sich ihre Nackenhaare aufstellten. Sie trug keine Waffe bei sich, fühlte sich in dem Rock und dem Spaghetti-Top, zu dem sie sich hatte überreden lassen, nackt und hilflos.

Sie hasste dieses Gefühl. Hatte sie sich nicht geschworen, sich nie wieder auf Situationen einzulassen, in denen sie Hilflosigkeit erleben würde? Und wieso hatte sie sich dann überreden lassen hierherzukommen?

Aus dem Keuchen hinter ihr wurde ein flaches Atmen.

Sandra presste sich stumm gegen die provisorische Holzwand und rührte sich nicht. Trotz der feuchten Kühle rann ihr der Schweiß den Rücken herunter.

Noch wusste er nicht, wo sie war. Aber er kannte sich hier aus, war ihr gegenüber klar im Vorteil. Sie saß in der Falle.

Sandra ballte die Hände zu Fäusten und spannte jeden Muskel an. Lautlos drehte sie sich von der Barrikade, die ihr den Weg in Richtung Ausgang versperrte, weg und kroch auf allen vieren den schmalen Korridor zurück, den sie gekommen war. Das war kein Spiel mehr, es wurde ernst. Sie musste es beenden, musste hier weg, sobald er …

Eine große Hand packte sie in die Seite, und sie kreischte entsetzt auf. Ein harter Griff riss sie zurück, und eine zweite Hand umschlang ihre Körpermitte.

Sandra dachte nicht nach, reagierte instinktiv, schlug und trat um sich.

Ihr Angreifer schrie ebenfalls überrascht, drückte sie zu Boden und warf sich mit seinem gesamten Gewicht auf sie. Sie strampelte, doch er schaffte es, ihre Handgelenke zu fassen zu kriegen. Schmerzhaft bohrten sich seine Knie in ihre Oberschenkel und fixierten sie auf dem Holz. Der raue Boden scheuerte auf der nackten Haut ihrer Beine und Arme.

Handschellen klickten. Das war falsch! Sie ruckte mit den Armen, doch ihre Hände waren auf dem Rücken festgekettet.

Sandra schnappte nach Luft, versuchte, diesen inneren Aufruhr zu beruhigen, die Angst zu bewältigen, die sich ungefragt durch ihre Eingeweide fraß. Das war doch völlig unnötig, es war doch nur …

»Ist alles in Ordnung?«, raunte ihr eine Stimme ins Ohr. Sie war seltsam unvertraut, dennoch brachen die Worte die aufwallende Panik. Sie versuchte vergeblich, sich unter seinem Körper hervorzuwinden.

»Was denkst du denn?«, schnappte sie aufgebracht. »Es ist nicht das erste Mal, dass ich Handschellen trage, so was übt man schließlich in der Ausbildung. Aber das war nicht abgemacht! Mach mich los!«

»Dann bekomme ich Ärger, und das willst du doch nicht, oder?«

Sie schwieg trotzig und lag still, so dass er endlich zurückwich und sie freigab. Er half ihr auf die Knie und zog sie dann auf die Beine. In gebückter Haltung, weil die niedrige Decke ein aufrechtes Gehen nicht erlaubte, schob er sie unbarmherzig durch den engen Gang. Der endete nach nur wenigen Schritten, und nach drei flachen Holzstufen, die von der Rampe in den Raum führten, standen sie in dem spärlich beleuchteten Kellerraum.

Sandra wandte sich nach ihrem Häscher um.

Das hätte sie nicht tun sollen.

Sie wusste genau, dass es Tobias sein musste. Doch er war wieder der Kuttenträger, die Kapuze tief ins Gesicht gezogen und nicht zu erkennen. Er wirkte bedrohlich fremd. Sandra schluckte unsicher, als er ihr einen ruppigen Stoß versetzte und sie vor sich her durch einen zweiten Durchgang in den nächsten Raum schubste. Weg von der Treppe nach oben und damit vom Ausgang, tiefer in den Keller hinein.

Sandra hatte den Raum mit dem Gefängnis – oder den Kerker, wie Heike ihn bezeichnet hatte – bei ihrem ersten Rundgang ausgespart. Jetzt würde sie ihn kennenlernen. Was hatte sie sich dabei gedacht, sich darauf einzulassen? Ihre Nervosität wuchs, wobei sie kaum leugnen konnte, dass sich auch Erregung einstellte.

Sie trat ein und bemerkte sofort, dass die Luft hier wärmer und trockener war. Ein fensterloses, fast quadratisches Gewölbe öffnete sich vor ihr. Gegenüber dem Durchgang am anderen Ende gab es eine weitere, verschlossene Holztür. Um den gesamten Raum lief eine halbverdeckte Lichtleiste, die einen scheinheiligen warmen Glanz verströmte.

Mit angespannten Schritten tappte sie auf die drahtige dunkelhaarige Frau zu, die vor einem deckenhohen Gitter stand, das den Raum in genau zwei Hälften teilte.

Sandra wurde noch etwas unsicherer. Ein Schauder lief ihr über den Rücken, teils ängstlich, teils erwartungsvoll. Was hatten die beiden geplant?

Hätte sie nicht genau gewusst, dass Heike die Kerkermeisterin war, hätte sie sie mit der schwarzen Augenmaske kaum erkannt. Auch ihr Lächeln hatte sich verändert … boshaft … gehässig … überlegen. Langsam kam sie auf Sandra zu.

Der Kuttenmann blieb dicht hinter ihr. Sein stoßweiser Atem streifte ihren Nacken.

»Da bist du also«, säuselte die Kerkermeisterin mit ihrem falschen Lächeln. Sie rückte näher. Sandras Blick fiel auf die nackten Brüste, die von einem Mieder über der Lederhose herausfordernd nach oben geschnürt wurden.

»Oh, gefällt dir dieser Anblick?« Die Brustwarzen streiften Sandras Shirt. Unwillkürlich machte sie einen Schritt zurück und prallte gegen den Kuttenmann. Ihm entrang sich ein ersticktes Keuchen, und er drängte sich an ihren Po. Seine Hände tasteten herum.

Sandra zuckte zusammen, als heiße Haut ihre gefesselten Hände streifte. Dann drängte sich etwas Hartes zwischen ihre Finger. Langsame geschmeidige Bewegungen folgten. Der Kuttenmann nutzte ihre gefesselten Hände, um zu masturbieren.

Das war … Sandra erschrak über ihr eigenes Keuchen und senkte den Kopf. Das war geil.

Ein Finger legte sich an ihr Kinn und zwang ihren Kopf nach oben. »Was ist los?«, fragte die maskierte Frau. Ihre Blicke wanderten über Sandras Schulter weiter zu ihrem Partner, wurden schmal und begannen, gefährlich zu glitzern. »Zu früh. Du bist noch nicht dran. Zieh dich aus. In die Zelle.« Sie zeigte mit einer herrischen Geste auf das Gitter, in der Sandra jetzt aus dem Augenwinkel gerade noch die Umrisse einer Tür erkennen konnte.

Sie wagte nicht, sich noch weiter umzudrehen, solange die Kerkermeisterin ihr so nahe war. Die Berührung an ihren Händen verschwand und hinterließ nur ihren schnelleren Herzschlag. Sie hörte, wie Stoff zu Boden fiel, und unmittelbar darauf schabte die Eisentür mit einem Geräusch über den Boden, das ihr Gänsehaut verursachte.

Nicht nur ihr. Sandra sah, wie die Nippel der Frau vor ihr sich zusammenzogen und hart wurden. Nervös leckte sie sich über die Lippen.

»Gefällt dir das? Dann koste!« Völlig unvermittelt wurde Sandras Kopf zwischen die Brüste gedrückt. Sie wehrte sich instinktiv und riss den Kopf zurück.

Die Kerkermeisterin lachte. »Störrisch. Also gut.« Sandra erhielt einen Stoß vor die Brust und wurde gleichzeitig herumgerissen. Sie fand sich mit dem Kopf zur Zelle gewandt gegen das kalte Eisen der Gitterstäbe gepresst wieder. Ihr Blick fiel auf den Insassen. Statt der Kutte trug er eine schwarze Kopfmaske und einen Lederharness, der seinen Penis mit einem Ring um Schaft und Hoden in der Waagerechten hielt. Nicht, dass das notwendig gewesen wäre …

Es war ein ungewohnter Anblick, verstörend und bedrohlich. Der Kopf mit der Maske wandte sich ihr zu. Als er sah, dass sie ihn beobachtete, umschlossen seine Hände seinen steifen Schwanz und massierten ihn. Dabei drückte er sich gegen die Gitterstäbe.

Sandra schnappte nach Luft. Sie war so feucht, dass ihr Tanga durchnässt war. Im selben Augenblick schlossen sich Ledermanschetten um ihre Handgelenke. Ketten rasselten, und die Handschellen lösten sich. Sie wurde wieder herumgewirbelt und ihre Arme weit auseinandergezogen. Als sie etwa auf Brusthöhe hingen, nickte die Kerkermeisterin zufrieden und fixierte die beiden Ketten, die an den Ledermanschetten befestigt waren und irgendwo über ihren Köpfen über ein paar Rollen verliefen.

»Stehst du bequem?«, fragte sie mit ihrem gemeinen Lächeln.

Sandra war sich nicht sicher, ob die Frage ernst gemeint war. Sie schüttelte heftig den Kopf. Gleichzeitig tobte in ihrem Unterkörper eine seltsame Lust, die von der Unsicherheit, die diese ungewohnte Situation mit sich brachte, befeuert wurde.

Sie hätte sich am liebsten gerieben, sich Erleichterung verschafft, doch so konnte sie nur die Schenkel aneinanderpressen und abwarten.

Sie stand still, und die Ketten pendelten aus, klirrten nicht länger aneinander. Nur noch das flache erregte Atmen des Gefangenen war zu hören.

Die Kerkermeisterin neigte den Kopf. Als Sandra nichts weiter sagte, griff sie nach einer Stange, die auf dem Boden lag. »Halt sie fest! Nicht, dass sie tritt«, befahl sie in die Zelle.

Hände umschlossen Sandras Bauch, zerrten sie gegen die Gitterstäbe, die sich kalt in ihren Rücken bohrten. Zwischen zwei Stäben seine Erektion, die sich steil nach oben aufgerichtet an ihrem Rücken rieb.

Sandra bog sich in seiner Umarmung, warf sich nach vorn. Sie wollte empört sein, doch ihr verräterischer Schoß schob sich stoßweise nach vorn, wie von selbst. Es verschaffte ihr keine Erleichterung, im Gegenteil. Die Ketten an ihren Handgelenken klirrten.

Er umklammerte sie fester, rieb sich stöhnend an ihrem Rücken, benutzte sie, um sich zu befriedigen. Sandra spürte Flüssigkeit zwischen ihren Pobacken, doch sie konnte nicht sagen, ob es ihr Schweiß oder sein Samen war. Sie keuchte laut. Am liebsten hätte sie geschrien.

Die Kerkermeisterin packte unterdessen ihre Knöchel und legte weitere Ledermanschetten darum. Sie hakte die Stange an den ersten Fuß und befestigte das Ende irgendwo am Boden. Ohne Vorwarnung spreizte sie Sandras Beine und kettete den zweiten Fuß ans andere Ende der Stange.

Sandra sackte ein wenig nach unten, während sich der Griff um ihre Taille löste und der Körper hinter ihr verschwand. Ein Luftzug fuhr unter ihren Rock und strich über ihren nassen

Tanga. Sie starrte die Kerkermeisterin mit großen Augen an, als diese sich aufrichtete und ihr ein weiteres Raubtierlächeln schenkte.

»So ist besser, nicht wahr?« Prüfend ließ sie ihren Blick noch einmal über ihr wehrloses Opfer gleiten, bevor sie herantrat, ihre Brüste in die Hände nahm und Sandra entgegenreckte.

»Und jetzt noch einmal von vorn.« Spielerisch ließ sie eine Brustwarze über Sandras Lippen streichen. »Du magst das. Leck sie hart.«

Zaghaft öffnete Sandra den Mund, umspielte den Nippel mit der Zunge. Dann wurde sie mutiger, saugte wie befohlen an der kleinen Knospe, die unter ihren Berührungen hart wurde. Die Haut schmeckte salzig und schmiegte sich wunderbar weich gegen ihre Wangen. Die Kerkermeisterin schien zufrieden. Sie rückte näher, knetete mit einer Hand ihre Brüste und ließ die andere unter den Rock zwischen Sandras Schenkel gleiten.

Als sie den nassen Tanga berührte, lachte sie leise auf. »Ich wusste, dass es dir gefällt.« Sie legte die Handfläche auf den Stoff und rieb darüber.

Sandra hatte damit überhaupt nicht gerechnet. Sie hob den Kopf, wollte nach Luft schnappen, versuchte, sich der Hand zu entwinden und sich ihr doch gleichzeitig entgegenzustrecken, während sie explodierte. Eine Hand drückte gegen ihren Hinterkopf und presste sie in den Busen der anderen Frau.

Jetzt schrie sie erstickt auf, panisch nach Luft schnappend, strampelte wehrlos mit den gespreizten Beinen, ging so weit wie möglich in die Knie und versuchte irgendwie, dem Druck auszuweichen. Die Hand blieb aufdringlich zwischen ihren Beinen, knetete erbarmungslos und drückte den nassen Stoff tief in ihre pochende Spalte. Sandra ballte die Fäuste und schloss die Augen, rang nach Luft und glaubte nicht mehr, dass diese Schockwellen, die ihren Körper malträtierten, jemals enden würden, solange sie nicht ihre Beine schließen könnte.

Sie ergab sich mit einem langen jammernden Stöhnen. Irgendwann bemerkte sie, dass sie frei war und Luft bekam. Sie konnte sich kaum noch auf den Beinen halten, so sehr schmerzten ihre Muskeln. Und so hing sie wie ein Häufchen Elend in den Ketten, während die Lust immer noch über ihre Innenschenkel kribbelte.

Das war gut gewesen. Das war wirklich gut gewesen. Eigentlich war es nicht ihr Ding, sich auf devote Sexspielchen einzulassen. Sie hatte kein Verlangen, sich zu unterwerfen.

Oder doch …? Was war das jetzt hier? Sie blinzelte und erwartete, dass man sie nun befreite und das Rollenspiel beendete. Sie atmete immer noch schwer, und ihr Rücken war mit Schweiß bedeckt.

Doch statt auf Sandra zuzukommen, wandte sich die Kerkermeisterin der Zellentür zu und öffnete sie wieder mit diesem grauenvollen Schaben. Verwundert drehte Sandra sich um, soweit es ihre Fesseln erlaubten. Sie wollte wissen, was im Inneren der Zelle vor sich ging. Die Kerkermeisterin befestigte eine Kette an den Manschetten, die der Gefangene an den Handgelenken trug. Er ließ sich, immer noch sichtlich erregt, unter eine Umlenkrolle führen, von der eine weitere Kette von der Decke hing.

Seine Herrin verband die beiden Ketten, zog mit zwei schnellen Bewegungen an dem Ende, und die aneinandergebundenen Hände ihres zweiten Opfers wurden nach oben gerissen. Die sehnigen Muskeln auf seinen Oberarmen dehnten sich, und er spannte den Brustkorb an, so dass das Drachen-Tattoo zwischen den Lederriemen tanzte.

Sandra schluckte, um ihren trockene Kehle zu befeuchten. Sie war endlich ausreichend zu Atem gekommen, so dass sie wieder sprechen konnte. »Machst du mich nicht los?«

Es sah so aus, als ob der Gefangene ihr unter der Ledermaske einen Blick zuwarf, doch er schwieg.

Die Kerkermeisterin beachtete sie erst gar nicht. Sie zog ein letztes Mal an der Kette, so dass der Mann den Boden nur noch mit den Zehenspitzen berührte. Dann erst hakte sie die Kette an einem Haken an der Wand ein und verließ die Zelle, um auf Sandra zuzukommen.

»Warum? Geht es dir nicht gut?« Unsicher versuchte Sandra, in den Augen unter der Maske zu lesen.

»Ich dachte, es … wäre vorbei«, stammelte sie. Ihre Arme wurden langsam lahm, und sie umfasste mit den Händen die Gitterstäbe, um etwas mehr Halt zu haben.

»Vorbei? Jetzt fängt der Spaß erst an!« Die Kerkermeisterin lachte und zwinkerte ihr verschwörerisch zu. Aus dem Nichts zauberte sie eine Knute mit einem flachen Ende hervor.

Sandra erschrak und zuckte gegen die Gitterstäbe. »Nicht! Ich habe gesagt, keine Schmerzen! Ich will das nicht!«

Heike setzte das flache weiche Ende der Knute zwischen ihren eigenen Brüsten auf, ließ es einmal sanft auf die Haut klatschen und zog es dann zwischen ihren Hügeln nach unten weg. Dabei lachte sie und tätschelte Sandra beruhigend die Hüfte.

»Natürlich, Liebes. Du willst keine Schmerzen. Aber das gilt nicht für alle hier.« Mit wiegenden Schritten betrat sie die Zelle und stellte sich ihrem Gefangenen gegenüber.

Fasziniert beobachtete Sandra die beiden.

Die Kerkermeisterin umkreiste zunächst ihr Opfer und strich mit der Knute liebevoll an seinen Beinen entlang. Er hing still mit emporgereckten Armen und versuchte lediglich, den Kopf zu recken. Mit den Zehen versuchte er, einigermaßen Halt auf dem unebenen Boden zu finden, doch sein Körper pendelte überwiegend willenlos an der Kette. Schweiß glänzte auf seiner Haut, und sein Atem ging pfeifend unter der Maske.

Nachdem sie ihn zweimal umrundet hatte, warf die Kerkermeisterin Sandra einen Blick über die Schulter zu. Als sie sicher war, dass diese das Schauspiel beobachtete, gab sie ihrem Gefangenen einen Schubs, und er schwang herum. Sie holte aus und ließ die Knute hart auf seinen Hintern sausen. Sandra fuhr zusammen, als hätte sie selbst einen Schlag bekommen, während der Mann laut aufschrie. Die Haut, wo die Knute ihn getroffen hatte, färbte sich rot, und sein ganzer Körper verkrampfte sich. Und schon klatschte der nächste Schlag auf die andere Backe, und er schrie wieder. Schlag um Schlag malträtierte die Kerkermeisterin systematisch Arsch und Oberschenkel. Hilflos schwang der Gefangene, von den Schlägen geschüttelt, an seiner Kette, ruckte nach vorn, warf sich hin und her, soweit es ihm möglich war.

Sandra merkte, dass ihr Mund wieder trocken wurde. So was konnte doch kein Mensch freiwillig gut finden … Und doch … Es waren nicht die Schläge und die Schreie, sondern seine Bewegungen, die etwas in ihr auslösten. Der rote Hintern, dessen Muskeln sich bei jedem Schlag sichtbar zusammenzogen. Sein Oberkörper, der sich vergeblich in den Fesseln wand, seine Beine, deren Kraft er nicht ausspielen konnte, weil er hilflos über dem Boden hing. Ab und zu zog er die Unterschenkel an und schwang völlig frei in der Luft, doch dann konnte man sehen, wie die Manschetten an den Handgelenken schmerzhaft einschnitten. Immer wieder warf er das Becken nach vorn, um dem nächsten Schlag auszuweichen, der unbarmherzig auf seine schweißnasse Haut niederging.

Plötzlich hielt die Kerkermeisterin inne und drehte ihren Gefangenen wieder mit dem Gesicht zu Sandra. Dabei schien sie in deren Mienenspiel etwas zu entdecken, was sie laut und zufrieden auflachen ließ.

Sandra konnte den Blick kaum von den Lenden des Gefangenen lösen, der, obwohl sie kaum geglaubt hatte, dass das überhaupt möglich war, noch erregter war als zuvor.

Die Kerkermeisterin ließ die Knute ein paarmal beinahe sanft auf die geschwollene Spitze seiner Erektion wippen, bevor sie sie zwischen seine Beine gleiten ließ, um dort ein paar härtere Schläge zu platzieren.

Der Gefangene jaulte keuchend auf und versuchte, nach hinten auszuweichen, natürlich erfolglos. Wie zuvor ahmte er mit seinen Beckenbewegungen den kraftvollen Stoß beim Akt nach.

Der Anblick sandte kleine Feuerstöße durch Sandras Körper und entzündete sie von neuem. Sie wollte nicht länger zusehen, sie wollte, dass die beiden aufhörten. Wie hypnotisiert starrte sie auf diesen harten prallen Schwanz und wollte, dass er sich bis zum Anschlag in sie versenkte.

»Was stöhnst du denn so laut, mein Liebes?«

Sandra hatte gar nicht bemerkt, dass sie das getan hatte. Die Kerkermeisterin war auf sie zugekommen und hatte sich wieder vor ihr aufgebaut.

»Hast du etwa Lust auf diesen süßen Schwanz?«

Sandra nickte, zu willenlos, um ein paar vernünftige Worte

zu formulieren. Sie stand völlig in Flammen vor Erregung, schwankte zwischen Wut, weil diese verdammte Stange ihre Beine in dieser unwürdigen gespreizten Stellung fixierten, und der grimmigen Erkenntnis, dass sich das auf keinen Fall ändern sollte, bis der nächste Orgasmus über sie hinweggerauscht war. Sie umklammerte die Gitterstäbe und drückte sich ein wenig nach oben, um weniger zu ihrer Meisterin aufsehen zu müssen. Dabei taumelte sie. Die Muskeln in ihren Beinen wurden langsam taub und gehorchten ihr nicht mehr so ganz.

Doch anstatt sie zu befreien oder ihr sonst eine Art von Behandlung oder gar Linderung ihres Verlangens zu verschaffen, ging die Kerkermeisterin zurück in die Zelle.

Sie stellte sich breitbeinig vor den Gefangenen und verschränkte die Hände, so dass sich zwischen Daumen und Zeigefingern ein kleines Loch ergab, und berührte damit die Eichel.

»Na komm, stoß zu!«

Er bemühte sich, der Aufforderung nachzukommen, fuhr mit der Spitze in das Loch, doch ihm fehlte die Dynamik, die ihm die Schläge verschafft hatten. Er konnte, nur auf den Zehenspitzen stehend, nicht die Kraft aufbringen, hart zuzustoßen.

Die Kerkermeisterin stand still, bewegte ihre Hände nicht, schien jedoch immer wieder das Loch zu verkleinern, indem sie die Finger enger verschränkte. Sandra konnte es daran erkennen, dass der Gefangene immer wieder gequält zurückzuckte. Vielleicht kniff seine Peinigerin ihn auch. Dabei feuerte sie ihn an, forderte ihn auf, in ihre Hand zu wichsen, sich Erleichterung zu verschaffen, wobei offensichtlich war, dass sie es so weit nicht kommen lassen würde.

Sandra zog an ihren Ketten und versuchte, mit einem lauten Räuspern Aufmerksamkeit zu erregen. Sie wollte wieder eingebunden werden und nicht nur Zuschauerin sein. Sollte das nicht ihre Session werden?

Die Kerkermeisterin schien ihre Gedanken erraten zu haben. Mit einem gehässigen Lächeln kniete sie sich vor dem Mann nieder und nahm seine empfindliche Spitze zwischen ihre Zähne. Gleichzeitig hob sie die Knute zwischen seine Beine.

Nach der ersten Verwirrung verstand Sandra. Diese Demütigung galt ihr. Sie blieb zum Zusehen verdammt. Empört schrie sie auf und zerrte an ihren Ketten.

Die Knute knallte auf nackte Haut. Der Gefangene zuckte, sein gesamter Körper verkrampfte sich, und er stieß nach vorn in den Mund seiner Peinigerin. Sie schloss genüsslich die Augen und presste die Lippen auf seine Härte. Wieder schlug sie zu und brachte ihn dazu, ihn in ihren Mund zu rammen. Seine Stöße waren heftig und unkontrolliert und brachten ihn sichtlich an den Rand seiner Kräfte.

Sandra erging es bei diesem Anblick nicht besser. Ihr Zorn auf die beiden wuchs, Verlangen paarte sich in ihrem Inneren mit Neid und Eifersucht. Sie schwitzte und fror gleichzeitig, begann zu zittern, obwohl es warm in dem Gewölbe war.

Wie auf ein unsichtbares Zeichen hin sprang die Kerkermeisterin plötzlich auf und ließ ihren Gefangenen sichtlich erschöpft, aber immer noch nicht erleichtert zurück. Er pendelte willenlos an seiner Kette, die Hände zu kraftlosen Fäusten geballt, seine Erektion ragte prall und steil zwischen den Lederriemen hervor.

Sandra leckte sich unwillkürlich über die trockenen Lippen und beobachtete die Kerkermeisterin, wie sie die Zelle verließ, zu einem kleinen Tisch an der gegenüberliegenden Wand ging und die Knute gegen einen anderen Gegenstand eintauschte.

In ihren Händen blitzte Metall auf.

Der Schock durchfuhr Sandra wie ein elektrischer Schlag, und alle Erregung wandelte sich in Angst, als sie den Gegenstand erkannte. Es war ein Messer.

Sie presste sich panisch gegen die Gitterstäbe. »Kein Messer!«, keuchte sie.

Die Kerkermeisterin lächelte sie zum ersten Mal ein wenig unsicher an und suchte direkten Blickkontakt. »Ich werde dir nicht weh tun.«

»Kein Messer!« Sandra wich den bedrohlichen prüfenden Blicken aus und versank in der Erinnerung. Sie presste die Augen zusammen, und die Bilder stürmten ungefragt auf sie ein. Sie musste das Spiel sofort beenden.

»Kein Messer!«

»Es ist ganz stumpf, es wird dich nicht verletzen. Gefällt dir das?« Eine eiskalte flache Klinge legte sich auf ihren Oberschenkel. Das war kein Spiel mehr. Sandra schrie auf. Stoff zerriss. Sie wusste nicht mehr, was sie tat, strampelte, wurde sich der unausweichlichen Gefahr bewusst, in der sie sich befand. Sie trug keine schützende Uniform. Sie hatte keine Waffe am Gürtel, die sie ziehen und auf den Angreifer richten konnte. Sie war verloren!

Dunkelheit umfing sie …

15. Kapitel

Irgendwas stimmte nicht. Tobias blinzelte sich den Schweiß aus den Augen und versuchte zu begreifen, was gerade vor sich ging.

Heike war ebenfalls unsicher geworden, ihre Bewegungen stockten, und sie ließ Sandras Tanga, den sie gerade mit einer Schere aufgeschlitzt hatte, fallen.

»Heike! Hör auf!«, rief er. Er brachte nur ein Krächzen zustande, doch sie hörte ihn, ließ von Sandra ab und kam auf ihn zu. Im Stillen dankte er seiner Eingebung, dieses Mal auf einen Gag-Ball zu verzichten. Sonst hätte er echt ein Problem gehabt.

»Was ist?«, flüsterte sie, als sie bei ihm angelangt war.

»Mach mich los. Mit Sandra stimmt was nicht.« Sein besorgter Blick streifte den zusammengesunkenen Körper. Er hörte ein leises Wimmern.

Heike machte sich eilig an der Kette zu seinen Handfesseln zu schaffen. »Ich war mir auch nicht sicher. Aber warum sagt sie denn nichts? Wir haben ihr doch alles ganz genau erklärt! So was habe ich echt noch nie erlebt.«

»Keine Ahnung. Irgendwas hat sie aus der Bahn geworfen.« Er hakte die Manschetten selbst aus der Kette, riss sich die Maske vom Kopf und lief zu Sandra. Sie hing reglos da, hatte die Augen fest geschlossen. Oder war sie sogar ohnmächtig?

Tobias löste die Fußfesseln. »Hilf mir!«, rief er Heike zu. Gemeinsam befreiten sie Sandra, die sich auch weiterhin nicht rührte, sondern wie eine leblose Puppe in seine Arme sank, als Heike die letzte Fessel gelöst hatte.

Er zog sie an sich und überlegte, was sie tun sollten.

Heike beobachtete ihn besorgt. »Was ist denn jetzt? Soll ich einen Arzt rufen?«

»Ich trage sie erst einmal nach oben. Kannst du Wasser besorgen?«

Sie nickte und verschwand.

Tobias trug Sandra aus dem Kerker in den nächsten Raum, in der er sie zwischen den halbfertigen Aufbauten ihrer Piratenschiffsnachbildung gefangen genommen hatte. Heike hatte auf ihrem Weg nach oben das Licht angelassen, so dass er nicht im Halbdunkel herumstolpern musste.

Doch kaum war er in dem Raum, versagten ihm die Beine. Heikes Behandlung war zu nachhaltig und Sandra zu schwer. Mit einiger Mühe erklomm er die schmalen Stufen auf das fertige »Deck« des Schiffs und stieß mit dem Ellbogen die Tür zur einzigen Kabine auf.

Mit einer letzten Kraftanstrengung schob er Sandra auf die schmale Koje, die mit einer weichen Unterlage ausgestattet war.

Schwer atmend tastete er nach dem Lichtschalter, und eine kleine, mit einem roten Schirm abgeblendete Lampe erhellte den winzigen Raum, der aus kaum mehr als der Schlafnische, einer Holzkiste und wenig Platz davor bestand, wo man aufrecht stehen konnte.

Sandra war immer noch wie weggetreten und rührte sich nicht.

Tobias kniete sich neben die Koje und betrachtete sie besorgt. Einen verrückten Moment lang überlegte er, ob er versuchen sollte, sie wach zu küssen, stattdessen strich er ihr mit den Fingerspitzen ein paar braune Haarsträhnen aus dem erhitzten Gesicht. Daraufhin regte sie sich stöhnend und stieß mit dem Ellbogen gegen die hölzerne Rückwand. Der Schmerz brachte sie wieder zu Bewusstsein. Ihre Augenlider flatterten, und sie versuchte zu erfassen, wo sie sich befand.

»Mensch, bin ich erleichtert«, flüsterte Tobias.

»Wo seid ihr?«, tönte Heikes Stimme von draußen. »Tobias?«

»Hier.« Er stand auf und streckte den Kopf aus der Kabine.

Heike nickte und schwenkte eine Wasserflasche und zwei Gläser.

Tobias nahm beides dankend entgegen. »Sie kommt zu sich. Ich habe es nicht bis nach oben geschafft. Du hast ganze Arbeit geleistet.«

Zerknirscht senkte Heike den Kopf und biss sich auf die Unterlippe, konnte sich jedoch ein Grinsen nicht ganz verkneifen. »War es zu viel?«

Er stupste sie beruhigend vor die Schulter. »Ich hätte mich schon beschwert. Ich werde auch herausfinden, was Sandra hatte. Das wird schon wieder.«

»Gut.« Heike wirkte erleichtert. »Ich werde schnell duschen, mich umziehen und dann verschwinden. Kannst dich ja später melden.«

Damit ließ sie ihn allein. Tobias ließ sich neben Sandra auf dem Boden nieder, nachdem er Wasserflasche und Gläser abgestellt hatte. Er merkte, dass die Haut an seinem Hintern immer noch äußerst empfindlich war.

Sandra fuhr sich mit der flachen Hand über das Gesicht und starrte ihn verwirrt an. Ihr Blick fiel auf die Holzverkleidung und die vielen Haken und Ringe an den Wänden. »Wo hast du mich hin verschleppt?«

»Das ist die Koje auf unserem Piratenschiff, in dessen Rumpf du eben herumgekrochen bist. Dieser Raum und die Brig sind schon fertig.«

Sie streckte die Hand aus und ließ ihre Fingerspitzen über einen der Eisenringe in der Decke gleiten. »Dieses Ambiente ist auch für die härtere Tour, ja? Was ist die Brig?«

Tobias blickte sie an. »Ein kleiner, enger Raum, in den man Matrosen sperrte, die etwas ausgefressen hatten. Zur Maßregelung. Für die härtere Tour, ja.«

Sandra konnte ihre Verwunderung schlecht verbergen. »Und du stehst drauf, dich verprügeln zu lassen?«

Typisch Sandra. Sie musste immer alles ganz genau wissen. Er rutschte ein wenig umher, um eine bequemere Position zu finden. Die Lederriemen des Harness schnitten ihm unangenehm in die Leisten und drückten ihm das Blut zwangsläufig an die relevante Stelle. Er bemerkte, dass sie ihn beobachtete, und das allein genügte, dass er reagierte.

»Das kann ich wohl kaum leugnen. Aber sag nicht, es hätte dich nicht angemacht!«, entfuhr es ihm schärfer, als er beabsichtigt hatte.

Sie lächelte reumütig. »Zu sehen, wie erregt du bist, weil eine andere Frau an dir rummacht, ist … wie soll ich sagen?«

Tobias bezweifelte, dass sie wusste, was sie für einen atemberaubenden Anblick bot. Den feuchten Slip hatte Heike ihr ausgezogen, der Rock bedeckte kaum ihre Blöße. Auch das Top hing in Fetzen und verhüllte kaum ihre Brust mit den roten Nippeln, die sich in der kühlen Luft zusammengezogen hatten. Tobias ließ die Hand in seinen Schoß wandern und wechselte noch einmal die Sitzposition. Er wollte nicht, dass sie ihm anmerkte, welche Wirkung sie gerade auf ihn hatte. Offensichtlich gelang ihm das nur sehr schlecht, oder ihr war doch bewusst, wie ihre Erscheinung wirken musste. Sandras Blick wanderte unverhohlen in seine Leiste. Dann setzte sie sich ein wenig auf und schob mit einer lasziven Handbewegung ihren Rock nach oben. »Na, komm schon, reagier dich ab.« Sie rieb mit den Fingerspitzen über ihre Perle, die noch immer nass und einladend glänzte.

Tobias zögerte nicht länger, duckte sich in die niedrige Koje und fand sich zwischen ihren einladend gespreizten Beinen wieder. Mit einer einzigen fließenden Bewegung versenkte er sich bis zum Anschlag in ihre verheißungsvolle Mitte.

Sandra schnurrte zufrieden, schloss die Augen, reckte ihm das Becken entgegen und nahm ihn freudig auf. Sie ließ ihre Hände zu seinem Hintern gleiten und rieb hart über seine empfindlich wunde Haut.

Köstlicher Schmerz durchzuckte ihn, und er keuchte laut auf. Gleichzeitig versuchte er instinktiv dem Schmerz zu entgehen, und stieß tiefer in sie.

Sandra erschauderte unter den Erschütterungen und kicherte boshaft. Dann fing sie an, ihn zu kneifen, sandte kleine schnelle Nadelstiche über seine Haut.

»Du Miststück!« Er konnte sich nicht entscheiden, ob ihm diese Behandlung gefiel. Doch feststand, dass sie ihn zu einem schnelleren, härteren Rhythmus trieb, und so war offenbar, was Sandra bezweckte. Ihr Atem beschleunigte sich, bis ihre Muskeln sich spannten und ihre Erregung in einem heftigen Orgasmus gipfelte, der ihren gesamten Körper zum Erbeben brachte.

Tobias hielt einen Augenblick inne, zu fasziniert von ihrer schnellen Reaktion und dem Anblick ihrer Ekstase.

»Beweg dich!«, schrie sie und klatschte mit den Händen auf seinen Hintern. Er explodierte augenblicklich, entlud sich in ihrer vor Lust pulsierenden nassen Spalte und brach auf ihrer Brust zusammen. Ihre Hände ließen von seiner gepeinigten Haut ab und strichen stattdessen sanft über seine Oberschenkel.

»Besser?«, raunte Sandra an seinem Ohr.

Er stöhnte und schüttelte dann etwas ungläubig den Kopf. »Du bist so fantastisch«, flüsterte er und konnte sein Glück kaum fassen. Die Frau seiner Träume lag hier bei ihm, und es war um so vieles besser, als er sich je vorzustellen gewagt hatte. Am liebsten wäre er auf ewig so mit ihr liegen geblieben und hätte sich nie wieder von ihr getrennt.

Mit der Sehnsucht kamen die Zweifel, ob sie seine Gefühle erwidern würde, falls er je den Mut fand, sie ihr zu gestehen.

Irgendwann lösten sie sich wortlos voneinander, und Tobias rutschte zwischen die Wand und Sandras Körper, um sie in seine Arme zu ziehen. »Ich mag vor allem Abwechslung«, erklärte er leise. »Ich bin kein richtiger Sub, ich mache einfach, was mir gefällt, genau wie die Sache mit den Filmen. Das, was Heike heute gemacht hat, ist auch schon meine persönliche Grenze. Sie weiß ganz genau, wie weit sie gehen darf, und ich würde es auch mit keiner anderen machen. Vielleicht mal mit dir, falls du es wolltest. Aber das muss ich nicht heute entscheiden.«

Sandra schüttelte den Kopf, so dass ihre Haare über seine Brust kitzelten. »Ich glaube nicht.«

Sie schwiegen eine Weile, bis sich Tobias entschieden hatte, die Frage zu stellen, die ihn immer noch beschäftigte, auch wenn er damit riskierte, die Stimmung zu zerstören. »Sandra, was ist vorhin passiert?«

Sie versteifte sich in seiner Umarmung. »Ich weiß nicht, was du meinst.«

»Du bist in Panik geraten und fast ohnmächtig geworden. Nein, du *bist* ohnmächtig gewesen. Heike wollte schon einen Arzt rufen. Wir haben uns Sorgen gemacht.«

Sandra sagte lange nichts, so dass Tobias schon daran zweifelte, noch eine Antwort zu bekommen.

»Es war das Messer«, murmelte sie endlich.

»Das Messer? Das ist ein stumpfes präpariertes Ding, damit hätte sie nicht mal deine Klamotten zerschneiden können.«

»Aber das hat sie doch getan?!«

»Nein, sie hat eine Schere benutzt. Nicht mal das hast du mehr mitgekriegt. Was war los? Und warum hast du nicht abgebrochen? Du hättest dein Safeword sagen oder Heike mit ihrem Namen ansprechen können. Das haben wir dir doch vorher alles erklärt.«

Statt einer Antwort ergriff Sandra seine Hand und führte sie an ihre Oberschenkel. Tobias wollte sich ihr entwinden, jetzt nicht abgelenkt werden, doch sie hielt ihn fest und legte seine Handfläche auf ihr linkes Bein. Er fühlte die lange Narbe unter seinen Fingern, die er auch schon bei ihrem gemeinsamen Bad ertastet hatte.

»Das war ein Messer«, sagte sie.

Tobias ließ seine Fingerspitzen über die knotige Haut wandern.

Sandra zitterte, ob vor Anspannung oder vor Kälte, konnte er nicht deuten, doch er vermutete Ersteres.

»Was ist passiert?«, wollte er wissen, weil sie so lange schwieg.

»Ich war fünfzehn. Es war ein Spiel. Und es ging nicht um Sex, aber trotzdem war es so ähnlich wie das, was wir vorhin gespielt haben. Und es war ein Spiel ohne Regeln, und das Messer war keine Attrappe, es war scharf. Es kam zu einem Missverständnis. Im Nachhinein weiß ich, dass es ein Missverständnis war. Der Junge mit dem Messer und ich haben überreagiert, und dann hat er zugestochen. Seitdem geht es mir nicht gut, wenn ich einen Menschen mit einem Messer sehe. Jetzt auch noch die Attacke gegen meinen Kollegen, ebenfalls mit einem Messer.« Sie verstummte. Tobias zog sie enger an sich, während ihm so einiges klarer wurde.

Das ist es also, dachte er, *mein mutiges Mädchen hat Angst vor Messern.*

Deshalb hatte sie bei dem Einsatz in der Kirche so aggressiv reagiert. Auch dort hatte er Conny mit genau diesem Messer bedroht, einer ungefährlichen Requisite. Schon da hatte er ihr Verhalten als Überreaktion empfunden, es jedoch später darauf zurückgeführt, dass die Polizisten das Szenario als Schwarze Messe fehlinterpretiert hatten.

Sie hielt seine Hand noch immer auf ihrem Oberschenkel. Ihm wurde unangenehm bewusst, wie nah er sich an ihrem Schoß befand, wobei es ihm vorkam, als strahlte von dort eine verheißungsvolle feuchte Hitze aus. Sicherlich war das Einbildung. Aber allein der Gedanke an ihre verführerischen Schamlippen und ihren drallen Hintern, der gegen seinen Bauch stupste …

Sandra schmunzelte und kuschelte sich in seine Armbeuge.

Zögernd nahm Tobias seine Hand von ihrem Bein und ließ sie über das zerfetzte Top zu ihren Brüsten wandern. Sanft umspielte er ihre harten Brustspitzen, bis ihm ein leises Stöhnen antwortete.

In dem Moment kam ihm eine Idee. Er richtete sich auf und schob sie in Richtung Kante. »Komm mit.«

Sandra musste aufspringen, sonst hätte er sie aus der Koje geschubst. Der Rock rutschte nach unten und verhüllte ihren nackten Venushügel, was Tobias dankbar zur Kenntnis nahm, sonst hätte er sich sofort wieder auf sie gestürzt.

Er zog sie hinter sich her aus der Kabine zurück in den Gefängniskeller. Der Raum war noch genau so, wie sie ihn hinterlassen hatten. Sandras Schritte wurden zögernder.

Tobias griff nach seiner Kutte und warf sie sich über die Schultern. Mit der Unterstützung des Penisringes stand sein Schwanz bereits wieder aufrecht. Der Stoff des Umhangs schabte dagegen, und sein Puls beschleunigte sich.

Er führte Sandra in die Zelle zu einer kniehohen Pritsche, die auf zwei Sockeln befestigt war. Tobias zog sie von der Wand in den Raum und bat Sandra, sich daraufzulegen.

Sandra blickte ihn an, zögerte. Unsicherheit stand in ihren wunderhübschen grünen Augen.

»Was hast du vor?«

»Vertraust du mir?«

Sie hob verunsichert die Schultern. »Ja, wieso?«

Er kniete sich vor ihr nieder und nahm ihre Hände in seine. »Weil ich es nicht ertragen kann, dich schwach zu sehen. Wir beide werden uns jetzt dieses Messer vornehmen. Bist du einverstanden?«

16. Kapitel

Unschlüssig betrachtete Sandra Tobias, der vor ihr kniete und erwartungsvoll zu ihr aufblickte, während ihr ein eiskalter Schauer, Vorbote einer möglichen kommenden Panikattacke, über den Rücken kroch. Seit mehr als zehn Jahren lebte sie mit diesem Dämon.

Sie hatte befürchtet, dass Tobias sie albern fand, sich über sie lustig machen würde, dass ausgerechnet sie, die selbstbewusste Sandra Wacker, nicht mit dieser irrationalen Angst umgehen konnte. Abgesehen davon, dass es für ihren Job nicht die allerbesten Voraussetzungen mit sich brachte.

Erstaunt stellte sie fest, dass ihre Sorge darum, dass er sie jetzt fallenlassen würde, größer war als die Aussicht darauf, sich mit diesem harmlosen stumpfen Requisit zu beschäftigen. Vielleicht war es tatsächlich an der Zeit, etwas zu ändern.

Sie öffnete die Hände, die sie unbewusst zu Fäusten geballt hatte, und nickte endlich. Dann legte sie sich rücklings auf die Pritsche, starrte an die grob verputzte Kellerdecke und versuchte, sich zu entspannen.

Das war alles nur ein Spiel. Sobald es ihr zu viel wurde, würde sie das sagen, und Tobias würde aufhören und sie in die Arme schließen.

»Es gibt keinen Grund, Angst zu haben«, ertönte seine Stimme über ihr, als hätte er ihre Gedanken erraten.

Sandra umklammerte die raue Holzkante der Pritsche und verfolgte aus schreckgeweiteten Augen, was er tat. Das Herz schlug ihr bis zum Hals, und ihr war kalt, obwohl es in dem Raum nach wie vor warm, sogar eher stickig war.

Dann erschien der Mönch, und er hielt das Messer in der Hand.

Sandra hielt den Atem an und unterdrückte einen Aufschrei.

Er beugte sich über sie. Seine Erektion zeichnete sich unter dem lose fallenden Stoff deutlich ab.

»Ganz ruhig. Dir wird nichts passieren.« Seine Worte klangen falsch und höhnisch. Wie paralysiert starrte Sandra ihn an.

Safeword, Safeword, Safeword, Safeword … Wie lautete das verdammte Wort?

Sein Name …

»Tobias!« Es war mehr ein heiseres Krächzen. Ihr traten Tränen in die Augen. Noch nie in ihrem ganzen Leben hatte sie sich so ausgeliefert gefühlt. Gleichzeitig stieg Wut in ihr hoch. Sie hatte nicht darum gebeten, jetzt und hier loszuheulen! Dazu gab es keinen Grund!

Er kniete sich neben der Pritsche nieder und legte ihr eine Hand auf den Unterarm. Seine Haut glühte regelrecht. Das Messer verschwand aus ihrem Blickfeld. »Aufhören?«

»Kannst du die Kutte ausziehen?« Erst als sie diese Worte aussprach, erkannte sie, dass es auch etwas damit zu tun hatte.

»Klar.« Er erhob sich. Der Umhang fiel. Sandra blickte zu ihm auf. Seine Erektion hatte etwas Unheimliches, machte ihr seine Männlichkeit bewusst, mit der er diese Situation dominierte. Und gleichzeitig gab sie ihr etwas Sicherheit, denn es war etwas Vertrautes. Etwas, woran sie sich orientieren konnte.

»Mach weiter!« Es klang mutiger, als sie sich fühlte.

Doch das Messer blieb zunächst verschwunden. Tobias entkleidete sie behutsam, massierte ihr mit geübtem Druck die Schultern und Oberschenkel, lockerte ihre verkrampften Muskeln.

Nach einer Weile traute sich Sandra, die Augen zu schließen und sich seinen Berührungen hinzugeben. Er setzte seine Zunge ein, ließ sie über die Haut gleiten, umspielte ihre Brüste und knabberte spielerisch an ihren Nippeln, bis sie sich hart und empfindlich aufrichteten.

Sie entspannte sich und ließ endlich die Pritsche los. Ihr wurde wieder wärmer, und ein leichtes Kribbeln durchfuhr ihren Schoß. Schon wieder. Sie hätte niemals geglaubt, dass sie so hungrig nach Sex werden könnte. Nein, nach Sex mit diesem Mann. Sex mit Tobias. Genüsslich ließ sie sich diese Worte auf der Zunge zergehen.

»Ich werde dir jetzt das Messer auf die Brust legen. Nur ablegen. Wenn du dich traust, schau hin.«

Noch bevor sie protestieren konnte, berührte kaltes Metall die Haut zwischen ihren Brüsten. Sie verkrampfte sich wieder, ihre Hände krallten sich wie von selbst in das Holzbrett. Nur mit Mühe unterdrückte sie einen Aufschrei. Ihre Erregung wich dem Wunsch, diesem unverfrorenen Kerl eine zu scheuern. Doch sie beherrschte sich und blieb reglos liegen.

Lippen berührten ihre schweißnasse Stirn. Sie küssten ihre Lider und wanderten über ihren Mund, an dem sie nur ganz kurz verweilten, an ihrem Hals entlang zu ihrer Brust.

Das Metall wog tonnenschwer, ein Fremdkörper, der auf ihre Lunge drückte und ihr das Atmen schwermachte. Dazu die weichen Lippen, gefolgt von einer flatternden Zungenspitze, die ihre Brüste liebkoste.

Sandra entspannte sich ganz ungewollt. Neugierig schielte sie unter den halbgeschlossenen Lidern hervor und beobachtete Tobias, wie er über sie gebeugt stand und sie küsste. Scheinbar selbstvergessen hatte er eine Hand um seinen Schaft gelegt und massierte sich ganz freimütig.

Ihr Körper erwachte umgehend wieder, sandte heiße Schauer durch ihren Schoß.

Irgendwie hatte er bemerkt, dass sie ihm zusah. Er grinste zufrieden und nahm das Messer wieder an sich.

»Es sieht echt aus, doch es ist ganz harmlos. Die Kanten und die Spitze sind abgerundet und mit einem Harz behandelt.« Er schloss Daumen und Zeigefinger zu einem O und schob das Messer hindurch. Vor und zurück.

Sandra riss die Augen auf. Wie hypnotisiert folgte sie der anzüglichen Bewegung. Er wichste das Messer, als wäre es sein Schwanz. Zwischendurch ließ er von der Klinge ab, um mit ein paar kräftigen Bewegungen Hand an sich selbst zu legen. Dabei lächelte er auffordernd. »Gib zu, dass dich das anmacht.«

Sandra war nicht in der Lage, etwas zu antworten und nickte nur. Sie war zu sehr mit dem Anblick des Messers und mit der Tatsache beschäftigt, dass dieses Ding einen Teil seines Schreckens verlor, indem Tobias es in sein erotisches Spiel einbezog.

Genau diese Erkenntnis schien er von ihrer Miene abzulesen. Das Messer verschwand wieder aus ihrem Blickfeld. Tobias ging zum unteren Ende der Pritsche, packte ihre Beine, winkelte sie an und schob ihre Füße auf das Holz. Jetzt stand er zwischen ihren Schenkeln, wie damals der Mönch vor dem Altar gestanden hatte.

Sandra wurde wieder nervös und war verdammt froh, dass

sie ihn gebeten hatte, auf die Kutte zu verzichten. Der Anblick der tanzenden Drachen auf seiner Brust und seinem Arm gab ihr zusätzlich Sicherheit. Sie waren ihre Freunde.

Jetzt widmete Tobias sich mit Zunge und Lippen ihrem Unterkörper. Sanfte Berührungen kitzelten ihre Kniekehlen und Innenschenkel und näherten sich langsam, aber bestimmt ihrem Ziel.

Sandra gab sich mit einem wohligen Seufzer seinen Küssen hin. Bevor sie es sich versah, hatte sie ihre Hände an seinen Hinterkopf gelegt und ihn tiefer in ihren Schoß gedrückt. Er leckte sie mit Hingabe, saugte an ihren verlangend geschwollenen Schamlippen und nahm sie in sich auf.

Sie atmete schneller, machte sich innerlich bereit für die dritte Welle, die sie an diesem Tag erfassen sollte.

Da hörte er unvermittelt auf und zog sich zurück. Sein Gesicht war feucht, bedeckt von seinem Schweiß und ihren Säften. Er lächelte freundlich.

»Du vertraust mir, oder?«

»Mach weiter! Bitte!«

»Sag, dass du mir vertraust.«

»Ja. Ja, ich vertraue dir.« Sein Beharren auf diese Worte ließen einen Teil ihrer Lust verfliegen, doch sie wäre immer noch sofort gekommen, wenn er jetzt in sie eingedrungen wäre. Doch statt ihrem heimlichen Wunsch zu entsprechen, legte er plötzlich eine Hand auf ihren rechten Schenkel und das Messer mit der flachen Seite der Klinge auf die Narbe.

Sandra schrak zusammen. Sie wartete auf die ansteigende Panik, doch stattdessen wallte ein ungeahntes Lustgefühl durch ihren Körper. Ihr Verlangen stieg schlagartig, und sie stöhnte gegen ihren Willen auf.

Tobias lachte zufrieden. »Angst, Sandra, steigert die Lust.

Ich werde dir gleich dieses Messer in deine Ritze einführen. Und die Angst davor wird dich an den Rand des Wahnsinns treiben.«

»Was, bist du verrückt?« Sandra bäumte sich auf, wollte ihn wegstoßen, doch es reichte, dass er das Messer hob und auf ihren Bauch richtete, um ihren Widerstand schmelzen zu lassen.

Sie rührte sich nicht mehr und funkelte ihn wütend an. »Jetzt bedrohst du mich? Und das soll ich erotisch finden?«

Mit einem Lächeln tauchte er mit der anderen Hand in ihre Spalte und rieb mit dem Daumen über ihre Klitoris. Und wie um ihre eigenen Worte Lügen zu strafen, fuhr eine weitere Woge dieser mit Angst gemischten Euphorie wie ein elektrischer Schlag durch ihren Unterleib.

Sie wimmerte und ließ sich zurückfallen. Dann würde er ihr eben ein Messer einführen. Was konnte sie schon dagegen tun? Gefangen in diesem unbekannten Lustgefühl dachte sie im Traum nicht daran, dieses Spiel zu beenden. Es war pervers.

Geil.

Aufregend.

Er dehnte mit zwei Fingern ihre Schamlippen und führte die Klinge ein. Sandra traute sich nicht mehr, auch nur mit dem kleinen Finger zu zucken, lag reglos auf der harten Unterlage. Das Metall schmiegte sich kalt in ihrem Inneren an. Dann zog Tobias die Finger zurück. Er ließ das Messer los, und der Griff traf mit einem dumpfen Aufprall auf die Pritsche.

Sandra wagte kaum noch zu atmen. Sie spürte das Messer kaum in sich, dazu war es viel zu schmal. Doch allein die Vorstellung, dass eine Klinge in ihr steckte, war beinahe zu viel für sie.

»Und jetzt«, flüsterte Tobias an ihrem Ohr, »bekommst du gleich einen Orgasmus. Bist du bereit?« Sie hatte gar nicht mitbekommen, dass er zum Kopfende der Pritsche gegangen war. Seine Hand wanderte zärtlich über ihren Bauch zu ihrem Venushügel.

Sandra schloss die Augen und wagte einen Atemzug. »Was ist mit dir?«

Tobias' Hand hielt kurz vor ihrer Klitoris inne. »Was soll mit mir sein?«

»Willst du keinen Orgasmus?« Sandra keuchte, das flache Atmen strengte sie an und steigerte ihre Erregung, wenn das überhaupt noch möglich war. Heiße und kalte Schauder liefen über ihre Haut, immer in Wellen ausgehend von ihrem Lustzentrum. Sie krallte sich wieder an die Holzkante, doch dieses Mal nicht vor Angst.

»Später vielleicht. Jetzt geht es um dich«, dröhnte seine Stimme in ihre Gedanken.

Sie schüttelte den Kopf. »Nein. Nein, so nicht. Nicht schon wieder. Ich will, dass du mit mir kommst.«

Er richtete sich auf und schaute sie fragend an, während sie vergeblich versuchte, ihren hastigen Atem unter Kontrolle zu bekommen.

»Sandra, du hast ein Messer in dir.« Er klang belustigt.

Er hatte natürlich recht, und die Vorstellung, dass er sich samt dem Messer in ihr bewegte, war ihr dann doch zu viel. Dann kam ihr eine Idee, und allein der Gedanke genügte fast, sie zum Höhepunkt zu treiben. Sie öffnete den Mund.

Seine Antwort war ein langes Zögern.

Sie schloss die Augen und wartete.

»Wirklich?«

Sie nickte.

Erst geschah nichts. Dann stützte er sich mit einer Hand neben ihrem Ohr ab, und ein Luftzug strich über ihre nasse Haut, als er ein Bein über ihren Körper schwang. Und schon stand er breitbeinig über ihr.

Sandra blinzelte, den Mund immer noch geöffnet. Sein durch den Ring straff gespannter Hodensack war direkt über ihr. Gierig sog sie seinen männlichen Duft ein.

Tobias senkte eine Hand und zog die Vorhaut zurück. Dann drückte er seinen steifen Schwanz zwischen ihre empfangsbereiten Lippen. Vorsichtig sank er tiefer, bis seine Eichel an ihrem Gaumen anschlug.

Sandra drückte ihren Hintern gegen das Holz, um ja keine falsche Bewegung zuzulassen, und klammerte sich an die Pritsche. Gleichzeitig erlaubte sie sich kleine Zungenbewegungen, tastete über seine Härte und schmeckte das Salz auf der Haut.

Er schob sich tiefer, und sie umschloss ihn mit ihren Lippen, nahm ihn so weit wie möglich auf. Er bewegte sich langsam und achtete darauf, nicht zu tief zu stoßen, doch Sandra spornte ihn mit ihrem Zungenschlag an, ließ sich von seinem Rhythmus antreiben.

Dabei vergaß sie das Messer keine Sekunde, stemmte ihre Füße gegen das Holz und hielt ihren Unterleib eng angepresst. Der Effekt war ähnlich wie bei der Spreizstange, mit der die Kerkermeisterin ihre Beine auseinandergezwungen hatte, nur viel anstrengender.

Dieses Mal musste sie selbst die Kraft aufbringen, ihre Beine bloß nicht zu schließen und damit die angeblich so harmlose Klinge zu bewegen. Bei diesem Gedanken presste sie die Lippen zusammen.

Das war zu viel für Tobias, der gleichzeitig hart zugestoßen hatte. Er keuchte auf, während er versuchte, seinen pulsierenden Schwanz zurückzuziehen, doch Sandra erlaubte es ihm nicht, hielt ihn zwischen ihren Lippen gefangen, während der herbe Geschmack seines Samens sich in ihrem Mund ausbreitete. Sie saugte an seiner Spitze, wollte mehr. Damit, dass er sich in ihr ergoss, hatte er ihren allerletzten Widerstand überwunden. Der Höhepunkt ließ sie erbeben, wogte in feurigen Impulsen durch sie hindurch und wollte nicht abebben, weil sie sich keine Erleichterung verschaffen konnte, sondern wie festgebunden jegliche Bewegung um jeden Preis vermeiden musste. Ihr Stöhnen vibrierte gegen die harte Männlichkeit zwischen ihren Lippen, deren Zucken langsam nachließ, während sie immer noch hilflos verharrte, nicht einmal den Kopf zur Seite drehen konnte.

Endlich ergriff Tobias ihr Kinn und zwang sie mit einer kleinen Bewegung, ihn freizugeben. Er schwang sein Bein über sie und verschwand aus ihrem Blickfeld.

Ein ohnmächtiges Stöhnen entrang sich Sandras Kehle. Sie wusste nicht mehr, wo oben und unten war.

Tobias war an das Ende der Pritsche getreten und hielt das Messer hoch. »Es ist rausgerutscht. Du hast es nicht einmal bemerkt. So viel dazu.« Er legte die nasse Klinge wieder zwischen ihren Busen.

Sie lächelte erschöpft zu ihm auf. »Wow«, war alles, was sie zustande brachte.

Aus irgendeiner Ecke des Raumes in diesem Haus, das voller Überraschungen steckte, zauberte Tobias zwei dünne Seidenmäntel hervor und reichte einen davon Sandra, damit sie ihn überziehen konnte. In stillem Einvernehmen verließen sie gemeinsam den Keller.

Sandra hatte das Gefühl, kaum die Treppen hinauflaufen zu können, so erschöpft war sie von diesem Nachmittag. Und in nur vier Stunden begann der nächste Dienst.

Statt ihrem üblichen Partner Ralf würde Hagen mit ihr auf Streife fahren. Er hatte sich unerwartet zum Dienst zurückgemeldet, und Sandra hatte in einem Anfall von Großmut auf einen freien Tag verzichtet und Ralf dieses Privileg zugestanden. Ihr Urlaub war ohnehin gelaufen.

Was zur Hölle hatte sie sich dabei gedacht?

Die Eingangshalle der Villa lag still und wirkte verlassen. Doch als sie im ersten Stock vor der Tür des Badezimmers standen, hörten sie leise Musik aus dem Raum dahinter. An der Tür hing ein Wimpel mit der Aufschrift »Do not disturb«. Sandras Kleidung, Schuhe und Tasche, die sie im Bad abgelegt hatte, lagen ordentlich zusammengelegt in einem Rattanregal auf dem Flur.

»Ja, so ist das hier manchmal.« Tobias machte eine entschuldigende Handbewegung. »Aber im Gegensatz zu gewissen anderen Personen werden wir diejenigen hinter dieser Tür natürlich nicht stören.«

»Nein.« Sandra hob müde eine Hand und strich sich ein paar feuchte Haarsträhnen aus der Stirn. »Was jetzt? Können wir in deine Wohnung?«

»In meine …? Nein. Du wirst wohl unten mit der kleinen Gästedusche vorliebnehmen müssen«, erwiderte Tobias ausweichend.

Sandra warf ihm einen prüfenden Blick zu. »Wieso?«

»Ich habe nicht aufgeräumt.« Er bemerkte selbst, dass die Lüge zu offensichtlich war. »Ich kann dich nicht in meine Wohnung lassen. Nicht heute«, fügte er hastig hinzu. Er ging an ihr vorbei, nahm ihre Sachen aus dem Regal und hielt sie ihr auffordernd hin. Damit hatte er ihr auch den Weg zur Treppe nach oben abgeschnitten, als befürchte er, sie könnte seine Privaträume stürmen.

Obwohl sein Verhalten ihre Neugier anstachelte, fand sie es weder den richtigen Zeitpunkt noch den richtigen Ort, das zu diskutieren. Eric hatte ja so etwas gesagt, dass Tobias niemanden gern dorthin ließ. Na ja, sollte er doch, das war sein gutes Recht, und sie würde das respektieren. Mit einem ergebenen Schulterzucken nahm sie Kleidung, Schuhe und Tasche entgegen und wandte sich zur Treppe nach unten. Am Absatz drehte sie sich noch einmal um. Tobias stand immer noch an derselben Stelle und wirkte nachdenklich, ein bisschen verloren.

»Was ist los?«, fragte Sandra.

Das schien ihn zur Besinnung zu bringen.

Er winkte ab. »Nichts. Alles in Ordnung. Bis gleich.«

Sandras Blick folgte ihm die Treppe hinauf, bis er verschwunden war. Wenig später hörte sie, wie eine Tür aufgeschlossen wurde und wieder zufiel.

Sie seufzte leise und lief nach unten. Sie hatte das ungute Gefühl, etwas falsch gemacht zu haben, und keine Ahnung, was das sein konnte. Am liebsten wäre sie nun doch die Treppen hochgelaufen und hätte darauf bestanden, dass Tobias ihr sagte, was los war. Er hatte enttäuscht ausgesehen, und sie glaubte sich dafür verantwortlich. Sie wollte das nicht, wollte ihm nicht weh tun, ganz im Gegenteil. Aber solange sie nicht begriff, was sie falsch gemacht hatte, würde sie kaum etwas ändern können. Und das tat weh.

Eine Stunde später glaubte Sandra an ein Déjà-vu.

Wieder hatte sie die Villa verlassen, und Tobias war fahrig

und ungehalten gewesen – dieses Mal nicht über seine Partner, sondern über sie. Natürlich hatte er das geleugnet, und sie hatte nicht mehr die Kraft gehabt nachzuhaken, was seinen plötzlichen Stimmungsumschwung bewirkt hatte.

Und genau wie beim letzten Besuch bei den ›Sieben Sünden‹ lag ein unschuldiger weißer Umschlag im Briefkasten. Er war aus demselben dicken Papier wie der erste.

Verärgert öffnete Sandra das Kuvert. Hätte sie sich ja denken können, dass der Erpresser keine Ruhe gab. Die Botschaft war dieses Mal länger und umso eindeutiger:

Letzte Warnung. Wenn Du Dich nicht von den ›Sieben Sünden‹ fernhältst, werde ich Deine Bilder mit Deinem Namen im Internet verbreiten!

Sandras Beine gaben nach. Sie sank im Flur neben der Anrichte zu Boden und lehnte ohnmächtig den Kopf an die Wand. Was war das für eine Scheiße? Wer steckte dahinter? Wer gönnte ihr das Glück mit Tobias nicht?

Sie hatte so etwas noch nie getan, sich noch nie auf diese Weise mit einem Mann eingelassen, ohne nach dem Morgen zu fragen. Es war eine völlig neue Erfahrung, und zwar eine, die sie aus vollen Zügen genoss, da sie wusste, dass sie so etwas nur einmal in ihrem Leben tun würde. Und gleichzeitig erkannte sie eine wachsende Vertrautheit, Vertrauen, das zwischen ihnen wuchs, weshalb sie seine Reaktion wie eben noch auf dem Flur vor dem Bad tief verletzt hatte.

Und jetzt das, die nächste Drohung. Hatte Tobias etwas damit zu tun? Sie sehnte sich danach, dass er ihr sagen würde, es handele sich hier nur um einen bösen Scherz, eine missglückte Einladung für das nächste Spiel.

Doch etwas an dem Blatt Papier in der Hand sagte ihr, dass dem nicht so war.

Mühsam erhob sie sich wieder, als ihr die CD einfiel, die Tobias ihr mitgegeben hatte. Sandra lief ins Wohnzimmer zum Regal. Dort lag beides und war, soweit sie das beurteilen konnte, von niemandem angefasst worden: eine CD mit den Bildern und ein A4-Umschlag. Sie zog das Bild heraus und betrachtete es.

Es war ironischerweise eine Porträtaufnahme von ihr, obwohl Tobias doch anfangs beteuert hatte, so etwas mache er gar nicht. Das Bild war zufällig entstanden, und wie bei den meisten anderen hatte sie gar nicht mitbekommen, dass sie fotografiert worden war. Es zeigte sie vor dem dunklen Stamm des Kirschbaums, die Haare noch zusammengebunden, ein paar lose Strähnen fielen ihr locker ins Gesicht. Sie schaute am Betrachter vorbei in die Ferne. Ihr Mund war zu einem feinen Lächeln verzogen, und ihre Augen leuchteten voller stiller Freude. Worüber, das wusste sie nicht mehr. Aber Tobias hatte so ähnlich gelächelt, still und stolz, als er es ihr gegeben hatte.

Und jetzt kam jemand daher und erpresste sie mit den anderen Fotos, die an diesem denkwürdigen Tag entstanden waren. Ob man diese Bilder erotisch, ästhetisch, anzüglich oder wie auch immer bezeichnen würde, blieb dahingestellt. Es war völlig klar, mit was für einer Schmutzkampagne das enden würde, wenn sie, Sandra Wacker, aufstrebende Polizeikommissarin, mit Closeups ihres Körpers und vor allem ihres Intimbereiches im Internet in Verbindung gebracht werden würde. Closeups, auf denen ihr Gesicht sehr deutlich zu erkennen war. Die Fotos waren schön und viel weniger anzüglich, als sie erwartet hatte, aber sie konnte hundertmal diesen künstlerischen Aspekt betonen, es würde sie kaum vor dem Rufmord bewahren.

»Verdammte riesengroße blöde Scheiße!« Sie zerknüllte den Drohbrief, den sie immer noch in der Hand hielt, und pfefferte ihn in den Raum.

Was sollte sie denn jetzt machen?

17. Kapitel

Die Sommernacht umhüllte sie und gaukelte vor, dass die Welt friedlich und still im Schlaf versunken war. Sandra wusste es natürlich besser, doch das hinderte sie nicht daran, diese ungewöhnlich ruhige Schicht zu genießen. In gemächlichem Tempo lenkte Hagen den Streifenwagen durch die Randbezirke der Stadt.

»Was ist los mit dir?«, wollte er irgendwann wissen.

»Was? Nichts. Ich bin nur müde.« Wie zur Bestätigung gähnte Sandra hinter vorgehaltener Hand. Ihre Gedanken wanderten beständig zwischen den Erinnerungen an Tobias' Messer-Therapie und dem Drohbrief hin und her und der Frage, wie das eine mit dem anderen zusammenhing.

Hagen brummte unzufrieden, schwieg jedoch.

Sandra hatte bereits die halbe Schicht lang versucht, zu ihm durchzudringen und ihr von seinem Einsatz mit Boris bei dieser Schlägerei zu erzählen, doch er hatte sie auflaufen lassen. Der Zustand ihres gemeinsamen Kollegen war unverändert kritisch.

»Sag mal, Hagen. Nur mal hypothetisch: Was müsste das für ein Mensch sein, der einen Polizisten erpresst? Kannst du dir so was vorstellen?« Einen Moment lang hatte sie den Eindruck, der Wagen stockte, als würde Hagen bremsen, doch sicherlich war es nur eine Bodenwelle. Sie war einfach völlig überreizt.

Ihr Kollege antwortete mit einem erneuten Brummen. Er fuhr in einen Wirtschaftsweg, hielt an einer kleinen Baumgruppe an und stieg aus. Sandra öffnete die Wagentür, blieb jedoch sitzen. Ein Schwall warmer Luft schlug ihr entgegen, da Hagen die Klimaanlage gern so kalt wie möglich einstellte.

Nachdenklich beobachtete sie die schlanke Silhouette mit dem Lockenschopf, die vor ihrem Gesicht herumhantierte. Eine kleine Flamme leuchtete auf, und Sandra stutzte. »Seit wann rauchst du denn?«

Hagen sog an der Zigarette. »Ich rauche *wieder*, nachdem ich vier Jahre lang aufgehört habe. Seit der Sache mit Boris.« Rote Glut glomm bei seinem nächsten Zug auf. Seine Bewegungen waren fahrig und nervös.

Sandra stieg aus dem Wagen und trat auf ihn zu.

Hagen ließ die Schultern kreisen und streckte das Kreuz durch. Er führte die Zigarette zum Mund, während er Sandra wachsam, beinahe lauernd beobachtete. Das Abblendlicht des Streifenwagens spiegelte sich in seinen dunklen Augen als goldgelbe Funken.

Einen Moment lang war Sandra von dem Anblick des Mannes gefangen.

»Warum hast du das eben gefragt?«, rissen seine Worte sie aus der Erstarrung. Seine Stimme war belegt.

Sandra schüttelte verwirrt den Kopf. »Es war nur hypothetisch. Ich habe das letztens in einem Krimi gelesen und fand das ziemlich weit hergeholt.« Diese Lüge war noch weiter hergeholt, aber ihr war auf die Schnelle nichts Besseres eingefallen. Was war denn mit Hagen los?

»Sicher? Nichts über Kollegen gehört oder so?«

»Nein.« Nachdrücklich schüttelte Sandra den Kopf »Ganz sicher nicht. Aber was soll das? Wer erpresst hier wen?«

»Niemand. Alles in Ordnung.« Hagen sog ein letztes Mal an seiner Zigarette, warf die Kippe auf den Weg und bohrte den Schuhabsatz hinein, als müsste er Steine zertrümmern. Gleichzeitig holte er eine Rolle Pfefferminzbonbons aus der Hosentasche und steckte sich zwei davon in den Mund.

Sandra kam auf ihn zu und packte ihn am Arm. »Willst du mich für blöd verkaufen?«

Augenblicklich versteifte er sich unter ihrem Griff. »Du hast doch damit angefangen.« Er sah sie mit herausfordernd gehobenen Augenbrauen an. Einen langen Moment standen sie so, bis er die Mundwinkel zu einem unbeholfenen Lächeln verzog und ihr freundschaftlich die Hand auf die Schulter legte. »Würde mir im Traum nicht einfallen. Tut mir leid. Es gab da mal was. Aber die Sache ist erledigt. Wirklich. Mir ist nur nicht ganz wohl dabei. Vergiss es. Ich bin noch nicht ganz der Alte, ein bisschen paranoid.« Seine Hand wanderte zu ihrem Handgelenk und löste sanft, aber bestimmt ihren Griff um seinen Oberarm. Dann beugte er sich völlig unerwartet herunter und drückte ihr einen Kuss auf die Stirn. »Du bist eine wahnsinnig tolle Kollegin, Sandra. Wenn mal irgendwas ist, sag mir bitte Bescheid. Ich helfe dir. Du musst deine Probleme nicht alleine lösen. Ich habe das auch versucht, das bringt nichts. Versprich mir das!«

Sandra schloss den Mund, der vor Erstaunen offen gestanden hatte.

Hagen fuhr sich mit gespreizten Fingern durch die widerspenstigen Locken und wandte sich ab. Er umrundete den Streifenwagen und öffnete die Fahrertür. »Kommst du?«

Sandra ließ sich auf den Beifahrersitz fallen und versuchte, ihre Gedanken zu ordnen. Was war denn das bitte schön gerade gewesen? Glaubte Hagen allen Ernstes, sie würde seine kryptischen Andeutungen jetzt so stehen lassen?

»Kannst du mir bitte mal erklären …« Ihre Worte gingen im Krächzen des Funkgerätes unter. Ganz automatisch nahm sie die Meldung eines schweren Verkehrsunfalls entgegen.

Hagen schaltete Blaulicht und Sirene ein und gab Gas. Ihre Unterhaltung war beendet und hatte Sandra keinen Schritt näher zu der Antwort auf ihre Fragen gebracht, wer hinter diesen Drohbriefen stecken könnte und wie er an die Bilder gekommen war, sofern er nicht aus dem direkten Umfeld von Tobias und seinen Partnern war – oder sogar einer von ihnen. Aber wer?

Der Rest der Nacht ließ ihr keine Gelegenheit mehr, darüber intensiver nachzudenken. Nachdem Hagen sie am Morgen vor ihrer Wohnung abgesetzt hatte, schaffte sie es gerade noch bis zur Couch. Dort ließ sie sich fallen und schlief sofort ein.

Sandra erwachte am frühen Mittag mit verspannten Gliedern und schlechtem Geschmack im Mund. Sie musste duschen, sofort und auf der Stelle. In Uniform auf der Couch zu schlafen war eine denkbar schlechte Idee und noch dazu wenig erholsam.

Auf dem Weg ins Bad zog sie sich aus und putzte sich dann als Erstes die Zähne. Dann endlich prasselte der heiße Wasserstrahl auf sie nieder und erweckte ihre Lebensgeister. Was würde sie jetzt dafür geben, die Dusche im Bad der Villa zu benutzen …

Müßig, darüber nachzudenken. Sandra stellte die Dusche auf ein dünnes Rinnsal ein und begann, sich zu rasieren. Bilder tauchten in ihrem Kopf auf, seltsamerweise nicht von Tobias, obwohl sie sich nach dessen Nähe sehnte – mehr, als sie sich eingestehen wollte. Sie sah Vicky vor sich, wie sich ihre rasierten Schamlippen nach vorne gewölbt hatten, als Eric sie von hinten genommen hatte. Dieser seltsame Anblick ihrer leeren Scham und der verzückten Ekstase, weil er sich hinten in ihr bewegte.

Sandra legte den Rasierer ab und ließ eine Hand über ihren Po gleiten. Dann fuhr sie mit dem Daumen zwischen die nassen Backen. Sollte sie?

Ein leichtes erwartungsvolles Kribbeln erfasste sie bei der Vorstellung. Ihr Daumen umspielte die feste Rosette. Unvorstellbar, dass ein Mann dort eindringen konnte. Andererseits hatte sie ja gesehen, dass es funktionierte. Und ziemlich erregend sein musste.

Zögernd streichelte sie über ihr Loch, bewegte versuchsweise den Schließmuskel gegen den Daumen.

Dann musste sie beinahe über sich selbst lachen. Sie stand allein unter ihrer Dusche. Wem war sie Rechenschaft darüber schuldig, was sie in ihren eigenen vier Wänden trieb?

Ein wenig mutiger von dieser Erkenntnis drehte sie den Duschstrahl etwas auf und ging in die Hocke. Das Wasser prasselte angenehm warm und beruhigend über ihren Rücken.

Sie ließ die Hand über ihren Oberschenkel nach vorn gleiten und rieb über ihren frisch rasierten Hügel, um sich einzustimmen. Sie war ein wenig nervös, doch als sie erst einen, dann zwei weitere Finger in ihre Mitte versenkte, wunderte es sie überhaupt nicht, wie nass sie bereits war. Es hätte nicht viel gefehlt, und sie hätte es sich anders überlegt und die Hand so lange auf das aufgeregte Pochen gepresst, bis sie gekommen wäre. Doch sie bemerkte ein neues Verlangen, ein unbekanntes Ziehen, wenn sie die Muskeln an ihrer Rosette spannte.

Die Neugier siegte. Sie zog die mit ihren eigenen Säften benetzten Finger mit leisem Bedauern wieder heraus und verteilte die Feuchtigkeit hinten. Bevor das Wasser wieder alles wegspülen konnte, stieß sie einen Finger hinein.

Erst merkte sie kaum etwas, doch als sie einen zweiten Finger in die Enge trieb und leicht bewegte, lief ein Prickeln erwartungsvoll durch ihren Körper.

Sandra kniete sich aufrecht hin, ohne die Finger herauszuziehen. Mit kleinen zaghaften Stößen trieb sie die Finger in sich hinein. Sie keuchte auf, gefangen in dieser neuartigen Erfahrung. Ohne darüber bewusst nachzudenken, drang sie mit dem Finger der anderen Hand zwischen ihre Schamlippen.

Ihr Körper reagierte sofort, und im nächsten Moment wagte sie kaum noch, sich zu bewegen, so schnell steigerte sich ihre Lust. Gequält schluchzte sie auf, genoss den Druck in beiden Löchern, vorn und hinten gefangen zwischen ihren Händen. Sie streckte das Becken nach vorn, wich den zustoßenden Fingern dort aus und zuckte nach hinten gegen die andere Hand, die sich verheißungsvoll in die Enge bohrte.

Ihr Schoß brannte vor Erwartung.

Sie hielt inne und fragte sich für einen Moment, wie Tobias dieser Anblick gefallen würde. Und sie war sich sicher, er würde es lieben. Er würde dieses ganz bestimmte Lachen lachen, diese spöttische Herausforderung.

Sie sah ihn vor sich, wie er ihr als Gefangener zugesehen hatte, ungeniert seinen prallen Schwanz hart massierend.

Das war zu viel.

Mit einem lauten Schrei brach Sandra nach vorn zusammen, presste die Hand in ihren pochenden Schoß, während sie die Finger der anderen Hand tief hineintrieb, immer wieder zustieß, bis diese unbekannte köstliche Woge nachließ.

Erschöpft zog Sandra ihre Finger zurück, setzte sich auf, lehnte sich gegen die kühlen Fliesen und genoss das warme

Wasser. Ihre Rosette bebte noch nach, entspannte sich nur langsam.

Der Anblick von Vicky und Eric war zweifelsohne anregend gewesen. Doch jetzt erst verstand sie vollkommen, was die Frau dabei empfunden haben musste. Und der Wunsch, dass Tobias sie auf diese Weise nahm, erwachte.

Sandra kannte sich selbst gut genug. Sie wusste, dass sie keine Ruhe mehr haben würde, bis sie diesem Wunsch nachgegeben hätte.

Wenn da nur nicht dieses kleine Problem wäre …

Die Drohbriefe hätten Sandra ohnehin nicht davon abgehalten, Tobias wiederzusehen. Dazu war sie viel zu trotzig. Aber auch so hatte sie einen Entschluss gefasst: Angriff ist die beste Verteidigung.

Vorsicht war allerdings auch nicht zu verachten. Und so nahm sie statt ihres Autos ein Taxi, als sie am Abend zur Villa fuhr, und ließ sich einen Häuserblock früher absetzen.

Aufmerksam beobachtete Sandra ihre Umgebung, lauschte auf verdächtige Geräusche, spähte in Autos und hinter die Büsche der Vorgärten. Nirgendwo war etwas Ungewöhnliches zu sehen. Die Auffahrt zum Haus lag still und verlassen da, außer dem Porsche stand dort nur ein zweites Auto, eins von denen, die auch beim Dreh hier geparkt hatten.

Sandra hielt sich im Schatten, war sich ziemlich sicher, dass niemand sie gesehen hatte oder ihr gefolgt war.

Sie brummte unzufrieden und betätigte die Klingel. Während sie wartete, dass jemand öffnete, stellte sie sich so hinter eine der Säulen, dass sie von der Straße aus nicht zu sehen war.

Wer steckte hinter diesen Briefen? Woher wusste derjenige so gut Bescheid, und wie war er an ihre Bilder gekommen?

Alles sprach dafür, dass der Erpresser aus den Reihen der ›Sieben Sünden‹ stammte oder zumindest herausragende Kontakte und Kenntnisse der internen Vorgänge im Haus hatte.

Wie konnte sie das herausfinden?

»Sandra, schön, dich zu sehen!« Tobias hatte die Tür geöffnet und strahlte sie an, hielt jedoch verdutzt inne, als sie sofort an ihm vorbei ins Innere huschte. Erst in der Halle ließ sie sich von ihm in die Arme nehmen und erwiderte den ungestümen Kuss, mit dem er sie begrüßte. Seine Nähe brachte ihr Blut sofort in Wallung, doch sie beherrschte ihr Verlangen und schob ihn von sich.

»Tobias, ich möchte dich erst etwas fragen.«

Er hob fragend die Augenbrauen.

»Ein Kollege von mir feiert bald Silberhochzeit. Ich habe ihm von deinen Fotos erzählt, und er überlegt, sich und seiner Frau ein Shooting zu schenken. Dazu will er aber gewährleistet haben, dass niemand an diese Fotos kommt.«

»Niemand an die Fotos kommt? Was meinst du damit?«

»Na ja.« Sandra zuckte mit den Schultern. »Er hat Bedenken, dass dein Computer gehackt wird und sich seine Fotos im Netz verbreiten. Ich habe bisher an so was gar nicht gedacht, aber das könnte doch passieren, oder?« Sie blickte Tobias offen an und hoffte darauf, dass er ihr diese Arglosigkeit abkaufte. Dabei war das ja gar nicht mal komplett gelogen. Bis zu diesen verdammten Briefen wäre sie nicht auf eine solche Befürchtung gekommen.

Tobias' Miene wechselte dagegen von Verblüffung zu Missmut. »Du machst Witze, oder?«, stieß er hervor.

Sandra gab sich unschuldig. »Das war doch nicht meine Idee. Du hast mir erklärt, wie sehr du auf die Privatsphäre deiner Kunden achtest. Aber das schließt Diebstahl ja nicht aus.« … *und darauf folgende Erpressung*, ergänzte sie in Gedanken.

Tobias schüttelte erst langsam, dann immer schneller und nachdrücklicher den Kopf. Er griff nach ihrer Hand und zog sie mit sich ins Büro. »Nein, das ist ausgeschlossen. Vollkommen ausgeschlossen! Pass auf!« Er ließ sie los, bückte sich halb unter den Schreibtisch und zeigte auf die beiden Geräte in einem Fach darunter.

»Das da unten sind zwei Rechner. Der rechte ist brandneu und ein ganz normaler PC mit allem, was man braucht, einschließlich Internetzugang, klar?« Er funkelte Sandra aufgeregt an, und sie nickte eilig, überfordert von seiner Heftigkeit.

Etwas besänftigt fuhr er fort: »Das linke Gerät ist etwas älter, aber extrem leistungsfähig und mit jeder Menge Spezialprogrammen ausgestattet. Ich will dich nicht mit Einzelheiten langweilen, aber darauf schneide ich die Filme, vertone gegebenenfalls nach und bearbeite die Bilder.«

Er deutete auf ein CD-Laufwerk und einen USB-Anschluss. »Das da ist die einzige Verbindung zur Außenwelt für dieses Baby. Klar? Der hat keinen Internetzugang! Das ist der einzig wirksame Schutz!«

Er richtete sich auf, holte Luft und fuhr mit der Hand durch die Luft.

Sandra grinste kleinlaut und schwieg.

»Du hast ja grundsätzlich recht mit solchen Bedenken«, lenkte Tobias ein, als sie weiter schwieg. »Aber wir beide hatten diese Diskussion schon mal, erinnerst du dich? Ich mag diese faulen Anschuldigungen nicht.«

»Don't shoot the messenger. Das waren nicht meine Bedenken, sondern die meines Kollegen«, widersprach Sandra und erntete sofort ein leises Lachen.

Tobias schien sich endlich wieder zu fangen. »Tut mir leid. Weißt du, meine lieben sündigen Partner halten mich teilweise für paranoid, aber die müssen auch nicht solche Diskussionen führen. Siehst du diese Klappe? Die wird verschlossen, dann kann man den PC nicht einmal mehr anmachen. Und nur ich habe den Schlüssel. Niemand kommt an das Laufwerk und die Anschlüsse, niemand kommt an Daten auf diesem PC ran. Man müsste schon das gesamte Gerät mitnehmen und knacken.« Er beugte sich herausfordernd zu ihr. »Weitere Fragen?«

»Nein, schon gut.« Sandra lachte mit gespielter Fröhlichkeit. »Ich werde es so weitergeben. Vielleicht meldet mein Kollege sich.«

»Sekunde noch.« Tobias wandte sich dem Schreibtisch zu und wühlte in einem Stapel Papier. Schließlich hatte er gefunden, wonach er gesucht hatte, und reichte Sandra einen dicken Umschlag. »Hier, gib das deinem Kollegen. Darin sind ein paar Entwürfe für eine Einladung an seine Frau. Wir könnten so etwas für beide gestalten, dadurch werden die eingeladenen Partner etwas besser auf die gesamte Situation vorbereitet. So ein Shooting soll etwas Besonderes sein.« Er zwinkerte ihr vielsagend zu.

Sandra nahm den Umschlag dankend an, verstaute ihn in ihrer Handtasche und versprach, ihn weiterzugeben.

Insgeheim war sie nicht schlauer als vorher, im Gegenteil. Wenn niemand an die Daten kam, hieß das, dass Tobias sie erpresste?

Das erschien ihr irgendwie nicht logisch. Warum sollte er sich ihr annähern und sie immer wieder einladen, wenn es in Wahrheit sein Wunsch war, dass sie sich von ihm fernhielt? Das hätte er einfacher haben können. Und wenn er Material hatte haben wollen, mit dem er ihr schaden wollte, dann besaß er nun welches. Es gäbe keinen Anlass für weitere Dates.

Abgesehen davon, dass Sandra es inzwischen mehr als bedauern würde, falls er sie nicht mehr sehen wollte, ergab das alles überhaupt keinen Sinn.

Sie nickte Tobias noch einmal bekräftigend zu, und endlich entspannte er sich.

»Vielen Dank für dein Vertrauen«, brummte er, grinste dabei jedoch.

Sandra trat an ihn heran und lächelte ihn jetzt aufrichtig an. »Ist ja schon gut, ich habe das wirklich nicht so gemeint. Ich vertraue dir, und ich kann das guten Gewissens weitergeben.«

Statt einer Antwort legte Tobias ihr eine Hand in den Nacken und zog sie näher an sich. Seine Zungenspitze berührte ihre Lippen, bis sie den Kuss erwiderte. Er ließ seine Hand über ihren Rücken gleiten.

Die schmeichelnde Berührung verursachte Sandra eine Gänsehaut und Lust auf das, was folgen würde. Sie drängte sich näher an ihn und genoss das Kitzeln seiner Zunge über ihren Gaumen.

Plötzlich ließ Tobias von ihr ab, und seine Lippen streiften ihre Ohrmuschel. »Hast du Hunger?«, raunte er.

»Geht so. Wieso?«

»Weil wir etwas vorbereitet haben. Nachdem ich deinen Anruf bekommen habe. Diesen verruchten Anruf von dir. Diesen Anruf mit deiner schmutzigen Fantasie …« Seine Stimme verlor sich in einem Kichern.

Misstrauisch musterte Sandra seine betont unschuldige Miene. Seit der Sache mit dem Messer fühlte sie sich mutiger. Was konnte schon passieren?

Schlimmer wäre doch, wenn sie heute Abend nicht mehr erfahren würde, was er wieder für sie vorbereitet hatte. »Ich habe Appetit. Was hast du anzubieten?«

»Wirst du schon sehen. Wenn die Dame mir bitte folgen möchte.« Wie ein galanter Tänzer reichte er ihr eine Hand, und sie hakte sich bei ihm unter. Gemeinsam verließen sie das Büro, und Sandra entschied sich, ihre Nachforschungen auf morgen zu verschieben. Für heute fühlte sie sich sicher.

18. Kapitel

»Beweg deinen Arsch, Hübsche! Bring Wein!« Dommi klatschte der vorbeieilenden Vicky so kräftig auf den Hintern, dass sie aufquietschte und beinahe die Teller hätte fallen lassen, die sie gerade hinaustragen wollte.

Conny, im gleichen unscheinbaren Dienstbotengewand, grinste von der anderen Seite des riesigen Tisches zu Sandra hinüber und senkte dann hastig, scheinbar demütig den Kopf.

Dieses Mal war alles ganz anders, eher frivol und heiter. Der Raum im ersten Stock des Hauses war in das orange-goldene Licht der untergehenden Sonne getaucht, das durch breite Fenster mit luftigen weißen Vorhängen fiel.

Sandra saß am Kopfende der gedeckten Tafel und fühlte sich nicht sehr wohl in dem ausladenden grünen Kleid, das man ihr für das Festmahl gegeben hatte. Was weniger an dem Kleid lag, das wirklich hübsch und dem Rahmen angemessen war, sondern hauptsächlich an dem enggeschnürten Mieder, das ihr die Luft abdrückte. Der hochgedrückte Busen mit den nur sehr knapp bedeckten Brustwarzen konnte sich allerdings sehen lassen.

Sie legte den zierlichen Löffel auf den leeren Dessertteller vor sich ab und nippte an ihrem Rotwein. Sie hatte während des Essens kaum etwas getrunken, doch die vielen kurzen heißen Nächte in letzter Zeit führten dazu, dass der Alkohol sie benebelte. Unkonzentriert wanderte ihr Blick über den üppig gedeckten Tisch mit dem goldverzierten Geschirr auf einer dunkelroten Brokattischdecke und den silbernen mehrarmigen Kerzenleuchtern. Eigentlich war dieser Raum dem Mittelalter gewidmet. Roh verputzte Wände mit gusseisernen Fackelhaltern an der Wand umgaben sie. Doch die Kostüme ihrer vier Mitspieler ließen sich irgendwo zwischen Barock und Rokoko einordnen. Und trotzdem – oder gerade deswegen – fügte sich alles zu einem bunten harmonischen Durcheinander.

Dommi fuchtelte herrisch mit einer Hand in der Luft herum, und die beiden Dienstmädchen eilten aus dem Raum. Sandra blieb mit den beiden Herren, die rechts und links von ihr an den langen Seiten des Tisches saßen, allein zurück.

Tobias beugte sich zu ihr. Sein helles, vorn geschnürtes Hemd bauschte sich und zeigte unverschämt viel Haut. Allein der Anblick trieb Sandra das Blut in den Kopf und ließ ihr Herz schneller schlagen.

Er hob sein Weinglas und schaute ihr dabei tief in die Augen. »Und welche Wünsche dürfen wir Euch heute erfüllen, Prinzessin?« Unter dem Tisch streifte plötzlich seine Hand ihren Oberschenkel.

Sie erschauderte unter der Berührung. »Prinzessin? Ich bitte dich!« Dabei sah sie neugierig von einem zum anderen.

Tobias' forsche Hand bahnte sich ihren Weg über den raschelnden Stoff näher zu ihrer Hüfte.

Dommi lehnte sich zurück, ließ einen Arm über die Rückenlehne seines Stuhles baumeln und prostete ihr ungeniert zu. Als Vicky den Raum betrat und an der Tür stehen blieb, glitt ein anzügliches Grinsen über seine Züge. »Mal sehen, was wir dir bieten können.« Er schnippte mit den Fingern und zeigte auf seinen Schoß. »Mädchen, komm her, und zeig mal, was du draufhast.«

Tobias legte die Hand vor den Mund und tat, als müsste er husten, doch Sandra erkannte, dass er sich ein Lachen verkneifen musste. Sie grinste, wobei sie diese Darbietung unerwartet faszinierend fand. Dommi hangelte sich schon das gesamte Essen mit zotigen Albernheiten durch den Abend, und doch ging eine unterschwellige aggressive Dominanz von ihm aus, die sogar Tobias ein Stück verblassen ließ, zumal der sich eher zurückhielt.

Nein, zurückhaltend waren seine Annäherungen nun auch wieder nicht. Seitdem sie hier saßen, waren da seine Hände unter dem Tisch, jedes Mal nur ein flüchtiges, wie zufällig erscheinendes Streicheln, das sich jedoch gemäß einer geheimen Choreographie immer weiter in Richtung ihrer Körpermitte vorarbeitete. Da Sandra nie vorhersehen konnte, wann er sich näherte, elektrisierte sie jede Berührung ein bisschen mehr, und so saß sie inzwischen in einer seltsamen Zerrissenheit aus Anspannung und Muße auf der Kante ihres Stuhls und konnte sich kaum auf das belanglose Gespräch zwischen den beiden Männern konzentrieren.

Das schien ohnehin inzwischen endgültig beendet. Dommi hatte die widerstrebende Vicky derb gepackt, auf seinen Schoß gezogen und sein Gesicht in ihrem Ausschnitt vergraben. Mit Zähnen und Fingern zupfte er ihr die Schnüre des mausgrauen Kleides auf und wehrte dabei geschickt ihre empörten Widerstandsversuche ab.

Die Hand an Sandras Schenkel war verschwunden. Tobias hatte immer noch sein Weinglas erhoben und wartete auf eine Antwort.

Sandra zuckte unschlüssig mit den Schultern. Ihr war es ganz recht, wenn der Abend einfach so weiterlief. Das Essen war großartig gewesen. Sollten ihre Gastgeber doch sehen, was sie ihr zum Nachtisch servierten. Hatten die vier nicht ohnehin schon alles ganz genau ausgeheckt?

Es schien so. Vicky wehrte sich noch immer gegen Dommis Zudringlichkeit, der ihre Brüste inzwischen entblößt hatte und verzückt an ihren kleinen Nippeln saugte. Doch Sandra musste gar nicht erst genauer hinsehen, um zu erkennen, wie sehr das blonde Dienstmädchen die groben Liebkosungen ihres Mannes genoss. Sie hatte die Hände in seinen Haaren vergraben und drängte ihn so unauffällig näher an sich.

Es war eine Show, exklusiv für Sandra.

Doch dieses Mal sollte sie nicht nur zuschauen.

Tobias schenkte ihr einen letzten langen Blick, den sie nicht recht deuten konnte, und setzte sein Glas ab. Dabei schien er jemandem unauffällig ein Zeichen zu geben.

Sandra wollte sich umdrehen, um zu sehen, was da vor sich ging, als sich zwei Hände auf ihre Schultern legten und sie daran hinderten. »Noch etwas Wein?«

Ein kleines Rinnsal der roten Flüssigkeit tropfte ihr auf die nackte Schulter und perlte kitzelnd über die Haut. Atem streifte sie, und jemand leckte den Wein ab.

Sandra versteifte sich und schloss die Augen. Das musste Conny sein. Unsicher verharrte sie, während neuer Wein heruntertropfte und ihr, eine rote Spur hinterlassend, in den Ausschnitt lief.

Sie wollte einen fragenden Blick an Tobias richten, doch der war verschwunden. Im gleichen Moment packte jemand ihre Knöchel, um ihre Beine zu spreizen. Hände fuhren über ihre Waden, liebkosten ihre Kniekehlen. Immer weiter hinauf zu ihrer Mitte drängten sie sich zwischen ihre Schenkel, zwangen sie sanft, aber bestimmt auseinander.

Connys Mund folgte der roten Spur, senkte sich tiefer in ihr Dekolleté und brummte zufrieden. Ein paar rote Haarsträhnen hatten sich aus ihrem Zopf gelöst und kitzelten über Sandras Haut. Ihr Atem beschleunigte sich, da Conny nun das stramme Mieder ein klein wenig nach unten schob und die Brustwarzen emporzupfte. Als sie ihre vollen Lippen um eine der harten Knospen legte und daran herumknabberte, konnte sie sich nicht länger zurückhalten und stöhnte laut.

Conny richtete sich auf, langte mit beiden Händen über Sandras Schultern und knetete ihre Brüste. Sie griff viel härter zu als Tobias und entlockte Sandra ein weiteres widerstrebendes Keuchen. Das Mieder fühlte sich enger an als zuvor, schnürte ihr den Brustkorb ein und verhinderte, dass sie richtig Luft holen konnte.

Vor allem als Tobias' Kopf zwischen ihren Schenkeln angekommen war und seine Zunge sich in ihre heiße Spalte schob.

Sie stöhnte hilflos, hatte plötzlich das Gefühl, überall von Händen und Lippen umgeben zu sein, die ihren gesamten Körper vereinnahmten und keinen erregbaren Millimeter ausließen.

Dommi hatte Vicky das Kleid ausgezogen und sie auf den Tisch gehoben, wo sich ihre nackte Haut scharf von der dunkelroten Decke abhob. Die Frau zwinkerte Sandra zu und winkelte ein Bein so an, dass sie den vollen Blick auf ihre klaffenden Schamlippen freigab. Ihr Mann hatte sich inzwischen seiner Hose entledigt und trat, seinen prallen Schaft in den Händen, auf sie zu. Er tippte mit der Spitze gegen ihre Klitoris, versenkte sich kurz und rieb dann seinen nassen Schwanz gegen ihre Innenschenkel und ihren Venushügel. Vicky lehnte sich zurück und genoss die sinnliche Massage.

Sandra krallte sich in die Tischdecke und wusste nicht mehr, wohin mit diesen ganzen Sinneseindrücken. Neuer Wein benetzte ihre Brüste, auf denen Connys Behandlung bereits rote Male hinterlassen hatte. Ihr Nacken prickelte.

Tobias malträtierte ihren Lustpunkt unbarmherzig mit der Zunge und pfählte sie mit seinen Fingern.

Sandra brach der Schweiß aus. »Zu viel. Das ist zu viel, das halte ich nicht aus …« Sie versuchte, Conny abzuwehren, was der ein erfreutes Kichern entlockte und sie dazu veranlasste, ihr so kräftig in die Brustwarzen zu kneifen, dass es schmerzte. Gleichzeitig rammte Tobias seine Finger wie eine heiße Flamme in ihr Fleisch.

Das waren Himmel und Hölle gleichzeitig. Sandras Schrei erstarb in dem vergeblichen Versuch, Luft zu holen, zu einem Wimmern, als der Orgasmus sie überrollte und nach vorn warf. Conny war hinter ihr, drückte sie nieder und nahm ihr auch die letzte Bewegungsfreiheit.

Sie wollte die Beine zusammenpressen, doch da war Tobias, der verstanden hatte, was vorging, und sie mit Zunge und Hand zu weiteren Höhen trieb.

Sandra presste die Augen zusammen, bis sie Sterne sah. Nur sehr langsam begann die Welt um sie herum, sich wieder zu drehen.

Eine letzte Welle ließ sie erschauern, dann lag sie still da. Tobias hatte sich vollständig zurückgezogen.

Als Conny sie nach einer gefühlten Ewigkeit freigab und sie sich aufrichten konnte, fiel ihr Blick unvermeidlich auf das Paar vor ihr. Dommi hatte sich gerade wieder von Vicky gelöst. Die beiden schienen eine geheime Botschaft auszutauschen.

Nach den Erfahrungen mit Heike beim Kerkerspiel ahnte Sandra, dass dies noch nicht das Ende war.

Vicky schob das Geschirr mit einer lässigen Handbewegung zur Seite. Ein Weinglas kippte um und hinterließ einen nassen Fleck auf der Tischdecke. Mit einem listigen Lächeln rutschte die Frau auf ihrem Po näher an Sandra heran.

»Kleines Vorspiel zur Einstimmung. Schon klar, oder?« Sie grinste.

Sandra nickte erschöpft. Hatte sie es nicht geahnt? Dabei war sie noch damit beschäftigt, wieder zu Atem zu kommen.

Irgendwer packte sie an der Hüfte, und sie wollte sich erheben. Doch Vicky stellte ihre nackten Füße auf Sandras Schultern und drückte sie auf die Tischplatte. Verwirrt bekam Sandra mit, dass der Stuhl weggezogen wurde. Dann griff jemand die Röcke und riss sie mit einem Ruck nach unten. Nähte krachten, und der Stoff gab nach. Kühle Luft traf auf Sandras nackte Schenkel und ihre nasse Scham. Sie wollte tief durchatmen, und wieder schnürte ihr das Mieder die Brust so eng, dass es nur ein halbes Keuchen wurde.

Vicky lachte leise und rückte näher. Der Duft von frischem Schweiß und Sex stieg Sandra in die Nase. Sie hob den Kopf und sah genau auf die Schamlippen der anderen. Ein kleiner Tropfen perlte aus der Spalte.

Vicky stemmte die Fersen in Sandras Nacken und legte die Hände in ihre Leisten. Mit aufreizender Langsamkeit zog sie das rosafarbene Fleisch auseinander. Milchige Tropfen schimmerten in der Höhle und tanzten vor Sandras Augen. Sie hätte sich unmöglich abwenden können, selbst wenn sie es gewollt hätte. Zu unmöglich war dieser Anblick und doch … erregend. Sie richtete sich etwas auf, wollte sehen, was ein Mann sah, wenn sie sich ihm darbot.

Vicky rutschte noch ein Stück näher, zog Sandras Arme unter deren Körper hervor und legte sie um ihre Mitte. Ganz automatisch begann Sandra, über die weiche Haut zu streicheln, und ihre Partnerin antwortete mit einem zufriedenen Schnurren.

Etwas Kaltes, das unerwartet auf ihren entblößten Hintern klatschte, riss Sandra aus ihrer Versunkenheit. Sie zuckte zusammen, und sofort waren da wieder Hände, verteilten die Kühle, massierten und liebkosten. Sie hörte leise Stimmen, doch Sandra konnte nicht verstehen, was sie sagten. Dommi lachte leise.

Dann stupste eine Fingerspitze gegen ihre Rosette, und sie erschrak erneut. Doch jede folgende Berührung war sanft und freundlich, und alle Empfindungen flossen ineinander über, wurden eins und vermittelten Sandra, dass sie sich keine Sorgen machen musste.

Vickys Hände fanden Sandras Hinterkopf und zogen ihn näher an ihren Schoß.

Sandra sog ihren Duft ein, überwand ihre letzten Hemmungen und streckte zaghaft die Zunge heraus. Sie schmeckte das prickelnd scharfe Aroma der anderen Frau, spürte, wie sie in die weichen Falten eindrang, und fand die kleine Perle, die vor ihrer Zungenspitze zu fliehen schien. Sandra schürzte die Lippen, umfing Vickys Lustpunkt und saugte gierig daran. Ihre Belohnung war ein sehnsüchtiges Stöhnen irgendwo über ihr.

Sie umklammerte Vickys Taille, als sie die Bewegung hinter sich bemerkte und ihre Rosette im gleichen Moment brutal gedehnt wurde. Ein scharfer Schmerz fuhr durch ihren Unterleib und löschte mit einem Schlag alle Erregung aus. Sie schrie entsetzt auf und riss den Kopf nach oben. Der Druck verschwand. Ihr Herz klopfte wie wild, und ihr wurde siedend heiß.

Vicky streichelte ihr über den verschwitzten Nacken und legte einen Finger unter ihr Kinn, so dass Sandra zu ihr aufsehen musste. »Alles in Ordnung?«

Sandra hatte sich wieder gefangen. Sie nickte keuchend und ließ den Kopf sinken.

Offenbar hatte Vicky ihre Einwilligung weitergegeben, denn sofort waren da wieder Hände, drängend in ihrer Spalte, verlangend, forschend zwischen ihren Backen. Kühle Flüssigkeit verteilte sich in ihrer Falte.

Beim zweiten Mal war Sandra darauf gefasst. Ein oder zwei Finger massierten ihre Klitoris, und Vicky hatte ihre Hand, wie um sie zu beruhigen, im Nacken liegen lassen und streichelte sie zärtlich.

Der Schmerz blieb aus, doch ebenso jegliches Lustgefühl.

Sandra spürte das vorsichtige rhythmische Stoßen des Mannes hinter sich. Es war doch Tobias? Oder? Sie versuchte, den Kopf zu drehen, allerdings hielt Vicky sie in ihrer sanften Umarmung gefangen. Sie wollte Luft holen, verschluckte sich und atmete stattdessen das weibliche Aroma ihrer Gespielin ein.

Das löste etwas aus.

Tief in Sandras Innerem gab es eine Erschütterung. Ihr Körper zuckte wie von selbst nach oben, und sie stöhnte laut.

Vicky drängte sich an sie, hob ihr den Schoß entgegen und verlangte nach ihrer Zunge.

Der Mann hinter ihr dehnte ihren Hintern auseinander, streichelte mit dem Daumen die empfindlichen Regionen und löste überall ein Prickeln aus. Sein Rhythmus war ungewohnt, die Stöße langsamer und länger.

Und dazu die Hand über ihrer Spalte, die forderte und knetete, sensibel und hart zugleich.

Die nächste heiße Welle brandete durch ihren Körper.

Sandra begann, den Akt zu genießen. Sie glaubte immer weniger, dass es Tobias war, doch ihr war es gleichgültig. Sie entspannte sich, drängte ihr Becken den Stößen entgegen, unter denen ihr Körper jedes Mal erbebte.

Dann hatte Sandra plötzlich das Gefühl, beobachtet zu werden. Sie drehte den Kopf so weit wie möglich nach rechts und musste schlucken. Dort saß Tobias entspannt und mit scheinbar geschlossenen Augen auf seinem Stuhl. Trotzdem war Sandra sicher, dass sein Blick auf ihr ruhte. Und dann kam Conny, setzte sich auf seinen Schoß und begann, ihn zu reiten. Ihre Bewegungen waren leicht und anmutig. Tobias legte den Kopf in den Nacken und umfasste ihre Hüften. Verlangend beugte die Rothaarige sich nach vorn, leckte ihm den Schweiß von der Brust, umspielte das Tattoo mit den Händen.

Dieses Mal überkam Sandra wütende Eifersucht, die eine glühende Spur durch ihr Innerstes zog und einen Stich in ihrer Brust hinterließ.

Sie ließ sich von Vicky heranziehen, hielt sich an ihr fest, während Dommi ihren Bauch umschlang, mit dem Handballen über ihren Lustpunkt fuhr. Er nahm sie schneller und härter jetzt, rammte schonungslos in sie, bis er mit einem lauten Keuchen kam.

Beinahe hätte die Eifersucht Sandras Empfindungen wieder verlöschen lassen. Doch nur beinahe. Die Lunte war gezündet, und das Paar, das sie in dieser männlichen und weiblichen Umarmung hielt, verstand sich auf das Spiel mit der Lust. Der Orgasmus begann irgendwo tief in ihr, rollte langsam vom Zentrum nach außen, jagte ihr kalte Schauer über die Haut und erfasste sie vollständig, ließ sie so heftig erbeben, dass Vicky sie von sich schob.

Scheinbar dauerte das Beben ewig, und sie hörte nur noch das Rauschen ihres Blutes in den Ohren und spürte nichts mehr, außer sich selbst.

Dommi löste sich von ihr, gab ihr einen Klaps auf den Po und war verschwunden.

Vicky strich ihr mit einem zufriedenen Kichern ein paar Strähnen aus der Stirn und folgte ihm.

Mühselig richtete Sandra sich auf, wobei ihr Kleid nach unten rutschte und es sofort aussah, als wäre nichts gewesen. Sie sah sich um. Nur Tobias befand sich noch bei ihr im Raum. Er saß noch immer auf dem Stuhl, die Arme vor der nackten Brust verschränkt und den Kopf Richtung Fenster gewandt. Merkwürdigerweise hatte er die weite Kniebundhose seines Kostüms bereits geschlossen. Nur ein paar feuchte dunkle Flecken ließen darauf schließen, was geschehen war.

Sandra öffnete ein paar Haken ihres Mieders und zog es über ihre Brüste. Endlich durchatmen …

Tobias rührte sich nicht.

Unsicher trat Sandra an ihn heran. »Ist alles in Ordnung?«

Endlich wandte er sich zu ihr, legte freundschaftlich eine Hand an ihre Hüfte. »Selbstverständlich. Hat es dir gefallen?«

»Ja, es war … unbeschreiblich.« Sandra stockte. Was war hier los?

Tobias lächelte. Seine Lider flatterten, und er wirkte erschöpft. »Das freut mich.«

»Aber eigentlich hatte ich erwartet, dass, du … also du und ich …« Sandra hielt inne, verwirrt von ihren eigenen Worten. Was hatte sie wirklich erwartet? Sie wusste es gar nicht, aber irgendwie blieb sie in ihrer Vorstellung von Sex in Eins-zueins-Situationen verhaftet. Sie und ein Mann. Nein, nicht irgendein Mann. Tobias. Dabei hätte ihr längst klar sein müssen, dass so etwas in diesem Haus eher die Ausnahme war.

Tobias zupfte ihr eine Haarsträhne von der Wange. »Ich dachte, dass du die geballte Kompetenz des Felsensteinerschen Ehepaares einmal erleben solltest. Ich kenne niemanden, der Dommi und Vicky in Kombination widerstehen kann.«

»Zweifellos, aber …« Sandra entdeckte einen Knutschfleck unterhalb seines linken Ohrs und zwang sich wegzuschauen.

»Ich hatte dir gesagt, dass ich Abwechslung mag. Ich nehme auch eine Frau von hinten, wenn sie es wünscht. Aber ausgerechnet dir möchte ich dabei in die Augen sehen, wenn du kommst.« Sandra erstarrte unter seinem Blick. Im Raum war es dunkel geworden, und nur der Schein der Kerzen rings um sie herum spiegelte sich in kleinen hellen Punkten in der tiefblauen Iris. Tobias sah traurig aus, unentschlossen. Aber vielleicht waren es doch nur die Hitze und die Erschöpfung?

»Möchtest du hier übernachten?«, fragte er plötzlich.

Sandra hob unschlüssig die Schultern. »Ich muss früh raus.« Innerlich machte ihr Herz einen freudigen Hüpfer. Sie hatte gerade den Eindruck, sich innerlich ein Stück von ihm entfernt zu haben. Vielleicht würde es sie wieder einander näherbringen, gemeinsam einzuschlafen. Nur er und sie.

»Ich kann dir unten das Himmelbett herrichten.«

Ach so meinst du das. Sandra biss wütend die Zähne zusammen. Nicht in seiner Wohnung, wie hatte sie das nur denken können? Oder wollte er das alte Machtspiel wiederaufnehmen? Sie hatte gedacht, sie wären darüber hinweg! Wenn er jetzt glaubte, sie würde ihn darum bitten, ihr sein Allerheiligstes zu zeigen, hatte er sich geschnitten. Sie verspürte keinen Drang nach einer weiteren Abfuhr.

»Nicht nötig. Ruf mir ein Taxi, ich fahre nach Hause.« Tobias starrte sie an, als hätte sie ihn geohrfeigt. Doch er nickte wortlos.

Sandra lächelte entschuldigend, stellte sich auf die Zehenspitzen und drückte ihm einen flüchtigen Kuss auf die Wange. »Du hast alles richtig gemacht. Danke für den schönen Abend!« Dann machte sie auf dem Absatz kehrt und lief eilig aus dem Raum, bevor er sehen konnte, dass ihr die Tränen in die Augen schossen.

19. Kapitel

Ihr letzter Besuch bei den ›Sieben Sünden‹ schien von ihrem Erpresser unbemerkt geblieben zu sein. Die Tage danach blieb es ruhig, und in Sandras Briefkasten landeten keine weiteren Botschaften.

Sie fand zwischen ihren Überstunden zu kaum mehr Zeit, als zu essen und zu schlafen, und sicherlich war das besser so. Tobias meldete sich nicht, und ihr Stolz ließ es nicht zu, ihn anzurufen. Sie waren zwar nicht im Streit auseinandergegangen, aber irgendwie war eine Menge ungesagt geblieben.

Die Hitze brütete über der Stadt und machte die Menschen aggressiv, was die ohnehin anstrengenden Schichten nicht leichter machte. Erst nach vier Tagen hatte Sandra endlich wieder einen ganzen Tag einschließlich der folgenden Nacht frei.

In den frühen Morgenstunden hatte es ein heftiges Gewitter gegeben, das die ersehnte Abkühlung brachte, und zur Abwechslung verlief die Arbeit danach ruhig. So joggte Sandra am späten Vormittag einigermaßen ausgeruht durch den Stadtwald und war mit sich und der Frage allein, wie sie ihr Verhältnis zu Tobias bezeichnen würde. Es hatte gar keinen Sinn, die eigenen Gefühle weiterhin zu leugnen.

Sie hatte sich definitiv in ihn verliebt.

Was sie bereits beim Kerkerspiel mit Heike bemerkt hatte, als sie angekettet mit ansehen musste, wie diese Frau sich an ihm zu schaffen machte, war beim Anblick von Tobias im Zusammenspiel mit Conny eskaliert. Mit welcher Hingabe und Selbstverständlichkeit sie ihn geritten hatte! Sandra knirschte allein bei dem Gedanken daran wütend mit den Zähnen.

Gleichzeitig war ihr bewusst, dass eine Beziehung mit ihm nicht in Frage kam. Selbst wenn sie akzeptieren würde, dass er es weiterhin vor der Kamera mit anderen Frauen trieb, dass ihm später Tausende Männer und vielleicht auch ein paar Frauen dabei zusahen – beruhte das Interesse doch wohl eindeutig nicht auf Gegenseitigkeit.

Eric hatte zwar indirekt behauptet, dass Tobias eine ganze Menge für sie empfand, aber hatte er nicht auch erwähnt, dass sie in dem Fall früher oder später Zugang zu seiner Wohnung und im übertragenen Sinne *zu ihm* bekäme?

Genau das Gegenteil war der Fall. Nicht nur die unmissverständliche Abfuhr, als die Frage im Raum stand, wo sie nach dem Kerkerspiel duschen könnte. Nein, die Sache mit der Übernachtung war doch wohl so eindeutig wie irgendwie möglich. Als würde sie in diesem Raum schlafen, der als Kulisse für Dutzende Paare gedient hatte! Da könnte sie sich genau so gut in die Piratenschiffkoje legen!

Aber die Frage stellte sich überhaupt nicht. Nein, es war völlig egal, was Tobias für sie empfand und ob er sich eine Beziehung vorstellen konnte oder nicht.

Sie konnte es nicht. Sie konnte das nicht akzeptieren, ihn mit vier anderen Frauen und einer ganzen Internet-Community zu teilen. Nicht so.

Bisher war ihr Verhältnis zueinander unverbindlich. Der Sex

war geil, im Vergleich zu ihrem bisherigen Liebesleben extrem und machte süchtig nach mehr. Aber er war ebenso unverbindlich.

Und mehr konnte es nicht sein.

Sandra wollte nicht teilen.

Was also tun?

Irgendwie wollte sich keine Antwort finden.

Was blieb, war die Erpressung. Sollte sie die Drohbriefe zum Anlass nehmen und komplett auf Abstand bleiben? Oder sich ab und zu ein tolles Rollenspiel, einen schnellen Fick, einen netten Nachmittag gönnen?

Irgendwie wollten ihr beide Vorstellungen nicht schmecken. Dem Erpresser nachzugeben schien genau so undenkbar, wie das Risiko einzugehen, dass er ernst machte.

Und auf Dauer würde sie sich ihren Gefühlen und einer Entscheidung stellen müssen.

Frustriert bohrte sie sich die Fingernägel in die Handflächen und lief schneller, versuchte, sich ganz auf das Geräusch zu konzentrieren, das ihre Joggingschuhe auf dem Waldboden machten. Ein nutzloses Unterfangen, wenn ihr Verstand, dieser miese Verräter, ihr immer wieder den Anblick von Tobias' muskulösen Oberkörper und seinem kraftvollen Lauf ins Gedächtnis rief. Genau hier, auf dieser Strecke hatte sie ihn gewonnen – und sich selbst verloren.

Und als spielte das Schicksal ihr noch nicht übel genug mit, fand Sandra bei ihrer Rückkehr einen neuen wattierten Umschlag. Trotz der sommerlichen Wärme und ihrem vom Sport aufgeheizten Körper überlief es sie eiskalt. Mit zitternden Händen trug sie das Kuvert in die Küche, legte es auf dem Esstisch ab und strich es mit den Händen glatt.

War es die Meldung zum Vollzug? Die höhnische Aufforderung, ihren Namen bei Google einzugeben und sich die Ergebnisse anzusehen?

Weil sie sich nicht ferngehalten hatte?

Sandras Beine gaben nach. Sie setzte sich auf einen der Stühle, stützte den Kopf in die Hände und starrte das unschuldig weiße Papier an, unfähig, sich dem Inhalt und den darauf folgenden Konsequenzen zu stellen.

In dem Moment fiel ihr etwas auf. Wo war ihre Handtasche? Sie sprang auf und fand sie im Flur an der Garderobe. Hastig wühlte sie darin herum und zog den Umschlag heraus, den Tobias ihr für die angebliche Anfrage ihres Kollegen mitgegeben hatte.

Zurück in der Küche, legte sie beide Kuverts nebeneinander, und es bestand eindeutig kein Zweifel: Es waren die gleichen. Ein dickes, cremig-weißes Papier mit einer leichten Maserung, die sich ein wenig rau unter den Fingern anfühlte. Jetzt erkannte Sandra sogar ganz unten auf der Spitze der Lasche eine kleine Prägung, ein verschlungenes »G«, das vermutlich auf den Hersteller hinwies.

Damit wurde das, was sie geahnt hatte, zur Gewissheit: Wenn der Erpresser nicht sogar Tobias selbst war, dann jemand aus dem Haus.

Aber wer?

Sandra ging zum Spülbecken, drehte den Wasserhahn auf und trank direkt aus der Leitung. Langsam beruhigte sie sich und konnte sich wieder besser konzentrieren. Einigermaßen gefasst, nahm sie ein Küchenmesser und schlitzte den Erpresserbrief auf. Solange sie nur den Umschlag anstarrte, wurde sie ohnehin nicht schlauer.

Der Inhalt hätte sie dann beinahe zum Lachen gebracht. Verblüfft ließ sie sich wieder auf den Stuhl fallen und las die Sätze noch einmal.

Schön, dass Du endlich zur Vernunft gekommen bist und meine Anweisungen befolgst. Wenn Du weiterhin verhindern willst, dass ich Deine Bilder und das Video veröffentliche, dann hinterlege heute Abend um Mitternacht 10 000 Euro in dem blauen Mülleimer am Spielplatz im Stadtwald. Der Spielplatz an Deiner Laufrunde – Du weißt schon, wo.

Sandra schüttelte ungläubig den Kopf. Das war doch wohl ein Scherz! Ein verdammt noch mal ziemlich schlechter Scherz, aber das konnte doch niemand ernst meinen! Wo sollte sie denn zehntausend Euro hernehmen?

Bisher hatte sie wirklich gedacht, es wäre etwas Persönliches, eine Drohung von jemandem, dem sie mit ihrem Verhalten in Bezug auf die ›Sieben Sünden‹ auf die Füße getreten war. Aber das, das war einfach nur lächerlich! Worum ging es hier eigentlich?

Und dann gerieten ihre Gedanken ins Straucheln. Video? Von welchem Video war hier die Rede? Verwechselte sie am Ende jemand mit einer Kundin von Tobias? Nicht dass es den Tatbestand des Diebstahls und der Erpressung mindern würde, aber das würde der ganzen Sache doch die persönliche Tragweite nehmen. Allerdings war es wiederum reichlich unwahrscheinlich, dass eine solche Kundin zufällig dieselbe Joggingstrecke lief, selbst wenn die sicherlich von vielen Läufern frequentiert wurde.

Sandra saß einfach da, stierte eine Weile vor sich hin, während sie im Kopf alle Fakten über die Ereignisse seit dem Einsatz in der Kirche Revue passieren ließ. Irgendwie passte das alles vorn und hinten nicht zusammen.

Sie empfand immer noch Unruhe, doch nach und nach

konnte sie die Angelegenheit nüchterner betrachten. Es half nichts, sie musste die Umschläge von den Kollegen analysieren lassen. Sie musste herausfinden, was für ein Video gemeint sein könnte, und dann musste sie den Erpresser stellen.

Wütend schlug sie mit der Faust auf den Tisch und lachte auf. Immerhin durfte sie laut den Spielregeln des Erpressers die Polizei einschalten. Was sich auch kaum vermeiden ließ, da sie die Betroffene in dieser Angelegenheit war.

Doch eins nach dem anderen. Sie kramte das Handy aus ihrer Handtasche hervor und verabredete sich für den Nachmittag mit Conny auf einen Kaffee in der Innenstadt. Sie kam für Sandra eher weniger in Verdacht, aber vielleicht konnte sie ihr ein paar gute Informationen über die anderen liefern.

»Hey, schön, dass du Zeit hast!«, rief Sandra.

Conny lachte und stand von dem kleinen Bistrotisch des Eiscafés auf, um Sandra freundschaftlich zu umarmen. »Für dich immer.«

Sandra erwiderte die Umarmung herzlich und setzte sich. Fast jeder Platz auf der Sonnenterrasse war besetzt, und fröhliche Gespräche schwirrten durch die sommerliche Luft. Nach der Hitze, die die Menschen in die Häuser getrieben hatte, weil es draußen kaum auszuhalten war, herrschten endlich warme, aber angenehme Temperaturen.

»Ein Wetter, wie gemalt für das große Gartenfest«, stellte Conny fest, als hätte sie Sandras Gedanken erraten.

»Was denn für ein Gartenfest?«

»Wie bitte?« Conny wollte gerade an ihrem Latte Macchiato trinken und hielt verwundert inne. »Sag jetzt nicht, davon weißt du nichts! Hat Tobias dich nicht eingeladen?«

Sandra zuckte ratlos mit den Schultern. »Nein?«

Conny musterte sie gründlich. »Was war denn los beim letzten Mal? Habt ihr euch gestritten? Hat dir die Session nicht gefallen?«

»Doch, mach dir keine Sorgen.« Sandra starrte sie trotzig an.

Lange erwiderte Conny nichts und rührte stattdessen durch den cremigen Milchschaum. »Sandra, ich kenne Tobias inzwischen ganz gut. Ihr solltet euch aussprechen. Ich bin nicht doof oder blind. Ich kann sogar verstehen, wenn du ein Problem mit seinem Job hast. Und wenn er sich entscheidet, für dich mit den ›Sieben Sünden‹ aufzuhören, ist das eben so.«

»Mit den ›Sieben Sünden‹ aufhören? Das habe ich doch gar nicht verlangt. Das würde er nie tun.«

»Sei dir da mal nicht so sicher.«

»Die Entscheidung steht jedenfalls nicht an. Du wolltest von eurem Fest erzählen.« Sandra schaute sie bittend an. Sie wollte sich diesen Gedanken jetzt nicht stellen, denn in dem Moment, als Conny sie ausgesprochen hatte, wurde ihr bewusst, wie sehr sie der Wahrheit entsprachen. Und wie unmöglich es wäre, das zu fordern. Das würde *sie* niemals tun, ganz unabhängig davon, wie seine Entscheidung ausfiel.

Conny zog die Stirn in Falten, warf ihr einen letzten auffordernden Blick zu und hob ihr Glas. »Wir machen einmal im Jahr eine Grillparty«, erklärte sie im Plauderton, als hätte der erste Teil ihres Gesprächs niemals stattgefunden. »*Inside the sins* findet zum vierten Mal statt. Dieses Jahr wären wir zum ersten Mal unserem Namen ›Sieben Sünden‹ gerecht geworden, weil wir wirklich sieben waren. Na ja, ist mir trotzdem lieber so.«

»Tut mir leid, ich verstehe wieder kein Wort«, sagte Sandra hilflos. »Also heute Abend Gartenparty, und ich bin nicht eingeladen. Wird seine Gründe haben.« Sandra setzte eine übertrieben beleidigte Miene auf, obwohl sie tatsächlich einen Stich in der Brust verspürte. Vielleicht gab es ja wirklich einen Grund, der dagegen sprach, dass der Hausherr sie einlud.

»Ach, Unsinn. Tob hat das vergessen. Und wenn er so blöd ist, lade ich dich ein. Das kann er mir kaum verbieten. Du kommst.«

»Nicht so schnell«, wehrte Sandra nun lächelnd ab. »Ich werde erst mal mit dem Chef sprechen. Am Ende soll ich aus einer Torte springen oder so, und er hat sich noch nicht getraut zu fragen.«

Die Bedienung unterbrach sie, und Sandra bestellte einen großen Eisbecher.

Dann nahm sie den Faden wieder auf. »So, und was war das jetzt mit der ominösen Sieben?«

»Hast du wirklich nicht mitbekommen, dass Tob Jelena rausgeworfen hat?«

Sprachlos sah Sandra auf und schüttelte den Kopf. Er hatte was? Wegen ihr?

Conny schien nicht zu bemerken, dass Sandra diese Erkenntnis ziemlich erschütterte. »Ich weiß nicht, warum, aber ich bin nicht sehr traurig darüber. Jelena ist eine Giftspritze durch und durch, und sie glaubte immer, was Besseres zu sein. Dabei bewegt sie sich beim Sex wie ein Nilpferd. Hauptsache, dicke schaukelnde Titten.«

»Conny!« Sandra schaute sich hektisch um, ob jemand diese Bemerkung mitbekommen hatte.

»Ach, ist doch wahr. Nur weil sie mal ein paar Wochen mit Tob zusammen war. Wenn man das überhaupt Beziehung nennen kann. Er hat schon nach ein paar Tagen ständig bei mir gehockt und sich über sie ausgeheult, als tatsächlich Zeit mit ihr verbracht.«

»Hat er«, Sandra zögerte, »sie in seine Wohnung gelassen?«

»Bist du irre? Nein, nie. Den Tag möchte ich erleben, dass jemand anderer als Herr Resner höchstpersönlich das Dachgeschoss betritt.« Conny schnalzte nachdrücklich mit der Zunge und warf Sandra einen vielsagenden Blick zu. Die ging auf die Herausforderung nicht ein, sondern war noch mit der neuen Erkenntnis über Jelena beschäftigt.

So einen Ausbruch hatte Sandra von Conny gar nicht erwartet. Sie war ihr bisher immer so ruhig und zurückhaltend erschienen. Entweder täuschte das, oder diese Jelena hatte ihrer Konkurrentin wirklich arg zugesetzt.

Es sprach einiges dafür, dass Letzteres zutraf. War das die Erklärung für die Drohbriefe, nach der sie gesucht hatte? Es passte zu diesem Verdacht, der Sandra nun im Kopf herumschwirrte und ihr die Gewissheit gab, richtig zu handeln, indem sie eine Konfrontation mit dem Erpresser eingehen wollte – besser gesagt, einer Erpresserin.

»Conny, ich wollte dich noch etwas anderes fragen: Habt ihr Kameras in der Villa?«

»Natürlich, jede Menge. Oder wie meinst du das?«

»Nein, ich meine nicht nur die, mit denen ihr die Filme aufzeichnet, sondern auch fest installierte in den Räumen.«

»Ja, und die meine ich auch. Zwei bis sechs, je nach Raum. Die Kameraleute beim Dreh sind hauptsächlich für Closeups und ungewöhnliche Perspektiven. Tob und meistens Heike schneiden das dann hinterher zu einem Film zusammen. Wieso?«

Unwillkürlich ballte Sandra die Hände zu Fäusten. »Hätte er das mir gegenüber nicht mal erwähnen können?«

Conny war ehrlich erstaunt. »Wieso? Die Kameras sind niean, außer, wenn gedreht wird. Die Bedienkonsole ist in einem Schrank und immer abgeschlossen. Tob lässt niemanden daran, nicht mal Heike. Falls du damit andeuten willst, dass er heimlich aufzeichnet, solltest du ihn wirklich besser kennen.«

»Und im Bad?« Ganz so einfach wollte Sandra das Thema nicht fallenlassen.

»Im Bad sind nur zwei Kameras, eine ungefähr über der Sitzecke und eine in der Dusche.«

»Und der Whirlpool?«

»Mensch, Sandra, du kannst vielleicht Fragen stellen!« Conny beugte sich zu ihr, tätschelte ihr beruhigend über den Handrücken und blickte sie aufrichtig an. »Am Whirlpool ist keine. Was soll die denn aufnehmen? Oberkörper, die aus dem Wasser ragen? Nein, das müsste schon eine Unterwasserkamera sein, und so weit gehen wir dann doch nicht.«

»Schon gut.« Sandra grinste beschwichtigend und ließ das Thema fallen. Sie plauderten noch eine Stunde über dieses und jenes und genossen das Wetter, bis Conny sich verabschiedete.

Auf dem Heimweg stellte Sandra fest, wie sehr sie die scheue Rothaarige mochte. Ihre Eifersucht änderte erstaunlicherweise nichts daran, denn sie konnte Conny kaum verbieten, sich mit Tobias zu vergnügen. Dazu hätte sie überhaupt kein Recht.

Viel wichtiger war es, dass sie eine gemeinsame Feindin hatten, die sie jetzt erledigen konnte.

20. Kapitel

Aufgebracht umklammerte Tobias das Handy, während er über die Terrasse in den Garten lief.

»Was soll das heißen, jemand hätte mir deine Fotos geklaut?«, blaffte er genervt ins Telefon. »Bist du bescheuert? Das hätte ich doch gemerkt, wenn sich jemand an den Computern zu schaffen gemacht hätte. Ich habe dir das doch alles gezeigt!«

»So, das nennst du *alles gezeigt*?«, keifte Sandra am anderen Ende der Leitung. »Und was ist mit den ganzen Kameras in den Räumen?«

»Den Kameras? Was soll mit denen sein?«

»Wäre es nicht angemessen und fair gewesen, mir zu sagen, dass das ganze Haus voller Kameras ist?«

»Wie bitte?!« Tobias hielt inne und lehnte sich gegen die steinerne Brüstung, die die Terrasse umgab. »Warum hätte ich das denn tun sollen?«

»Weil es vielleicht eine Sache des Vertrauens ist? Nicht jeder findet die Vorstellung angenehm, dass Fremde beim Sex zusehen könnten. Ich jedenfalls nicht! Ganz und gar nicht!«

»Das ist doch Schwachsinn! Das wird auch niemand sehen, glaub mir doch! Ich zeichne abseits der Drehs nichts auf. *Nie*! Ich habe einfach nicht dran gedacht, dich auf die Kameras aufmerksam zu machen!«

Sandra lachte höhnisch. »Er hat es einfach vergessen! Du machst es dir gerade zu leicht, Resner!«

»Himmel, Sandra, was soll das? Das Haus ist eine einzige Kulisse, in der ich mich tagtäglich bewege.« Er zwang sich zu einem ruhigeren Tonfall. »Wo gefilmt wird, sind Kameras, das ist doch völlig logisch und selbstverständlich! Hättest du dir einfach mal einen unserer Filme angesehen, wäre dir sofort aufgefallen, dass es Perspektiven gibt, die zum Beispiel mit fest installierten Deckenkameras gedreht sind.«

»Ach, jetzt bin ich das auch noch selbst schuld? Weil ich mir deine Kunstwerke nicht zu Gemüte geführt habe?«

»Also das ist mir jetzt echt zu blöd! Bleib doch, wo der Pfeffer wächst!« Wütend stieß Tobias sich von der Brüstung ab und schaltete sein Handy komplett aus. Er wollte für heute nicht mehr erreichbar sein, für nichts und niemanden. Merkte Sandra eigentlich nicht, wie sehr sie ihn mit ihren falschen Anschuldigungen verletzte? Was bildete sie sich eigentlich ein?

Du kannst mich mal, Sandra Wacker, kreuzweise, dachte er. Aber egal jetzt, diesen Abend konnte nur noch eins retten: Alkohol, Unmengen davon, und Sex, sooft wie möglich. War das nicht das Leben, das er immer haben wollte? Ganz und gar Rock'n'roll?

Er stemmte die Hände in die Seiten und beobachtete, wie die Leute vom Catering die letzten Platten unter dem Gartenzelt auf der Wiese ausrichteten.

Drehten denn alle um ihn herum durch? Erst Jelena, jetzt Sandra. Das Gespräch hatte vollkommen harmlos angefangen – bis zu dem Punkt, an dem sie ihm vorwarf, dass er sich ihre Bilder hätte klauen lassen. Das war ausgemachter Schwachsinn, aber wie sollte er ihr bitte schön das Gegenteil beweisen?

Zu dämlich.

Dass er völlig vergessen hatte, sie zur Gartenparty einzuladen, machte es natürlich nicht besser. Aber das war gegen die ganzen anderen Anschuldigungen Kleinkram.

Egal jetzt. Er hatte heute Abend Gäste, und die sollten ihren Spaß haben. Zufrieden betrachtete er das aufgebaute Büfett und gab dem Caterer ein großzügiges Trinkgeld. Aus dem Augenwinkel bemerkte er, dass Vicky und Dommi bereits die ersten Gäste auf der Terrasse begrüßten.

Tobias sah an sich hinab. Das obligatorische schwarze T-Shirt, eine verschlissene Jeans und kaputte Chucks. Automatisch fuhr seine Hand über den struppigen Dreitagebart. Er zuckte gleichgültig mit den Schultern. Auch egal. Falls Heike meckerte, würde er behaupten, es wäre Absicht. Vintage-Look.

Er riss sich zusammen, den anderen zuliebe. Lächelte den ankommenden Gästen zu, wehrte Heikes besorgte Nachfrage ab, was mit ihm los sei, und schwebte in einem seltsam losgelösten Zustand durch die Menschen. Auflösungserscheinungen.

Er trank Bier und Wein und Sekt durcheinander, aber offensichtlich nicht genug. Der Alkohol zeigte keine Wirkung, verstärkte nur das surreale Gefühl, am falschen Ort zu sein. Es wurde dunkel, Lampions und Fackeln erhellte eine Szenerie fröhlicher, scherzender Menschen, zu denen er nicht gehörte.

Warum hatte er Sandra nach der letzten Session nicht mit zu sich in die Wohnung genommen? Warum hatte er Hornochse darauf gewartet, dass sie darum bitten würde? Nachdem er ihr einmal einen Korb gegeben hatte? Sandra war kein Mensch, der um etwas bat. Sie nahm sich, was sie wollte. Stark und selbstbewusst. Anbetungswürdig.

»Du benimmst dich wie ein liebestoller Dackel. Reiß dich mal zusammen«, zischte Heike ihm plötzlich ins Ohr.

Er wandte sich zu ihr und starrte sie böse an. »Das geht dich einen Scheißdreck an!«

»Nein, es geht mich eine Menge an. Hier sind Leute, die auf unseren Seiten Werbung schalten wollen, die Kooperationen in Betracht ziehen. Ausnahmsweise geht es mal nicht um deinen Spaß, sondern ums Geschäft!«

»Das ist mir alles egal!«

Einen Augenblick sah es so aus, als wollte Heike ihm eine scheuern, doch sie ballte die Hand zur Faust und ließ sie sinken. »Genau deshalb sag ich dir, dass du dich zusammenreißen sollst. Hier sind andere, denen das nicht gleichgültig ist! Die ›Sieben Sünden‹ sind nicht allein dein Projekt!«

Er zuckte mit den Schultern und wandte sich ab, versuchte erfolglos, Eric in der Menge auszumachen. Heike rief ihm etwas hinterher, das er nicht verstand. Als er sich umdrehte, sah er sie mit einer bedauernden Geste auf zwei junge Männer zutreten, die ihr eine Visitenkarte entgegenhielten.

Tobias setzte sich auf eine der Parkbänke und ließ seinen Blick über die Menge schweifen. Da stand Heike in einem schwarzgestreiften Hosenanzug und einer locker fallenden weißen Bluse. Ihre Figur mutete beinahe männlich an, wäre da nicht ihre offene schwarze Mähne gewesen. Allein ihre Bewegungen zeugten von Dominanz. Gerade wickelte sie die beiden ahnungslosen Männer um den kleinen Finger und schloss vermutlich einen für die ›Sieben Sünden‹ sehr lukrativen Deal.

Als Nächstes entdeckte er Dommi und Vicky, nebeneinander in einem Gespräch mit zwei, nein, drei Frauen. Dommis Hand ruhte locker auf der Hüfte seiner Frau. Vicky schmiegte sich unauffällig an ihn. Sie trug einen knielangen Rock und High Heels, züchtig für ihre Verhältnisse. Tobias grinste. So wie er Vicky kannte, trug sie nichts darunter. Oder sie hatte sich ein paar Liebeskugeln eingeführt, deren sanfte Bewegung sie bei jedem Schritt spürte. Sie liebte solche Spielchen. Vermutlich hatte sie sich heute Abend bereits ein- oder zweimal von Dommi durchficken lassen, und es war offensichtlich, dass die beiden ausloteten, welche der drei Frauen bereit war, sich auf eine Nummer einzulassen.

Tobias hatte Vickys Annäherungsversuch kurz zuvor abgewehrt. Sein Plan, den Abend mit viel Sex und Alkohol zu verbringen, hatte sich ins Gegenteil verkehrt, nachdem das Bier ihn nicht wunschgemäß benebelte.

Im letzten Jahr hatte Vicky sich am späten Abend, als nur noch ganz wenige Gäste da waren, nackt auf die damals brandneue Marmorstatue gesetzt und sich mit dem aufrecht stehenden Marmorschwanz der liegenden Figur gepfählt. Anschließend hatte Dommi sie vor den Augen der Anwesenden rangenommen. Tobias konnte sich nicht mehr so genau erinnern, wie der Abend geendet hatte. Aber es war eine wahnsinnig gute Nacht gewesen. Das Gegenteil von dem, was heute passieren konnte.

»Hier bist du.« Conny setzte sich neben ihn und hob lächelnd ein Sektglas.

Tobias verzog mühsam die Mundwinkel und stieß mit ihr an.

Connys Hand schob sich in seine und wollte ihn mit sich ziehen.

Er wehrte sie ab. »Hat Heike dich geschickt, damit du mich von hier fortbringst und ich euch nicht weiter die Laune verderbe?«

»Ja, und recht hat sie, oder?«, sagte Conny tadelnd. »Du ziehst vielleicht ein Gesicht! Nicht gerade attraktiv.«

»Ich hatte nicht vor, dich oder sonst jemanden anzumachen.«

»Was soll diese neue Enthaltsamkeit? Reservierst du dich für Sandra?«

Tobias bedachte sie mit einem herausfordernden Lächeln. »Und wenn es so wäre?« Er hob sein Glas und leerte es mit einem Zug.

Conny wurde ernst. »Komm mit.«

Vielleicht lag es an dem drängenden Unterton in ihren Worten oder an dem warnenden Seitenblick von Heike, der ihm vermutlich sagen sollte, dass er mit seiner griesgrämigen Miene endlich von der Bildfläche verschwinden sollte. Vielleicht verwirrte ihn jedoch die Tatsache zu sehr, dass Conny ihn direkt aufforderte. Sie machte selten den Anfang, war eher zurückhaltend und ließ lieber anderen den Vortritt, um sich dann willig mitreißen zu lassen. Und als wäre das noch nicht genug, legte sie ihre Hand in seinen Schritt, und er reagierte ungewollt unter ihrer Berührung. Beim Anblick ihres wissenden Lächelns gab er sich geschlagen.

Tobias folgte Conny in den ersten Stock ins orientalische Zimmer. Der Raum lag, bis auf die spärlichen Lichter, die aus dem Garten heraufschimmerten, im Dunkeln. Conny zündete eine große Kerze an, und die Umgebung erstrahlte in golden warmen Tönen.

Tobias machte es wehmütig, als er die tänzerischen Bewegungen seiner Begleiterin beobachtete, während er sich auf eins der mannsgroßen Bodenkissen fallen ließ. »Du verdienst einen Freund, einen, der deine Qualitäten zu schätzen weiß«, sagte er mehr zu sich selbst.

Da schoss Conny auf ihn zu, setzte sich auf seine Brust und funkelte ihn wütend an. Ihm blieb die Luft weg, und er keuchte hilflos auf.

»Jetzt erspar mir mal dein Gejammer! Sieh lieber zu, dass du mit Sandra wieder ins Reine kommst. Diese Trauermiene ist echt nicht zu ertragen!«

Machtlos hob Tobias die Hände. »Schon gut!«

Schneller, als er ihren Bewegungen folgen konnte, hatte sie ihre Hotpants abgestreift und kniete sich über sein Gesicht. Langsam senkte sie ihren Schoß auf seine Lippen. Falls er vorgehabt hatte, Connys Avancen abzuwehren, zerstob dieser Vorsatz zu nichts, als ihm ihre Düfte in die Nase stiegen. Ein Tropfen ihres Saftes benetzte seine Lippen. Gierig reckte er die Zunge und versenkte sie dann in ihre nasse Spalte.

Conny legte die Hand auf ihren Venushügel und massierte sich mit hastigen schnellen Bewegungen. Offenbar brannte in ihr bereits die Erregung, und sie hatte es eilig. Sie ließ ihn kaum eintauchen, ihn ihre Feuchte auskosten, als ihre ungeduldigen Finger auch schon an seiner Hose herumfummelten.

»Warum so eilig?«, murmelte er heiser. Er packte sie an den Hüften, drückte sie auf sein Gesicht und gab sich ihrer Weiblichkeit hin, bis sie laut stöhnte. Ihre hektischen Bewegungen spornten ihn an, seine Zunge tief und schnell über ihr weiches Fleisch tanzen zu lassen.

»Hör auf, Tob! Das halte ich nicht aus!« Sie versuchte, sich aus seiner Umklammerung zu lösen und ihr Becken zu heben, doch er ließ sie nicht frei. Mit festem Druck bewegte er ihre Hüften leicht auf und ab, genoss das Spiel, als sie versuchte, seiner schnellen Zunge zu entkommen. Mit Genugtuung verspürte er, wie sich ihre Schamlippen nach vorn wölbten und zu zucken begannen. Conny schrie auf, vergrub ihre Hände in seinem Haarschopf und warf sich nach hinten. Er gab sie erst frei, als das Pochen ihrer Spalte nachließ.

»So war das nicht geplant«, keuchte Conny atemlos und brachte ihn damit zum Lachen. Das erste Mal an diesem Abend.

Dankbar lächelte er sie an. Für einen Moment hatte er Sandra vergessen.

Nur damit der Gedanke an sie nun umso stärker auf ihn einstürmte.

Er bekam kaum mit, dass Conny ihm die Hose öffnete und seinen Schwanz befreite. Erst als sie ihre Zunge über die empfindliche Haut gleiten ließ, wurde ihm bewusst, was sie tat. Er wollte sie fortschieben, doch sie setzte sich rasch auf ihn und versiegelte ihm mit einem Kuss die Lippen. Ihre Zungenspitze drang zwischen seine Lippen und prallte gegen seinen Gaumen. Gleichzeitig nahm sie ihn tief in sich auf. Ganz automatisch drängte er sich ihr entgegen, wollte sie nehmen und ausfüllen. Connys Bewegung war so vertraut und gleichzeitig so anders als Sandras fordernde Art.

Tobias begriff, dass seine alte Partnerin ihm ein Abschiedsgeschenk machen wollte. Er gab seinen Widerstand auf und passte sich ihrem Rhythmus an. Sie hatte sich geholt, was sie wollte. Was sie jetzt tat, tat sie für ihn.

Es war vorbei. Er war der Kopf der ›Sieben Sünden‹. Er hatte seinen Kopf verloren und damit auch die Gruppe und die Gruppe ihn. Es musste ohne ihn weitergehen, oder gar nicht. Es war ihm gleichgültig.

Er verkrampfte sich, als Conny sich schneller auf und ab bewegte. Vielleicht hatte sie gespürt, dass er abbrechen wollte, und drängte ihn deshalb zu höherem Tempo. Er presste die Zähne aufeinander und atmete mit einem lauten Zischen aus, als er sich ergoss. Für einen Moment war er erleichtert, gab sich dem kurzen, aber heftigen Orgasmus hin, bevor er auf dem deprimierenden Boden der Realität landete. Jetzt hatte er alle seine Frauen, die ihm etwas bedeuteten, verloren.

Mit einer stummen Entschuldigung richtete er sich auf, schob

Conny von sich, beachtete sie nicht weiter und knöpfte sich die Hose zu. Schnell verließ er den Raum und schleppte sich die Treppe hinauf zu seiner Wohnung.

»Tob! Tobias, warte doch!«

Warten, ja. Darauf, dass ein Wunder geschah und Sandra auftauchte und alles wieder gut war. Mit nur einem Fingerschnippen, wie im Märchen.

Er ließ die Wohnungstür hinter sich zufallen und sperrte die Welt aus.

21. Kapitel

Kurz vor drei Uhr nachts zog Sandra den Kapuzenpulli tiefer über ihren Gürtel, an dem sie ihre Dienstwaffe befestigt hatte. Sie hatte sich entschieden, zu Fuß zu gehen. Nicht nur, weil sie vermutete, dass Jelena auf dem Parkplatz am Stadtwald nach ihr Ausschau halten würde, sondern auch, um den Kopf klar zu bekommen.

Während Tobias sich sicherlich auf seiner Party vergnügte, spukten ihr die Geschehnisse der letzten Tage und Wochen unaufhörlich im Kopf herum, ohne dass sie zu einem Ergebnis kam, was sie Tobias sagen wollte, wenn sie ihm das nächste Mal gegenüberstand.

Doch jetzt galt es erst einmal, ein dringenderes Problem aus der Welt zu schaffen. Auf dem Spielplatz angekommen, schaute sie sich aufmerksam um. Alles war still und verlassen. Der Halbmond am sternenklaren Himmel tauchte alles in ein diffuses Licht. Noch nie war Sandra so bewusst geworden, dass es in einer Sommernacht in einer Großstadt nie richtig dunkel wurde.

Sie legte die Plastiktüte mit den angeblichen Geldscheinen, in Wahrheit nur ein zurechtgeschnittenes Bündel Papier, in den beschriebenen Mülleimer und tat so, als ob sie fortging, kam in einem Bogen unter dem Schutz der Bäume zurück und legte sich in einem nahen Gebüsch auf die Lauer.

Sie musste nicht lange warten. Eine zierliche Gestalt näherte sich dem Mülleimer und wühlte darin herum. Es konnte Jelena sein.

In dem Moment legte sich eine Hand von hinten über Sandras Mund, packte sie und riss sie unsanft auf die Füße. »Wen haben wir denn da?«, raunzte eine männliche Stimme. Der Atem stank nach Alkohol.

Sandras Reflexe waren schneller als ihr Verstand. Sie trat mit aller Kraft nach hinten und traf ein Schienbein. Der Mann fluchte. Sein Griff lockerte sich, doch er ließ sie nicht los. Sandra versuchte, an ihre Waffe zu gelangen, strampelte und biss in die Hand vor ihrem Mund.

Vergebens! Die Pranken des Kerls hinter ihr hielten sie ungelenk, aber fest in Griff.

Jelena kam auf sie zugerannt und lachte boshaft. »Nur Papier, habe ich mir doch gedacht, dass sie mich bescheißen wird. Du kannst sie dir vornehmen, wenn du willst. Sie steht auf Gewalt.«

Sandra wehrte sich heftiger, als sie hörte, was Jelena da für einen Schwachsinn von sich gab. Gleichzeitig wuchs ihre Wut über ihre eigene Dämlichkeit, denn sie wurde den Eindruck nicht los, dass gerade genau das passierte, was Jelena geplant hatte. Ihr war es nie um das Geld gegangen …

Plötzlich geschahen mehrere Dinge gleichzeitig. Irgendwie war es dem Mann gelungen, ihre Waffe zu packen und aus dem Holster zu ziehen. Sandra trat mit Wucht um sich, und dem folgenden Schmerzensschrei nach zu urteilen hatte sie ihn getroffen. Die Hand um ihren Mund wurde weggerissen, und im nächsten Moment war sie frei und stolperte nach vorn, wohl wissend, dass jetzt ihre Pistole auf sie gerichtet sein konnte. Im selben Augenblick schrie Jelena auf. Ein Schatten hatte sich ihr genähert und ihr die Hände auf den Rücken gedreht.

Eine Taschenlampe blitzte auf, Handschellen klickten. »Was geht denn hier ab?«, rief Sandra verblüfft. Sie erkannte eine Uniform und gleich darauf Hagens schwarzen Lockenschopf im umherschwirrenden Licht.

Hinter sich erblickte sie Ralf, der einem grobschlächtigen Hünen ihre Pistole entwunden hatte und den Typen vor sich her aus dem Gebüsch trieb. Wortlos reichte er Sandra die Waffe, die sie hastig wieder verstaute. Halb erwartete sie eine Strafpredigt ihres älteren Kollegen, dass ihre gesamte Aktion nicht ganz den Dienstvorschriften gemäß wäre.

»Ich werde den Herrn mal zum Fahrzeug geleiten«, war jedoch alles, was er sagte, bevor er Sandra auch noch die Taschenlampe in die Hand drückte und mit dem Hünen verschwand.

Unsicher trat Sandra zu Jelena und Hagen. Die Frau, der sie nur einmal begegnet war und deren Zorn sie damit auf sich gezogen hatte, beschimpfte den Polizisten, der ihre Tiraden völlig ungerührt über sich ergehen ließ. Dann sah sie Sandra und lachte dreckig.

»Du hast ja keine Ahnung, was diese kleine Schlampe alles so treibt!« Jelena spuckte vor Sandra aus, die sie nur kühl betrachtete.

Eifersucht macht hässlich, fand sie und prägte sich Jelenas verzerrte Grimasse genau ein. So wenig sie den Gedanken mochte, dass Tobias mit anderen herummachte, solche giftigen Gefühle würde sie sich niemals selbst erlauben.

»Wir werden erst einmal herausfinden, was du so alles treibst. Ich werde eine Hausdurchsuchung veranlassen«, entgegnete Hagen ruhig.

»Ihr werdet ganz sicher nichts finden«, höhnte Jelena.

Sandra musterte sie aus schmalen Augen. »Und meine Bilder?«

»Wie hätte ich denn da rankommen sollen? Dazu ist Tobias viel zu paranoid. Ihr könnt mir also gar nichts!«

»Bis auf versuchte Erpressung und Androhung von Gewalt gerade eben«, stellte Sandra fest.

»Du Schlampe!«

»Und Beleidung einer Staatsbeamtin«, ergänzte Hagen.

Jelena lachte gehässig. »Ihr Bullen steht doch für Moral. Dann bringt dem Flittchen mal Manieren bei! Lässt sich unersättlich von verschiedenen Kerlen durchvögeln.«

»Na wunderbar«, erwiderte Hagen trocken und stellte sich demonstrativ neben Sandra. Sein verächtlicher Blick ruhte auf Jelena, die widerwillig ein Stück zurückwich. »Wenigstens eine Kollegin, die ein erfülltes Sexleben hat. Ist nämlich nicht selbstverständlich bei uns, müssen Sie wissen, gnädige Frau. Wechselschichten sind der Tod vieler Beziehungen. Der Rest«, er beugte sich zu Jelena und blinzelte sie gefährlich an, »ist Privatsache. Auch bei der Polizei. Alles klar?«

Hagen griff nach Jelenas gefesselten Handgelenken, um sie vor sich herzuschieben. Plötzlich wurde sie ganz ruhig, ließ alles über sich ergehen, als ob sie das nichts anginge, und lief gehorsam neben dem Beamten zurück zum Parkplatz. Sie hatte begriffen, dass sie verloren hatte.

»Wieso seid ihr hier aufgetaucht?«, flüsterte Sandra Hagen unterwegs zu.

»Erklär ich dir später«, antwortete er ebenso leise. »Hast du wirklich gedacht, ich lass dich allein, wenn du irgendeinen Mist baust?« Und lauter fügte er hinzu: »Soll ich dich noch nach Hause fahren? Ich hatte ja eigentlich schon Feierabend.«

»Wenn es dir nichts ausmacht, mich zu Tobias' Villa zu fahren? Ist allerdings ziemlich außerhalb.«

»Mach ich, kein Problem. Ich warte im Wagen auf dich.«

Sandra nickte. Am Parkplatz trafen sie auf Ralf und eine weitere Kollegin, die Jelena und ihren Komplizen in Empfang nahmen. Sandra hoffte inbrünstig, dass es das letzte Mal war, dass sie diese Frau sehen musste.

Bevor Ralf sich ans Steuer setzte, trat er auf Sandra zu und legte ihr mit einer väterlichen Geste die Hand auf die Schulter. »Hagen hat schon recht«, raunte er leise, so dass nur sie seine Worte verstehen konnte. »Du bist völlig bescheuert, Mädchen! Die nächste Selbstjustiz-Nummer werde ich nicht für mich behalten. Hast du mich verstanden?« Er rüttelte sie leicht, bis sie nickte. Dann erst ließ er sie los und beugte sich mit einem verschwörerischen Grinsen zu ihr. »Und bei Gelegenheit erklärst du mir diese Sache mit den Fotos mal. Vielleicht ist das ja auch was für meine Frau.«

Sandra lächelte herausfordernd. »Ihr feiert doch demnächst Silberhochzeit. Ich gebe dir einen Umschlag mit Info-Material, vielleicht ist es ja was für euch beide.«

Ralf brummte zweifelnd. »Ich würde die Fotos eher versauen.«

»Oh, Tobias holt sogar aus dir abgehalftertem Exemplar was raus, da kannst du sicher sein.«

Ralf lachte und stieg ein. »Das befürchte ich. Dieser Erwartungsdruck!«

Sandra winkte ihm nach, dann setzte sie sich neben Hagen in den anderen Streifenwagen, und er fuhr los.

Sandra wies mit dem Zeigefinger nach rechts. »Du musst da vorne an der Ampel …«

»Ich kenne den Weg.«

»Wie bitte?«

»Ich war schon häufiger dort. Allerdings seit … längerem nicht mehr.«

Sandra betrachtete sein Profil im Licht der vorbeihuschenden Straßenlaternen und versuchte vergeblich, eine Botschaft herauszulesen. »Was meinst du damit?«, wagte sie nach einer Weile zu fragen.

Hagen lächelte dünn. »Du warst nicht die Einzige, die beim Einsatz in der Kirche eine Wiederbegegnung mit der Vergangenheit hatte. Du hast sicherlich Eric getroffen, oder? Resners Freund?«

»Ich kenne inzwischen die gesamte Truppe.«

»Da hast du mir was voraus. Ich habe vor ungefähr drei Jahren Eric kennengelernt, und wir haben ein paar Abende miteinander verbracht. Oder auch ein paar mehr.«

Sandra wartete ab. Sie verstand überhaupt nicht, was das mit Jelenas Aktion zu tun haben sollte.

»Der Einsatz im *Bewegten Mann* war keine normale Aktion«, wechselte Hagen urplötzlich das Thema.

Verwirrt warf Sandra ihm einen Seitenblick zu, doch ihr Kollege hatte seine Augen stur auf die Fahrbahn gerichtet.

»Es war Boris' Idee, und nicht eine seiner besten. Ich wusste ja, wer dahintersteckte: ein gemeinsamer Bekannter von Eric und mir, der unbedingt meinte, mein Privatleben an die große Glocke hängen zu müssen. Jetzt haben wir ihn offiziell wegen Angriff auf einen Staatsbeamten einkassiert. Aber so war das Ganze natürlich nicht geplant. Boris liegt immer noch im Koma, und ich komme nicht gut damit klar.«

Sandra biss sich auf die Lippe, während sie sich fragte, wie sie so dämlich hatte sein können. »Ich hatte ja keine Ahnung …«, flüsterte sie.

»Jetzt schon. Und es wäre schön, wenn du das für dich behieltest.«

»Versteht sich von selbst.« Und nach einer Weile fügte sie hinzu: »Aber Boris wusste Bescheid?«

Hagen brummte zustimmend. »Eine Handvoll Kollegen weiß es, und es werden immer mehr. Das ist schon okay so, aber ich möchte das selbst steuern, solange ich kann. Ich fühle mich wohler damit.«

»Von mir erfährt niemand was. Zumal du ja nun auch ein paar Details über mein Privatleben weißt.«

Zum ersten Mal lachte Hagen etwas lockerer. »Dass du dich da mal nicht täuschst. Resner muss wirklich regelrecht paranoid sein, was den Schutz seiner Daten und so weiter anbelangt. Zumindest, wenn man Eric so reden hört.« Völlig unvermittelt legte er Sandra eine Hand auf das Knie und tätschelte es. »Mach dir keinen Kopf. Erst mal ist jetzt alles ausgestanden.«

»Verrate mir aber bitte noch, wieso ihr heute Abend hier aufgetaucht seid. Woher wusstet ihr davon?«

»Ralf oder ich, einer von uns hatte dich, wenn möglich, im Auge, wenn du nicht im Dienst warst. Er hat mich angerufen, als ich bereits auf dem Weg nach Hause war, meinte, du wärst zum Stadtwald unterwegs. Um diese Uhrzeit kein guter Ort, um allein einen Erpresser zu treffen.«

»Aber wieso wusstest du von der Erpressung?«

»Das hast du mir selbst gesagt. Natürlich rein hypothetisch und so. Aber, Sandra, ehrlich, mir war sofort klar, was da lief. Und ich wusste aus eigener Erfahrung, was in dir vorgeht. So war das nicht schwer, Ralf davon zu überzeugen, während seines Dienstes ein Auge auf dich zu haben. Alles ganz inoffiziell und nicht rund um die Uhr. Aber wir haben Glück gehabt. Und jetzt genug davon.«

»Okay.«

Sie verfielen in einträchtiges Schweigen.

»Und danke!«, fügte Sandra nach einer Weile von ganzem Herzen hinzu.

22. Kapitel

Ungefähr zwei Stunden später lenkte Hagen den Streifenwagen durch das offene Tor und parkte vor der Garage. Sandra stieg aus und atmete erleichtert die milde Abendluft ein. Die Hitze war vorüber – und sie hatte Jelenas Spuren mit sich fortgerissen.

Doch die innere Leichtigkeit war ebenso verschwunden. Die letzten Tage verblassten bereits in der Erinnerung zu einem flirrenden erotischen Sommermärchen.

Das war okay. Das Gegenteil von leicht war nicht schwer oder belastend, sondern ernsthaft und tiefgehend. Eine zuverlässige feste Basis, auf der man aufbauen konnte. Wenn man es ehrlich miteinander meinte.

Sie wollte mit Tobias sprechen, ihm sagen, was er ihr bedeutete. Alles andere würde sich finden. Irgendwie …

»Die Party scheint vorbei zu sein«, stellte Hagen fest, der ebenfalls ausgestiegen war.

»Du kannst ruhig fahren. Ich komme schon zurecht.«

»Kommt nicht in Frage. Ich fahre erst, wenn ich dich hier sicher abgeliefert habe. Aber hier ist niemand mehr, Sandra. Willst du wirklich klingeln?«

»Da drüben in der Garage brennt Licht. Klopfen wir dort mal.«

»Okay.«

Sandra folgte Hagen zur Tür des Anbaus, aus dessen Fenster ein gelblicher Lichtschein drang.

Und wie sie erwartet hatte, öffnete Eric die Tür auf Hagens nachdrückliches Klopfen und blickte sie verblüfft an. Er war offensichtlich nicht mehr ganz nüchtern, aber auch nicht sturzbetrunken.

»Du? Ich meine …« Blankes Entsetzen über seinen Versprecher spiegelte sich in seinen Blicken, die von einem zum anderen huschten. Hastig schlug er sich die Hand vor den Mund, doch Hagen klopfte ihm beruhigend auf die Schulter.

»Sandra weiß, dass wir uns kennen. Mach dir keinen Kopf.«

Ein erleichtertes Grinsen breitete sich auf Erics Zügen aus. »Dann herzlich willkommen. Ihr seid nur leider ein bisschen spät. Die letzten Gäste sind eben gegangen. Ich räume nur noch ein paar Stehtische weg.«

»Wir suchen Tobias. Ich bin ihm ein paar Erklärungen schuldig«, mischte Sandra sich ein.

»Wer sucht mich?«, erklang seine vertraute Stimme hinter ihr, und Tobias kam um die Ecke aus dem Dunkel. »Ich habe den Streifenwagen vom Fenster aus gesehen. Ist was passiert?«, schob er mit Blick auf Hagen nach.

Der winkte sofort ab. »Ich habe Feierabend. Wollte nur Sandra hier absetzen.«

»Sandra, ich wollte …«

»Tobias, ich muss …«

Sie verstummten beide und lachten stattdessen unbeholfen.

Aus dem Augenwinkel bemerkte Sandra, wie Eric Hagen zuzwinkerte. »Lassen wir die beiden mal ein wenig turteln«, sagte er grinsend. Kannst du vielleicht kurz mit anpacken? Dann kann ich auch gleich Schluss machen.«

»Natürlich. So heißt es doch: Die Polizei, dein Freund und

Helfer«, spottete Hagen. »Nachts um diese Zeit Zeug schleppen. Womit habe ich das verdient?«, hörte Sandra ihn noch grummeln, bevor er Eric in den Anbau folgte.

Sie und Tobias standen sich nun gegenüber. Verlegen. Erleichtert. Unsicher.

Tobias machte einen Schritt auf sie zu. »Ich bin froh, dass du mir die Chance gibst, das richtigzustellen. Komm mit, ich zeige dir …«

»Ich weiß schon Bescheid, es ist alles gut. Es gab keine gestohlenen Fotos und schon gar kein Video. Alles nur Show. Jelena steckte dahinter. Sie hat mich erpresst. Sie war eifersüchtig, wollte dich für sich allein.«

Tobias schwieg erst verblüfft, dann fluchte er unterdrückt. »Erpresst? Ist das dein Ernst? Diese Schlange! Warum hast du nichts gesagt?«

Sandra setzte zu einer Antwort an, doch Tobias schnitt ihr mit einer Geste das Wort ab. »Ich kann es mir denken: Du hast mir nicht vertraut.«

»Doch, das hab ich.« Sandra erwiderte seinen Blick aufrichtig. »Vielleicht nicht von Anfang an, aber irgendwann war mir klar, dass du damit nichts zu tun hast. Doch der Erpresser musste ein Insider sein, und ich wollte ihn nicht darauf aufmerksam machen, dass ich ihm – oder besser gesagt ihr – auf der Spur war. Und«, sie hielt inne und senkte reumütig den Kopf, »ich wollte das alleine hinbekommen. Dazu haben meine Kollegen mir allerdings schon die Meinung gegeigt, also sag jetzt bitte nichts mehr dazu.«

Tobias betrachtete sie schweigend. »Na dann.« Er wies auf das Haus und lächelte versöhnlich. »Möchtest du noch mit reinkommen? Ich könnte dir die Kameras zeigen. Wir sollten uns gründlich aussprechen. Ich habe dir einiges zu sagen.«

»Gern.« Sandra hakte sich bei ihm unter, und gemeinsam gingen sie ins Haus. Für die angebliche Party, die bis eben im Garten stattgefunden haben sollte, wirkte Tobias erstaunlich nüchtern. Er sah eher zerknautscht aus, als hätte er in den Klamotten auf dem Sofa geschlafen.

»Aber weißt du«, begann sie, als sie die Eingangshalle betraten, »das Wichtigste ist gesagt: Es ist alles gut.«

Statt einer Antwort zog Tobias sie zärtlich an sich und drückte ihr einen schnellen Kuss auf die Wange. »Lust auf ein Mitternachtsbad?«

»Es ist weit nach Mitternacht.«

»Dass du immer alles so genau nehmen musst«, säuselte seine Stimme spöttisch.

Sandra lachte und ließ sich die Treppe hinaufführen. Es war gleich, was kam, sie würde es nehmen für heute. Ihre restlichen Gefühlsprobleme konnte sie auch morgen noch aus der Welt schaffen.

Oben auf dem Treppenabsatz blieb sie plötzlich stehen. »Mist! Ich muss mein Portemonnaie und meine Waffe im Handschuhfach liegenlassen haben.«

Eilig trat Tobias ans Fenster. »Hagen ist irgendwo, der Wagen steht noch unten.«

»Okay, ich bin sofort wieder da.« Sandra sauste die Stufen hinunter und rannte hinaus über den Kies zum Streifenwagen. Vergeblich rüttelte sie an der Beifahrertür.

»Nanu, abgeschlossen? Hagen?« Sie schaute sich um, doch ihr Kollege war weit und breit nicht zu sehen. Auf dem Beifahrersitz lagen seine Mütze und Jacke, die Sonnenbrille klemmte über dem Rückspiegel. Weit konnte er also nicht sein.

Sie blieb stehen, suchte und lauschte. Im ersten Stock der Villa konnte sie Tobias erkennen, der sie beobachtete. Sie winkte und zuckte dann deutlich mit den Schultern. Mit einer Geste bedeutete sie ihm, dass sie noch in der Garage nachsehen wollte. Von dort hörte sie dumpfe Geräusche, für die vermutlich Eric verantwortlich war. Vielleicht konnte er ihr weiterhelfen, schließlich hatte er Hagen zuletzt gesehen.

Obwohl sie sich nicht bemühte, sonderlich leise zu sein, bemerkte keiner der beiden Männer sie in dem halbdunklen Raum. Sandra sog scharf die Luft ein, bevor sie sich, ohne nachzudenken, hinter einem Winkel zurückzog.

Sie traute ihren Augen nicht.

Da stand Hagen gegen die Kutsche gelehnt mit halb aus der Hose gerissenem aufgeknöpften Hemd. Er hätte Sandra gesehen, wenn er die Augen nicht mit verzücktem Gesicht geschlossen gehabt hätte. Seitlich vor ihm erkannte sie Erics muskulösen nackten Oberkörper. Die beiden lösten sich gerade von einem Kuss, und Hagen flüsterte Eric etwas ins Ohr. Beide lächelten sich an, offen und vertrauensvoll. Dann packte Hagen Erics Schultern und zwang ihn vor sich auf die Knie. Er nahm seinen Kopf zwischen die Hände und drängte ihn gegen seinen Schoß. Eric öffnete Gürtel und Reißverschluss der Uniformhose. Ohne zu zögern, griff er hinein, öffnete den Mund und begann, zu lecken und zu saugen. Die kleine Kugel eines Zungenpiercings blitzte hin und wieder im Licht auf, wenn sie an dem sich aufrichtenden Schaft entlangfuhr. Fasziniert beobachtete Sandra, wie ihr Kollege nach nur wenigen Bewegungen hart wurde und genussvoll stöhnte. Er legte die Hände an Erics Hinterkopf und drängte ihn, ihn tiefer in sich aufzunehmen.

Der kniende Mann massierte ihn mit Lippen und Fingern, während er gleichzeitig die größer werdende Schwellung in seiner eigenen Hose knetete.

Sandra lächelte still und entschied, dass sie genug gesehen hatte. Noch vor ein paar Wochen hätte sie sich das niemals eingestanden, aber der Anblick der beiden Männer ließ sie feucht werden. Es wurde Zeit, dass sie zu Tobias zurückkehrte.

»Und?«, fragte der, als sie wieder vor ihm im Flur stand.

Sandra blinzelte verwirrt. »Was, und?«

»Dein Portemonnaie, hast du es gefunden? Das Auto steht ja immer noch da unten. Wo ist Hagen?« Tobias stand die Frage, was sie denn so lange in der Garage gemacht habe, deutlich ins Gesicht geschrieben, doch er beherrschte sich.

Grinsend schüttelte Sandra den Kopf und lehnte sich auf die Fensterbank, um hinauszuspähen. Schwaches Licht leuchtete aus dem Fenster der Garage, die Einfahrt lag ruhig und verlassen da.

»Eric und Hagen sind dort gemeinsam in der Garage. Der Rest ist Schweigen.«

Tobias stellte sich neben sie und nickte bedächtig. »Meinst du, die beiden kannten sich vorher schon?«

»Definitiv, ja.« Vielleicht würde sie ihm die Geschichte eines Tages erzählen. Doch das hatte Zeit.

»Ich gönne es ihm von Herzen«, sagte er. »Eric hat sich bisher nie so recht entscheiden können, aber ich bin mir sicher, dass er eigentlich nur auf Männer steht.«

»Das kann ich sehr gut verstehen.«

»Ich nicht.« Tobias legte ihr den Arm um die Schultern und zog sie an sich. »Komm mit.«

»Wo willst du hin? Wolltest du nicht baden?«

»Ich nehme dich mit an einen Ort, an dem wir ungestört sind.«

Er ergriff eilig ihre Hand, vielleicht weil er selbst befürchtete, es sich wieder anders zu überlegen, und zog sie die Treppe hinauf in den zweiten Stock. In sein Allerheiligstes.

Vor der Tür hielt er inne. Er setzte an, etwas zu sagen, stockte, fuhr sich nervös mit der Zungenspitze über die Lippe, holte Luft und schwieg.

Sandra wurde ganz warm ums Herz. Sie verstand, wie schwer es ihm fallen musste, diesen Schritt zu tun. Vermutlich hatte er genau so viel Angst davor, dass sie nein sagen würde, mit ihm eine Beziehung einzugehen, wie sie fürchtete, dass er niemals fragen würde.

Jetzt war ein guter Zeitpunkt. Jetzt, da sie wieder miteinander im Reinen waren und sich ohne Scham in die Augen sehen konnten. So wie zu Beginn.

Sie nickte. »Ich komme gern mit, wenn du mich einlässt, Tobias.«

Er legte ihr die Hand in den Nacken und lachte verlegen und zugleich befreit. »Immer die Zügel in der Hand. Genau deshalb liebe ich dich.« Er senkte den Kopf und lehnte seine Stirn an ihre. »Das meine ich so, wie ich es sage. Und ich habe es noch nie zu einer Frau gesagt.«

Sie erwiderte nichts und lächelte nur glücklich.

Halb erwartete Sandra, dass Tobias sie hochheben und über die Schwelle seiner Wohnung tragen würde, doch sie wehrte seinen Griff um ihre Taille schnell ab, und er beließ es dabei.

Sie wusste nicht, was sie erwartet hatte, doch sie überlief ein ehrfurchtsvoller Schauder. Der dunkle Flur war in einem warmen Rotton gestrichen. Rechts und links bildeten weiße Zimmertüren mit hölzernen Facetten einen scharfen Kontrast. Doch das nahm Sandra nur beiläufig wahr, denn sie wurde völlig von dem mehrere Quadratmeter großen Schwarzweißfoto überwältigt, dem sie gegenüberstand.

Und plötzlich verstand sie, warum Tobias niemanden in die Wohnung ließ. Ihr traten Tränen in die Augen.

Dabei standen sie erst im Flur.

Tobias, der vorgegangen war, wandte sich zu ihr um und sah sie besorgt an. »Was ist mit dir?«

»Das ist fantastisch«, murmelte sie fassungslos. Sie traute sich kaum zu bewegen, erwartete fast, mit dem nächsten Schritt in das Bild hineinzugehen und von ihm verschlungen zu werden.

Es zeigte die Kuppe einer Düne, das Gras scharf im Vordergrund und immer verschwommener, je weiter es sich in der Ferne verlor. Unterhalb der Düne lag ein Strand, auf dem ein paar einsame Möwen wie kleine weiße Punkte tanzten. Das Meer brandete in langgezogenen, schaumig weißen Wellen heran und verschwamm mit einem endlosen Horizont.

Seitlich saß ein Mann mit nacktem Oberkörper und dem Rücken zum Betrachter und schaute in die Ferne.

Sandra wusste, dass es Tobias war. Seine Gestalt war kaum zu erkennen, bei einem flüchtigen Blick könnte man ihn gar übersehen, doch sie wusste es. Auf diesem Bild lag seine Seele bloß.

Ohne dass sie es bemerkt hatte, war er an sie herangetreten, legte ihr erneut den Arm um die Schultern und führte sie durch eine der Türen ins Wohnzimmer.

Der Raum war erschreckend normal, eine Chaiselongue, ein niedriger Couchtisch, eine Regalwand mit ein paar Büchern – wenn da nicht ein weiteres Foto gewesen wäre. Es hing ebenfalls direkt gegenüber der Zimmertür seitlich der Couch und war nicht ganz so groß, dennoch nicht weniger beeindruckend.

Sandra erkannte es sofort wieder und erinnerte sich genau,

wann es entstanden war, nämlich bei ihrem ersten Besuch in der Villa. Nur dass Tobias sie halb hinter dem Kirschbaum stehend fotografiert hatte, hatte sie überhaupt nicht mitbekommen. Ja, sie konnte sich nicht einmal erinnern, dass sie um den Kirschbaum herumgegangen war. Doch es musste so gewesen sein. Ihre Gestalt war kaum sichtbar, wie ein Baumgeist, der aus dem Stamm hervortrat, oder ein Bodennebel, der vom nächsten Windstoß davongefegt werden könnte.

»Gefällt es dir?« Sandra hörte ein Zittern in seiner Stimme. Sie schluckte die Tränen hinunter und umarmte ihn stumm. Er lachte erleichtert und drückte sie fest an sich.

»Du bist ein Seelenfänger«, flüsterte sie gegen seine Brust.

»Du auch«, erwiderte er zärtlich. Verwundert hob sie den Blick.

Tobias nahm ihr Gesicht in seine Hände. »Ich kann dir nicht einmal sagen, wann meine Gefühle für dich erwacht sind. Mir ist, als ob sie schon immer da waren«, erklärte er feierlich.

Sandra wollte geschmeichelt den Kopf senken, doch er zwang sie, ihm in die Augen zu blicken und sich in ihnen zu verlieren.

»Ich liebe dich, Sandra. Und als Beweis meiner Aufrichtigkeit werde ich mit den Filmen aufhören. Ich werde nur noch hinter der Kamera arbeiten. Für dich. Ich kann dir nicht versprechen, dass ich meine Eifersucht im Zaum halten kann. Aber ich werde mir alle Mühe geben.«

Sie starrte ihn wortlos an, war unfähig, eine Antwort zu geben. Wärme breitete sich in ihrem Bauch aus und gab ihr ein Gefühl der Geborgenheit.

Sie reckte sich seinen verheißungsvollen Lippen entgegen, und sie küssten sich lange und zärtlich.

Sandra sammelte sich und nahm all ihren Mut zusammen,

denn sie fühlte, dass sie das Richtige tat. »Ich liebe dich auch, Tobias. Ich weiß dein Opfer zu würdigen, und ich werde gerne versuchen, mit deiner Eifersucht zu leben, weil ich dich sonst verlieren würde. Und das will ich auf keinen Fall.«

Sie freute sich über sein glückliches Lachen, als er sein Gesicht in ihrem Haar vergrub und an sich drückte. Innerlich grinsend verspürte Sandra sein Verlangen, sowohl in seinen angespannteren Bewegungen als auch in der zunehmenden Härte in seiner Hose. Sie kicherte, und ihr Blick kreuzte den des Drachen an seinem Arm. Es schien ihr, als zwinkerte er ihr verschwörerisch zu.

Dann fasste Tobias sie an den Schultern, schob sie ein wenig von sich und machte ein ernstes Gesicht. »Nachdem wir das geklärt hätten, zeige ich dir jetzt mein Schlafzimmer. Dort wirst du mich ausziehen und mir nach allen Regeln der Kunst einen blasen. Anschließend reitest du mich, bis ich den Verstand verliere.«

Sandra starrte ihn mit offenem Mund an, während ihr war, als ob sie hören konnte, wie die Romantik in tausend Scherben zersprang. Innerlich war sie erleichtert. Sie war einfach nicht der romantische Typ, und Tobias wusste das. Und so verschränkte sie mit gespielter Empörung die Arme und trat einen Schritt zurück. »Tickst du noch ganz richtig? Was fällt dir ein, solche Forderungen zu stellen?«

Spielerisch ging er ein wenig in die Hocke und rieb seinen Schoß gegen ihren Oberschenkel. »Sieh es mal so. Ich werde mich in nächster Zukunft ausschließlich auf dich konzentrieren. Da musst du mir auch was bieten.«

Sandra spürte sehr wohl die aufsteigenden Reaktionen ihres Körpers. Sie grinste. »Nur, wenn du mir hinterher ein Bier besorgst. Ich mag keinen Champagner.«

Lachend ließ sie sich von ihm auf die Couch schubsen und rückwärts in die Kissen fallen. Sein Mund und seine Hände waren plötzlich überall, bedachten ihren hungrigen Körper mit Liebkosungen und rissen ihr die Kleider vom Leib. Sie tat dasselbe bei ihm, bis er endlich nackt über sie herfallen konnte, sofort zwischen ihre geschwollenen Schamlippen stieß und sie mit harten Stößen in die Polster sandte.

Sandra kam kaum zu Atem, schlang ihre Beine um ihn und nahm seinen Rhythmus auf. Es kam ihr nur vor wie Sekunden, als sie sich auch schon der wilden Explosion ergeben musste, sich stöhnend gegen seine Brust warf und die Finger in seinen Rücken krallte, bis er sich kurz darauf in sie ergoss und dann still liegen blieb, und nur sein Schwanz zuckte in ihrer nassen Spalte.

Tobias setzte sich auf, sein Blick war voller Glück. Sandra wartete, dass er die nächste dumme Bemerkung machte: *Nicht schlecht für den Anfang*, oder so etwas in der Art, aber zu ihrer Überraschung blieb er stumm. Wortlos nahm sie seine Hand und zog ihn an sich. So konnte es bleiben. Nein, so sollte es weitergehen.